詩唱大唐

陈尚君 著

凤凰出版社

浮生若梦 唐音如虹

唐人文化自信的底气何在（代序）

今年是唐王朝建立1400周年，作为中华历史上国力强盛、文化昌盛的最让人骄傲的时代，当然值得隆重纪念。唐王朝之建立过程、延续历史、文化展示、文学繁荣，前人都已有过太多的论述，我认为特别值得讨论的是，唐王朝的文化自信是如何形成的？唐文化为世界文明作出了怎样的贡献？我们应该从唐王朝的成功中得到哪些启示？

隋末大乱，群雄逐鹿，李唐胜出，带有很大的偶然性。今人多从隋唐故事了解唐王朝之成立，不太了解唐高祖李渊和隋炀帝杨广的母亲是亲姐妹，炀帝在天下已乱之际将北门重镇太原交给表兄李渊，没想到这位年过五十、从无特出成就的表兄，用北防突厥的大军袭取关中，奠定王业。唐王朝最初几十年的任务，是与民休息，对外说的是仁政，不说的则是隋代基本建设做得太好了，乃至重劳民力、二世而亡，新王朝坐享其成，还不断说要吸取历史教训，一句感谢都没有。没办法，胜者通吃，历来就是如此。

唐王朝的最大成功是制度和法律建设。隋、唐皆承北魏、北周的旧制，但也在不断完善调整。唐王朝在中央行政运作方面，最大成就是三省制的建立，从而最大程度保证在皇权主导下政府行政行为的合理运转。三省制在唐以前久已实行，但唐代使其完善妥适、高效有序。三省中，中书省主定旨出命，门下省掌封驳审议，尚书省负责贯彻执行，三省互为制约，各负其责。在存留的唐代诏敕文书中，我们可以看到，从大赦天下到官员任免，谁起草、谁同意，都逐一有主官签名，方得生效。从文献分析，朝廷重大的政策变化，不断在调整修订，涉及全局者多以赦书方式颁布，仅涉细节者则以敕令的方式下达。涉及到具体部门落实执行，则有更进一步的细化条流。要求各具体部门将有关此部门之政令，大字书写于显见的白墙上，政务公开，切实执行。其中门下封驳的设置，对具体政令调整或人事任免，都可作明确的反对，避免偏差。当然，最重要的是官员遴择。唐王朝建立不久，就发现有军功的人未必适合担任高官；适合重要行政职务的官员，则常因年资位阶稍低而不能担任要职。解决的办法，一是将阶、勋、爵、职分开，阶要循资格而进，但低阶也可以担任高职，有功可以赏勋进爵，不一定要给以显要职位。二是特别重视临民而治官员的选拔，玄宗时多次亲自遴选，亲自训诫，亲自送行，以改善吏治，这是开、天之治的关键所在。三是承认法治还要依靠人治，改善吏治的关键在完善制度。唐代进入仕途，有荫官、荐举、科举等各种途径，各级官员可以凭自己喜爱推荐官员，中唐后更规定官员到任即可推荐接任者，内举不避亲，当然都可以。但你推荐的官员胜任与否，你必须负连带的责任。唐人常说坐累贬官，就是受你推荐者连累而追究责任的结果。当然，对官员考课考功、加勋晋爵，乃至守孝服忧、夺情起复等，都有完善的制度规定，宰相以下，谁都不能特殊。

唐代法律之完善及实施，在中世纪可以说领先全世界。存世最重要的是《唐律疏议》，详尽规定了从刑法到民法的各种细节。在唐代具体实行中，其实不仅是一部法律，而是一系列的法令，包括律、令、格、式等各类法律条文。比方婚姻，规定了什么身份的男女之间可以结婚、什么人不能结婚，如士庶不婚的限定，体现士族社会的人际分野，如若违反，会有什么惩罚，无不清楚豁然。再如胡商入唐经商，一旦身亡，遗产如何处置、亲属如何认定、财产如何分割，都有具体规定。前些年在宁波天一阁发现的《天圣令》残本，其实是一部国家各方面制度法规的总结性著作，引起中外学者极大关注。日本早期的国家制度设计，是拿着唐朝的成功经验，照样移植，日本史上称为律令制国家的成立，其影响持续到幕末。而唐以后的宋、元、明、清各代法令，也基本沿袭唐代的格局。这是唐代的光荣，也是中华民族的光荣。

与任何一个王朝一样，延续 289 年的唐王朝，经历了无数次血腥的政变与残酷的政争，一路跌跌撞撞，但又始终有应对的策略与恢复元气的力量。如果加以归纳，则前期以宫廷政治为主，无论玄武门政变，还是武后独裁，关键是对中枢权力的争夺。神龙、先天之间，这一争夺达到白热化的程度。玄宗以诸王不出阁的办法化解了危机，但在削弱宗室的同时，带来了宦官专权、藩镇割据与朝廷党争的新问题。安史之乱的实质，是坐拥军权的野心家对中央权力的觊觎。乱平的代价，带来一系列的变化。皇帝通过宦官加强对中央与地方的控制，宦官集团与王权成为互生的共同体。中央对地方实力派的讨伐与妥协虽然看起来风起云涌、跌宕起伏，但实质是王权的削弱与地方的分裂。各种力量的相对平衡，维持了乱后150年王朝的延续，一旦平衡打破，某派独大，唐王朝也就失去了存在的意义。

现在我们仰望唐朝，特别欣赏唐诗之闲雅从容，如果真实地去了解唐朝，就会感受到唐代是一个尚武的时代，是一个胡风浸润一切的时代，也是一个士庶分明的时代。必须知道，北周、隋、唐三代都源出北魏六镇之一的武川镇，其先人都是戍边的武人，沾染胡气，或者本身就是胡人，或者累代与胡人通婚。这就能很好地解释唐文化对于中亚及四边异文化兼收并取的原因。胡风不仅影响唐人的服饰与乐舞，也影响到他们的生活态度与精神信仰，这就是开放宽容、多元并存的文化精神。唐诗的成就，其实也是南朝华美与北方俊朗相结合的结果。因为尚武，唐初国力强盛，得以征服四夷、万国来朝，唐太宗也因此得到天可汗的美称。对唐代，我们一定要有一基本认识，即李唐王朝有效管理的地区，是在四夷以内的地区，而服膺唐王朝之周边各国，则形成更为宏伟的大唐帝国。当然，唐王朝在国力强盛时，四边不敢轻启兵衅，国内有事乃至皇权衰落时，四边也会各有动作。在大多数情况下，唐王朝都远强于周边各政权，不忌惮别样文化之渗透会影响本国文化的变质，更不担心异文化会取代本国文化。以日本来说，奈良、平安时代，无论都城建筑、宗教信仰、诗文写作，还是治国原则，都以唐为榜样，低眉拜师，真诚请益，反过来的影响则很有限，故唐人乐于交流，热诚接纳，绝无顾忌。中唐后，胡人军将割据河北，佛道盛行，一部分学者对汉文化之存续有了危机感，因此而有赵匡、啖助、陆淳提倡《春秋》学，有韩愈写《原道》攘斥佛老，直到宋学高扬华夏正统的大旗。唐代之士庶分野，常被许多学者所忽略，人们多向往唐人诗意的栖息——诗意生活的确有其人，但这部分人是“生常免租税”的贵族，拥有较多的物质和精神资源，承担国家的主要责任，也创造最灿烂的艺术和文学。而社会之人群，从南北文化、族群文化和家族文化来说，都是变动不居的，唐代也是如此。对此我们应该辩证地看待，不必过分地厚此薄彼。

大唐文化早已远去。今日重温，如尚有可以会心之处，则幸甚。

2018 年 5 月 15 日

原刊《中华瑰宝》2018 年 5 期

目录

唐朝皇帝的诗歌

美国开国到现在，不过二百多年，总统还不到五十名，但美国人很喜欢发动历史学家或媒体记者给历任总统的成就做排名，排在前两名的始终是林肯和华盛顿，第三名常是小罗斯福。如果仿其例来给唐朝皇帝排序，前两名也肯定是太宗和玄宗，女生可能会提名武氏，但我实在不喜欢，且与性别无关。若就各位之文学才情和成就而言，情况就完全不同了，会有一些出乎意外的提名。且听我说来。

唐朝从开国到灭亡，凡 289 年，在位者历十四代，二十帝加武后，共二十一人。其中无诗歌存世者，仅宪宗、敬宗、武宗、僖宗、哀帝五人。唐代士族工诗家族多矣，未有如此绵瓞不绝者。其间或存诗太少，或仅梦中所得及佛偈之类，可谈者不多。谨择其杰出者十人，以艺术造诣高下为序，稍加评骘，庶几为说唐诗者之谈资。偏颇误失，祈知者赐告。

第一名：玄宗李隆基（685—762，712—756在位）

唐代皇帝在位最久者为玄宗，写诗最多且最具艺术气质者也是玄宗。他早年丧母，深知宫廷斗争之残酷。早年曾结交豪杰，冒险发动唐隆政变，参与者世称唐元功臣，已有几十方墓志出土，大多为下层军将、大内工匠与市井豪杰。父亲禅位后，他用突袭手段削平姑妈太平公主党羽，得以掌控全局。开元前期，他确实做了许多有利于国家长治久安的事情，开元、天宝之治的国家繁盛，远超贞观之治。他笃信道教，但始终将儒学放在中心位置，对佛教也不贬抑，亲注《孝经》《道德经》《金刚经》三书，颁示天下，展现文化多元的气象。他酷爱作诗，虽然存世仅百余首，主体是靠《张说之文集》的附录而得保存，从苏颋、张九龄、王维、孙逖等人的应制诗题分析，至少还有几十次诗作没有保存下来。可以说，盛唐诗歌的空前繁荣，他是一位重要的推动者。就本人诗歌的艺术成就来说，唐代皇帝中也当推他为第一。

玄宗即位之最初十来年，勤于政事，再加有一批眼光与能力皆出众之老臣辅佐，达成开元盛况。他整肃朝纲，一改武后以来之恶政。鉴于武后以来女眷干政、诸王窥权之情况，限制后妃、诸王及宦官之干预，大体是成功的。他十分看重地方治理，多次亲自遴选地方官，或派朝中重臣为地方刺史，或定时召集地方官入朝亲加训诫，甚至亲制《令长新戒》，有云："我求令长，保乂下人。""与之革故，政在惟新。调风变俗，背伪归真。"要求各州县刻石，常置官署。又作《赐诸州刺史以题座右》云："眷言思共理，鉴寝想惟良。猗欤此推择，声绩著周行。贤能既俟进，黎献实伫康。视人当如子，爱人亦如伤。讲学试诵论，阡陌劝耕桑。虚誉不可饰，清知不可忘。求名迹易见，安真德自彰。狱讼必以情，教民贵有常。恤惸且存老，抚弱复绥强。勖哉各祗命，知予眷万方。"进贤，爱人，讲学，劝农，理讼，存老，抚弱，绥强，包含了地方治理的基本原则。他任命宰相会写诗，送别巡边会写诗，逢时节庆会写诗，人生感慨会写诗，经常要求满朝大臣一起应和。那一时期，诗人意气风发，写诗成为立朝常态，不能写诗真有些无地自容。

玄宗时三教并兴，儒学之基本地位并没有改变。他于开元十三年（725）封禅中途，特别到曲阜祭孔，作《经邹鲁祭孔子而叹之》："夫子何为者？栖栖一代中。地犹邹氏邑，宅即鲁王宫。叹凤嗟身否，伤麟怨道穷。今看两楹奠，当与梦时同。"此诗曾入选《唐诗三百首》，是他的代表作。首二句概括孔子求道奔波一生，继写孔宅之所在与身后之祭祀。"叹凤"两句，写孔子之与世乖违，落寞求道，最后表达敬意。诗很庄重而流动，显出他的能力。当然他与道士来往的诗篇更多。如《送司马承祯还天台》："紫府求贤士，青溪祖逸人。江湖与城阙，异迹且殊伦。闻有幽栖者，居然厌俗尘。林泉先得性，松桂欲调神。地道逾稽岭，天台接海滨。音徽从此间，万古一芳春。"既加礼敬，诚邀入朝，更予尊重，放归修道，说林泉之处更合适养性，但也遗憾音声阻隔，送行惜别之意很亲切。贺知章是天下知名的文士，以八十三岁高龄，重病后自请致仕为道士，玄宗尊重他的选择，誉为可与东汉二疏齐名的高尚之举，亲自作诗宠行，要求满朝大臣出东郊送行。玄宗诗云："遗荣期入道，辞老竟抽簪。岂不惜贤达，其如高尚心。寰中得秘要，方外散幽襟。独有青门饯，群英怅别深。”其实当时贺知章病得很重，只是希望返骨故土，经玄宗表彰，成无上光荣盛事，百世传为佳话。

玄宗具有良好的表演才能。兄弟五人，他是老三，如果按照长子继承制，当然轮不到他，但他是再造李唐山河的功臣，两次政变都成功了，谁敢与他争？到了关键时候，场面上是要对大哥李宪客气几句的，大哥又是何等聪明之人，知道不客气的后果，因此坚决谦让。玄宗在位期间，对兄弟们一直很好，他们如果要弹琴、吹笛、打打羯鼓，都有充分的自由，但如果想关心国政，留意治道，那绝不可以。玄宗经常到大哥家走动，《过大哥宅探得歌字》：“鲁卫情先重，亲贤爱转多。冕旒丰暇日，乘景暂经过。戚里申高宴，平台奏雅歌。复寻为善乐，方验保山河。”说兄弟情深，经常在一起喝酒唱歌，人生快活，各自太平，多好。弟弟家也要去，生活有困难更要关心，幸薛王第时赋诗云：“昔见漳滨卧，言将人事违。今逢庆诞日，犹谓学仙归。棠棣花重发，鸰原鸟再飞。”是因薛王偶恙得痊，皇上来庆贺。玄宗还曾造一合欢大被，邀请兄弟们一起来做亲密状，兄弟们当然都很配合。玄宗存世墨迹有《鹡鸰颂》，歌颂兄弟间亲密无间的感情，认为如此嘉话，应书入史。这篇《颂》书法很好，为唐人行楷之佳构。

玄宗在位日久，天下太平，他在许多诗中表达与民同乐的欢欣。敦煌遗书伯二五五五有《御制勤政楼下观灯》一首："明月重城里，华灯九陌中。开门纳和气，步辇逐微风。钟鼓连宵合，歌笙迟曙雄。新□不为己，常与万方同。"今人都认为玄宗作，应该问题不大。缺一字，不影响诗意理解。诗写元宵节，明月当空，九陌华灯，春意稍透，和气煦风。玄宗登楼观灯，心情舒畅，万方同庆，更有圣世升平的喜悦。再如《轩游宫十五夜》："行迈离秦国，巡方赴洛师。路逢三五夜，春色暗中期。关外长河转，宫中淑气迟。歌钟对明月，不减旧游时。"在长安到洛阳途中遇到元宵节，与前诗主旨一致，在两京之间，行宫内外气象又有所不同，虽然没有都城的喧嚣，但歌钟明月，与以往旧游并无不同。

安史之乱的发生，为玄宗四纪天子划上休止符。安禄山起兵的理由是清君侧，是对杨国忠为政之反叛，更深层次原因则为重兵在握，玄宗亲信女宠，国事不理。玄宗与杨玉环的私情，他有没有写过诗呢？目前看不到。《羯鼓录》说他曾制《春光好》曲，《尊前集》载他作小曲《好时光》："宝髻偏宜宫样，莲脸嫩，体红香。眉黛不须张敞画，天教入鬓长。莫倚倾国貌，嫁取个，有情郎。彼此当年少，莫负好时光。”即便是他所作，未必真有实事，更与杨妃无关。《翰府名谈》有他怀念杨妃诗，那是宋人编造，不必相信。他对世乱有没有反思呢？很少一点点。据说他在奔蜀之际听乐工奏李峤《水调歌》而伤感，是感悟盛极必衰。退居西内后，喜诵梁锽《咏木老人》诗，所谓“须臾弄罢寂无事，还是人生一梦中”，那是感喟人生无常。自蜀归，他有诗题剑阁：“剑阁横空峻，銮舆出狩回。翠屏千仞合，丹嶂五丁开。灌木萦旗转，仙云拂马来。乘时方在德，嗟尔勒铭才。”据说他见山势险峻，有“剑门天险若此，自古及今，败亡相继，岂非在德不在险耶”，略有憬悟，但也仅此而已。对皇上要求不能过多。

第二名：太宗李世民（599—649，626—649 在位）

太宗一代英主，他的生平与成就已经不需要介绍。应该补充的是，贞观之治远未达到国家富足的成就，其最重要的标志是击败突厥，四夷来贺，尊为天可汗，奠定大唐帝国的天下秩序。笔者近年曾撰文《玄武门蒙难者的女眷》《唐太宗的另一面》（均收入《行走大唐》，广西师范大学出版社 2018 年版），述其不为人知的事迹。还可以补充的是，太宗长期服食，最后因误服胡僧之药而死，年仅五十一。他前期尊道抑佛，玄奘归国后立场改变。在他弥留之际，玄奘在他寝宫邻室译出著名的《心经》，为他祈福，用答知遇。

太宗酷爱文艺，写诗亦多，今存者尚约百首。写得较好的是回顾往事、抒发情怀的作品。如《行经破薛举战地》："昔年怀壮气，提戈初仗节。心随朗日高，志与秋霜洁。移锋惊电起，转战长河决。营碎落星沉，阵卷横云裂。一挥氛沴静，再举鲸鲵灭。于兹俯旧原，属目驻华轩。沉沙无故迹，减灶有残痕。浪霞穿水净，峰雾抱莲昏。世途亟流易，人事殊今昔。长想眺前踪，抚躬聊自适。"平定薛举是他随父进取关中后，独立指挥取胜的第一场重大战事。多年后重经战地，感慨当年之心气高昂，也写到战事之艰难，以及此战对自己一生之意义。"世途亟流易，人事殊今昔"两句，含无限感慨。再如《春日望海以光为韵》："披襟眺沧海，凭轼玩春芳。积流横地纪，疏派引天潢。仙气凝三岭，和风扇八荒。拂潮云卷色，穿浪日舒光。照岸花分彩，迷烟雁断行。怀卑运深广，持满守灵长。有形非易测，无源讵可量。洪涛经变野，翠岛屡成桑。之罘思汉帝，碣石想秦皇。霓裳非本意，端拱且图王。”是贞观十九年（645）春东征高丽，在今河北秦皇岛一带海边所作。前半写海景，切春色，气象极其开阔。最后四句抒怀，想到历史上秦皇、汉武留下来的遗迹，表达伟大君主要成就不世功名的愿望。

太宗最传诵的作品，是《赐萧瑀》一首：“疾风知劲草，板荡识诚臣。勇夫安识义，智者必怀仁。”所指为萧瑀在其兄弟阋墙时，坚定地给以支持。如果读到《晋书》卷三七史臣赞引语有“疾风彰劲草”句，卷六二引古人言有“世乱识忠良”句，则知此诗必有所本。同样在东征时，左屯卫将军姜确中流矢而卒，太宗作诗哀悼：“凿门初奉律，仗节始临戎。振鳞方跃浪，骋翼正凌风。未展六奇术，先亏一篑功。防身不足智，徇命有余忠。悲骖嘶向路，哀笳咽远空。凄凉大树下，流悼满深衷。”意思是都有了，就是诗意因辞藻与典故的堆砌而显得有些隔膜。这是与太宗生活的时代与所受教育有关的。齐梁以来的诗文，都讲究华丽的辞彩与典雅的文句，《文选》《玉台新咏》里的作品，想来他曾读得很仔细。他礼敬文士，也以文士的成就时时督励自己。既有《秋日敩庾信体》一类模仿之作，也写过《赋得花庭雾》《赋得残花菊》《同赋含峰云》之类纤巧的题目，有时还为臣僚假手，如《咏乌代师道》：“凌晨丽城去，薄暮上林栖。辞枝枝暂起，停树树还低。向日终难托，迎风讵肯迷。只待纤纤手，曲里作宵啼。”师道指杨师道，《全唐诗》作陈师道，为无知者妄改。咏乌其实是代乌立言，最后二句期待女性之关心，语意纤弱如此。再看两首：《赋得临池柳》：“岸曲丝阴聚，波移带影疏。还将眉里翠，来就镜中舒。”《采芙蓉》：“结伴戏方塘，携手上雕航。船移分细浪，风散动浮香。游莺无定曲，惊凫有乱行。莲稀钏声断，水广棹歌长。栖乌还密树，泛流归建章。”这些诗，若编入《玉台新咏》，自是出色当行，任便说是谁写都可以。可偏偏就是太宗以英武之姿，独爱这一口，难怪有臣下举宫体以为戒。时代与流行，是任何人都难以超越的，太宗也如此。

还是要说太宗的好诗。据说他有题河中逍遥楼诗：“昔乘匹马去，今驱万乘来。”宋人赞其有气象。北荒底平，他在灵州勒石作诗：“雪耻酬百王，除凶报千古。”可为千古绝唱。贞观六年（632），他曾回出生旧宅，作《幸庆善宫赋诗十韵》：“寿丘惟旧迹，酆邑乃前基。粤予承累圣，悬弧亦在兹。弱龄逢运改，提剑郁匡时。指麾八荒定，怀柔万国夷。梯山咸入款，驾海亦来思。单于陪武帐，日逐卫文螭。端扆朝四岳，无为任百司。霜节明秋景，轻冰结水湄。芸黄遍原隰，禾颖积京坻。共乐还乡宴，歌此《大风诗》。”“指麾”六句写平定天下，四夷来宾，“端扆”两句写治理有成，百司奉职，“霜节”四句写秋冬之景，丰收大获。最后说回归旧居，恰如汉高祖归故里作《大风歌》一样，心怀喜悦。这样的诗，确有帝王气派。

第三名：昭宗李晔（867—904，888—904 在位）

他是懿宗的第七个儿子，僖宗的弟弟，本来轮不到他当皇帝，但僖宗弥留之际，宦官议拥立，他因得到大珰杨复恭的支持而得立，时年 22 岁。当时人说他“体貌端明，人望伟如也。虽运钟艰险，智量过人。每与侍臣言论，商较时政，曾无厌倦”，外表和能力应该都算出众，但经过王、黄大乱加上天下勤王，大唐原有秩序已经崩溃，前代皇帝苦恼的比如朝廷党争啊、宦官专权啊、藩镇割据啊，都已经成为美好的回忆。天下拥兵割据者已有几十家，谁都没有一统天下的实力，暂时还承认有皇帝在。昭宗再有能力，也已无可奈何。他被各方实力拉扯着，不断在巡幸和下野。如果他是一个昏庸者，当然可以混下去，偏偏他又很清醒而有能力，这就更加痛苦。他存下来的诗歌不多，但体式是曲子词，当时就广为传诵，敦煌遗书中也有保留，用现在的话说，是很新锐的文学青年。先录五代人著《中朝故事》里保存的两首《菩萨蛮》："登楼遥望秦宫殿，翩翩只见双飞燕。渭水一条流，千山与万丘。　野烟遮远树，陌上行人去。何处有英雄，迎归大内中。""飘飖且在三峰下，秋风往往堪沾洒。肠断忆仙宫，朦胧烟雾中。　思梦时时睡，不语长如醉。何日却回归，玄穹知不知。"两首词写于乾宁四年（897）秋，时在华州。前一年凤翔军阀李茂贞举兵攻围京师，昭宗仓皇出奔，拟依河东李克用，中间被华州军阀韩建拦下，一住就是两年。虽然礼数尚存，昭宗也确实感到人生之无奈与无聊。不管怎样，他毕竟是皇帝，格局和痛苦也和别人不同，这两首词就写他的心情。登楼，是指华州行在的居处。华州在长安以东，远望可见临潼骊山，所谓秦宫殿即指传说中的阿房宫。秦宫到唐时已无存，这里仅指皇家之旧宫苑，然而能见到的只有双燕飞过。举目远望，渭水流过华州城下，再远望唯有绵绵群山。转入下片，野烟和行人，写普通人的生活，反衬自己帝王生活之清寂落寞。最后两句直接呼唤，天下之大，总有一二英雄会出来勤王，将自己迎归京城吧！第二首，自己如同一片落叶，飘落在华州，秋风秋雨，更添烦恼。接下来写自己的日常生活。回忆宫城，愁绪肠断，能够见到的只有迷茫的烟雾，希望是一点都没有。精神状态嘛，整日昏昏欲睡，即便不讲话，也如喝醉酒般地难以清醒。最后两句问老天，什么时候能够回去，总该有个准信吧！在这两首词里，他是个落魄的皇帝，也如同一个找不到家的孩子般无可奈何。《菩萨蛮》是唐代流行的词牌，昭宗这两首，可以看到对李白“平林漠漠”那一首的刻意模仿。以词写人生命运，昭宗比李煜要早八十年。

昭宗同时所作，恐不止此二首。敦煌遗书斯二六〇七录前二首以外，至少还有五六首相关词作。其一：“御园照照红丝罢，金风坠落沾枝架。柳色正依依，玄宫照渌池。　　每思龙凤阙，惟恨累年劫。计日却回归，象似南山不动微。”饶宗颐先生《唐末的皇帝、军阀与曲子词——关于唐昭宗御制的〈杨柳枝〉及敦煌所出他写的〈菩萨蛮〉与他人的和作》（收入《敦煌曲续论》）疑此篇亦昭宗作，以为“红丝”用《公羊传》所载“日食以朱丝营社”语，慨叹朝中无人扶阳抑阴。玄宫为帝之所居。

“不动微”，谓昭宗自比太微帝星，以为时居虽危，自仍屹然不动。其二：“常惭血怨居臣下，明君巡幸恩沾洒。差匠见修宫，竭诚无有终。　　奉国何曾睡，葺治无人醉。克日却回归，愿天涯总知。”其三：“自从銮驾三峰住，倾心日夜思明主。惯在紫微间，笙歌不暂闲。　　受禄分南北，谁是忧邦国。此夜却回銮，须教社稷安。”饶先生认为是韩建所作，即对昭宗在华州之不快，作为东道之韩建虽然有军事强势，但仍要抱持臣礼，因此有所解答。还有一首：“千年凤阙争雄异，何时献得安邦计。銮驾在三峰，天同地不同。　　宇宙憎嫌侧，今作蒙尘客。阃外有忠常，思佐圣人王。”饶先生怀疑是昭宗子覃王作，但也可能为从臣某人所作。引录这些作品，是要说明昭宗作词是心情不快的公开宣示，一时朝野皆知，还传到敦煌，影响很大。

《尊前集》还收录昭宗的两首《巫山一段云》，注：“上幸蜀，宫人留题宝鸡驿壁。”幸蜀者为僖宗，昭宗未幸蜀，疑有误。二词为写情缠绵之作，如“春风一等少年心，闲情恨不禁”，与前述词风格迥异。

第四名：宣宗李忱（810—859，846—859 在位）

他是宪宗第十三子。穆宗继位，他早已出局，敬宗、文宗、武宗三位都是他的侄子，又玩了二十多年。到37岁那年，他以皇太叔的身份继位，主要得力于宦官集团支持。今人都说唐后期宦官专权，挑一位痴愚之人不是更好控制吗，为何选强势的宣宗？其实，皇权与宦官集团的利益是一致的，都希望国力强盛，皇统长存，宦官更在意继承人的合法正统，当然也有其本身不同派系的利益在。宣宗在位十三年，做了几件大事，总的原则是一反武宗时期的国策，贬斥李德裕而重用牛党，重新恢复佛寺，重兴佛教，加上意外地收复河湟，一时有中兴气象。宣宗本人也是一位个性突出的人物。唐人笔记记过他许多轶事，确实有些异类。存世有其撰文的《故南安郡夫人赠才人仇氏墓志铭》，仇氏生前仅封南安郡夫人，死后方赠才人，在后宫地位并不高。宣宗云其“初以才貌选充后宫。吾擢居宠遇，行止侍随，贞孝罕俦，懿范殊古”。二十四岁逝去，为宣宗生一男一女。宣宗述哀感云：“吾怀伤叹，加以涕零，感想恸之，哀尔长往。”通篇称吾而不称朕，讲宠爱而不轻薄，述伤感而动真情，有些不同凡响。《旧唐书·宣宗纪》称他“器识深远，久历艰难，备知人间疾苦”，他即位后“贤能效用，百揆四岳，穆若清风，十余年间，颂声载路”，“虽汉文、景不足过也”。虽有过誉，也应有一些真实。

宣宗存诗很多，要分开来说。据说有大臣出镇，他喜欢作诗宠行，但今无完整存者。如崔铉自宰相出镇淮南，他赠诗有“七载秉钧调四序”句称其为相有建树，又云：“今遣股肱亲养治，一方狱市获来苏。”祝崔治理有成功。他在重阳节大宴群臣，作诗书怀，群臣唱和，他的诗仅存“款塞旋征骑，和戎委庙贤。倾心方倚注，叶力共安边”四句，可以见到他对边事之重视，以及对宰臣之信任，诗的特色并不明显。唯一完整的是在白居易去世后，他有诗哀悼：“缀玉联珠六十年，谁教冥路作诗仙。浮云不系名居易，造化无为字乐天。童子解吟《长恨曲》，胡儿能唱《琵琶篇》。文章已满行人耳，一度思卿一怆然。”这里没有官样文章，是以白氏追随者的立场来写自己的伤感。颔联两句将白氏名字入诗，对其不为现世功名所系，超逸洒脱的人生态度，给以礼敬。颈联举白氏最家喻户晓的两首长诗，虽然对得不好，意思还算到位。最后写自己的悲痛，也很直率。

另外一个系列的宣宗诗歌，来自禅宗典籍，认为他在即位前曾广行南方禅林，留下大量诗歌，有些诗还广为流传。其一为《瀑布联句》：“穿云透石不辞劳，远地方知出处高。溪涧岂能留得住，终归大海作波涛。”此诗异文很多，此处所录为北宋陈舜俞《庐山记》卷四的录诗。南宋陈岩肖《庚溪诗话》载：“唐宣宗微时，以武宗忌之，遁迹为僧。一日游方，遇黄檗禅师同行，因观瀑布。黄檗曰：‘我咏此得一联，而下韵不接。’宣宗曰：‘当为续成之。’黄檗云：‘千岩万壑不辞劳，远看方知出处高。’宣宗续云：‘溪涧岂能留得住，终归大海作波涛。’其后，宣宗竟践位，志先见于此诗矣。”后世怀疑者则认为，玄宗立十王院、百孙院，规定诸王不出院，也不许与外臣交结，这一制度，到武宗时并没有变化，宣宗凭什么可以特殊。从另一方面说，从敬宗开始，宣宗早已不是王子，而是皇叔，继位顺序完全排除，是否还要守住十王院不出，也是可疑。这一疑问，有待新史料来证明。黄檗禅师法名希运，为禅宗名德，地位崇高。这首联句，确实是一首励志的好诗，写出从涓涓细流，穿岩越壑，奔腾入海的气象，更写出瀑布居高临下，奔流不息的壮丽，当然其间包含的寓意，是佛法广在人心，没有任何人为力量可以阻碍其流通弘传。再如《风光阁吟》:“大殿连云接赏溪，钟声还与鼓声齐。长安若问江南事，说道风光在水西。”此诗最早见《万首唐人绝句》卷六九，也相传是他即位前在南方所作，水西一般认为指泾县水西寺，但也有认为在嘉兴者。从诗意分析，他写出名寺佳景之风光，也有钟鼓齐鸣之法事。后两句说长安即朝廷中人仍在关心他的行踪，他则流连水西风物，不念其他。诗的回答隽永而决绝。

当然，认为宣宗不出阁因此也不可能遍行南方丛林，多谓这些诗都是禅僧为感激宣宗重开佛法而编造，似乎还不能简单作结论。试举几个例子。一,《悼盐官和尚》:“象季何教祸所钟，释门光彩丧骊龙。香阶懒踏初生草，抵掌悲看旧日容。玉柄永离三教座，金鸣长镇万年踪。知师下界因缘尽，应上诸天第几重。”最早见北宋僧人善卿撰《祖庭事苑》卷二，谓“洎盐官示寂，帝有诗悼云”。《宋高僧传》卷一一《唐杭州盐官海昌院齐安传》载“安悬知宣宗皇帝隐曜缁行，将来法会”，此日宣宗即以行脚僧身份来参礼。到宣宗即位，“闻安已终，怆悼久之，敕谥大师曰悟空，乃以御诗追悼”，所指即此诗。二,《百丈山》:“大雄真迹枕危峦，古梵层楼峻万般。日月每从肩上过，山河长在掌中观。仙华不问三春秀，灵境无时六月寒。更有上方人罕到，暮钟朝磬碧云端。”最早见南宋王象之《舆地纪胜》卷二六，山在洪州南昌。宋初乐史《太平寰宇记》卷一六云：“大雄山在县西百四十里……唐宣宗潜游至此赋诗。”是宋前已有记载。三，《幸华严寺》：“云散晴山几万重，烟收春色更冲融。殿根出空登碧汉，遐川俯望色蓝笼。林光入户低韶景，岭气通宵展雾风。今日追游何所似，莫惭汉武赏汾中。”最早见元骆天骧《类编长安志》卷九。南宋陈思《宝刻丛编》卷八引《京兆金石录》：“唐宣宗《幸华严寺》《赐宗室》以下诗，大中十二年。”是唐时曾刻石，南宋尚存。

仅见明清方志与释书的宣宗诗，还有许多，这里不一一罗列。

第五名：中宗李显（656—710，684及705—710在位）

他是高宗第七子，武后所生第三子，他的皇帝之路真的很辛苦。两位哥哥被老妈给灭了，他所亲见。父亲死了，他继位为皇帝，真以为可以为所欲为了，还不到两个月，就给老妈一巴掌从皇帝宝座扇到了僻远的房陵，一呆就是十三年，这才长了记性，也培养了一副好脾气。老妈在权衡儿子和侄子谁更亲时，信了狄仁杰的话，才将他召回，做了武周王朝的皇嗣。皇嗣就皇嗣，妈说什么就是什么。好不容易老妈病重，几位老臣将他拱上台，他的太太和女儿又有了新的想法。他是妈在听妈、妈死听妻，也准备妻死听女的好男人，太太和女儿要管事，那就让你们管吧。中宗在位的最后两年，组织爱妾上官婉儿和满朝文臣，以景龙文馆学士为核心，以关中宫苑胜迹为主要考察对象的庞大文化考察群体，隔三岔五地就出游一次，每次出游都要命题写诗，还要现场评比优劣，由上官婉儿代表皇帝来评说。如果在大唐要评文学组织奖，那非中宗莫属。太太和女儿闲暇的时候也参加写诗，就是水平太差，好在有上官代笔，场面上还看得过去。就在这样的悠闲中，中宗突然就死了，睿宗上台后说中宗是被太太和女儿毒死的，其间也看不到理由啊！

中宗这两年文化考察的成绩，后来被一位叫武平一的武家侄孙收辑保留，编成《景龙文馆记》十卷。这段唱和在文学史上最大的成就，是大家摸索许久，也一直有意见分歧的近体诗粘对平仄的基本规则——由于大牌诗人有机会一直在一起揣摩练习，又有皇帝参与，足够权威——得以确认下来。明清诗论家不明就里，都说是沈、宋两人的功劳，都只看到表面现象。

中宗本人诗存留不足十首。早期一首是陪武后游嵩山石淙时所作七律，最后两句说：“永愿乾坤符睿算，长居膝下属欢情。”那年他四十多岁了，还作长居膝下之幼童状，谁让老妈太强势呢。《幸秦始皇陵》：“眷言君失德，骊邑想秦余。政烦方改篆，愚俗乃焚书。阿房久已灭，阁道遂成墟。欲厌东南气，翻伤掩鲍车。”因幸陵而怀古，对秦始皇为君之失德，议论还算妥当。另一首《登骊山高顶寓目》：“四郊秦汉国，八水帝王都。闾阎雄里闬，城阙壮规模。贯渭称天邑，含岐实奥区。金门披玉馆，因此识黄图。”气象很阔大，可以看到他驾驭辞章的能力，粘对不太严格，看到过渡期的特点。中宗还组织过两次柏梁体联句，有意模仿汉武帝，内心还有一些郁勃的情怀，但也仅此而已。

第六名：武后（624—705，690—705 在位）

今习称武则天。然则天为尊号，与姓连称，不合唐时习惯，故仍称武后。她本是太宗才人，复为高宗所眷，从尼寺入宫，先后扳倒王皇后及顾命诸臣，晋为皇后，再与高宗并称二圣，自为天后。因高宗多病，得大权包揽。其一生服膺威权，不择手段，所谓铁鞭驯烈马若仍无效，则以匕首割其喉管，为其一生所遵奉。高宗在世，即先后诛除亲生二子，高宗身后，更将中宗、睿宗二子视如玩偶。伪造《大云经疏》证明女身也能称帝，更重用酷吏，鼓励告密，诛杀异己，亲近宵小，建立伪周，改朝换代，造所谓新字，以为督察臣僚忠诚与否之标识。中国传统政治之黑暗，以武周时期为最。她身后诸帝，因自家家事，不以其为叛逆，然史家读史，自应有此认识。

武后好文艺，亦多用北门学士，其才学之优否，唯以仰其鼻息与否来裁断。一时文人亦迎其所虑，不顾廉耻。若《大云经疏》，据说为薛怀义组织文士所伪造，含女主宜帝之谶言近二十则，如“陇头一丛李，枝叶欲雕疏。风吹几欲倒，赖逢鹦鹉扶”之类，实在丑陋不堪。远在边地的沙州也造歌谣云“昔靡单裤，今日重裳”，曾不知昔日为她两位前夫之所治。文人无耻者若崔融作《和梁王众传张光禄是王子晋后身》，阎朝隐作《鹦鹉猫儿篇》，为前代所罕见。骨鲠如陈子昂，既识其真面，有意迎合，又稍存底线，不愿尽附，终难得善终。

武后平生著作，有《垂拱集》一百卷、《金轮集》十卷等，多为文士代作。今存诗一卷，大半为郊庙歌辞，传为御制，真相难以追究。其传颂最广者有二。一为《腊日宣诏游上苑》：“明朝游上苑，火急报春知。花须连夜发，莫待晓风吹。”最早见《广卓异记》卷二引《唐书》：“则天天授二年腊月，卿相等耻辅女君，欲谋弑则天，诈称花发，请幸上苑，许之。寻疑有异图，乃遣使宣诏曰……于是凌晨名花瑞草，布苑而开，群臣咸服其异焉。”所引《唐书》非《旧唐书》，似为唐国史旧文。天授二年为武后称帝之次年，“谋弑”未必有其事，但借游苑而故意神秘其事，人为布置现场，以驭使百花之神力，让百官震慑，不失为一次成功之自我宣传。此诗在敦煌文献中有二写本，足见流传之广。《唐诗纪事》卷三录此诗后云：“后托术以移唐祚，此皆妖妄，不足信也。”所见甚是。二为《如意娘》：“看朱成碧思纷纷，憔悴支离为忆君。不信比来长下泪，开箱验取石榴裙。”《乐府诗集》卷八引《乐苑》：“《如意娘》，商调曲，唐则天皇后所作也。”明杨慎《升庵诗话》卷六引张君房《脞说》：“千金公主进洛阳男子，淫毒异常，武后爱幸之，改明年为如意元年。是年，淫毒男子亦以情殚疾死。后思之，作此曲，被于管弦。”《脞说》所载，未见更早记录，殆据薛怀义事附会。

明徐昌龄更敷衍为《如意君传》。杨慎治学多有虚造，未可尽信。闻一多《全唐诗辨证》云：“案验风调，决非武后诗。”并谓前二句诗意出郭遐叔《赠嵇康》诗：“思言君子，温其如玉。心之忧矣，视丹如绿。”《旧唐书》卷五一载景龙二年春知太史事迦叶志忠上表，谓“天后未受命时，天下歌《武媚娘》”，疑即指此。《大云经疏》引《广武铭》云当时谶言有“三六少年唱《唐唐》”“次第还歌《武媚娘》”，可能更接近事实。其诗绝不能简单地看成男女之情的真诚流露。

可见武后真实写诗能力的，倒是一些不太著名，在石刻、佛典中偶然保存的诗作。高宗还在世时的诗，有嵩山少林寺所存石刻《从驾幸少林寺睹先妃营建之所倍切茕衿逾凄远慕聊题即事用述悲怀》：“陪銮游奈苑，侍赏出兰闱。云偃攒峰盖，霞低插浪旗。日宫疏涧户，月殿启岩扉。金轮转金地，香阁曳香衣。铎吟轻吹发，幡摇薄雾霏。昔遇焚芝火，山红匝野飞。花台无半影，莲塔有全辉。实赖能仁力，攸资善逝威。慈缘兴福绪，于此罄归依。风枝不可静，泣血竟何追。”写于永淳二年（683），题目很长，另附有给寺僧之信函，是说曾陪高宗往访寺庙，见先人之营造功德，既怀伤感，更增虔信。写景很庄重，笃信也有真意。结尾之“风枝不可静，泣血竟何追”二句，更属痛切伤心。今存诸诗，以称帝后较多，如《同太平公主游九龙潭》：“山窗游玉女，涧户对琼峰。岩顶翻双凤，潭心倒九龙。酒中浮竹叶，杯上泻芙蓉。故验山家赏，惟有风入松。”既写景，也有饮宴，更难得的是粘对接近严格。她还有一篇《杂言游仙篇》，题于著名的《升仙太子碑》碑阴，表达对仙家长生久视之向往，“愿允丹诚赐灵药，方期久视御隆周”，结语两句，长寿如她，也感生命之难以久长，乞求仙家赐药，长守“隆周”——是她建立的大周，不是大唐。

第七名：德宗李适（742—805，779—805在位）

德宗是代宗长子。青年时赶上安史之乱的尾声，以皇子为天下兵马元帅，统兵征史朝义，曾有诗题陕州佛堂院壁：“高僧居净域，客子恋皇宫。试访毗耶室，旋游方丈中。禅林吹梵响，忍草散香风。妙说三玄义，能谈不二宗。色空双已灭，内外两缘同。识尽无生理，乃觉出樊笼。”可以看到他对佛法之尊崇、对人生之感悟，以及对今体诗的基本把握。他居储位的时间很长，据说时有废议，但没有大的波澜。他即位以后，颇思有所作为，常以自己在东宫时诸臣对自己的态度来判别忠奸。他对常衮、刘晏、杨炎、卢杞等人之用废，可见他暗于知人。奉天前后的大乱，可知他急于有为，几乎将国家带到覆亡边缘。靠李晟、陆贽诸人的努力，方挽回危局。后来虽曾以李泌、陆贽为相，但他在位最后十多年无所作为，造成众多问题之积压。他在位二十六年，居有唐第三，建树很有限，只能说在中等偏下。

德宗喜欢写诗，也有很好的鉴赏力。韩翃那首《寒食》："春城无处不飞花，寒食东风御柳斜。日暮汉宫传蜡烛，轻烟散入五侯家。"写景如画，寄意含蓄，德宗完全读懂，且因此特授作者中书舍人，可见他品诗水平不低。时局升平后，德宗喜欢在节庆时写诗颁发群臣，要求限时交稿，区分优劣。德宗的诗都写得很庄重，契合他南面之君的身份，才气似乎弱了一些。他每年最多写一二首，算不上高产。这里也录两首。其一《中和节宴百僚》："东风变梅柳，万汇生春光。中和纪月令，方与天地长。耽乐岂予尚，懿兹时景良。庶遂亭育恩，同致寰海康。君臣永终始，交泰符阴阳。曲沼水新碧，华林桃稍芳。胜赏信多欢，戒之在无荒。"时以二月一日为中和节，以纪仲春之始。诗以春色变化起兴，写自己不敢耽乐，与诸臣共享天地亭育之恩，希望阴阳和顺，君臣终始，戒己戒臣，议论多于抒情。他对此诗应很满意，特别写副本远寄在南方的著名诗人戴叔伦。其二《送徐州张建封还镇》：“牧守寄所重，才贤生为时。宣风自淮甸，授钺膺藩维。入觐展遐恋，临轩慰来思。忠诚在方寸，感激陈情词。报国尔所尚，恤人予是资。欢宴不尽怀，车马当还期。谷雨将应候，行春犹未迟。勿以千里遥，而云无已知。”时在贞元十四年（798）。张建封是文士出身之名将，镇守徐州已经十年，时议认为他有野心，德宗召他入朝，测试他的忠诚与否。张还真来了，于是赠诗宠行。与玄宗赠刺史诗之大器作比较，可以看到德宗的笼络与小器。前四句说你镇守淮甸为国承担重责，入朝更见到你的忠诚。春初返镇，正是行春播谷的季节。徐州虽远，相信朝中有你信任的人在。话是都不错，但身为人君，显见控驭之无方。越两年张建封卒，其部下以建封子张愔为留后，也即建封看透德宗无能，敢于让儿子承接帅位。

第八名：文宗李昂（809—840，826—840在位）

文宗是宪宗第二子，因为敬宗之童呆轻狂而早逝，得以即位，也得力于宦者之拥立。他是一位有文学气质的皇帝，偏又遇到内外交困的时代，想有作为而难以有所成就。他感到受制于宦官，希望有以改变，偏偏信任的大臣办事能力很差，急于成功，未能得到元老重臣的支持，而谋诛宦官更无异于自断一臂。他先信任宋申锡，反入圈套而致宋贬死。再信任李训、郑注，借他们有限的力量来除宦官，反遭宦官还击，连带以大逆的罪名杀了四位宰相的全家。这样他就更加孤独了。《杜阳杂编》卷中说他在甘露败后，"或登临游幸，虽百戏骈罗，未尝为乐，往往瞠目独语，左右莫敢进问"，似乎精神状态出了一些问题。其时有诗云："辇路生春草，上林花满枝。凭高何限意，无复侍臣知。"看到宫苑花开草长，登高凭远，无限感慨，可是眼前无可言之人。他曾寄望于太子李永，但太子无端死了，更让他感到绝望。

他在即位之初，是希望有所作为的。《上元日二首》云："上元高会集群仙，心斋何事欲祈年。丹诚傥彻玉帝座，且共吾人庆大田。""蓂生三五叶初齐，上元羽客出桃蹊。不爱仙家登真诀，愿蒙四海福黔黎。”上元今称元宵，唐代是道教意味较浓的节日，文宗与臣民共度节庆，他更希望祈祷能够带来丰收，带给四海百姓以福佑，这当然是君主的情怀。他有很好的艺术品位，将著名画家程修己留在宫中九年，无论草木鸟兽、古贤君臣，程都画得栩栩如生。曾画竹障于文思殿，文宗题歌云：“良工运精思，巧极似有神。临窗时乍睹，繁阴合再明。”后两句说走过窗前，偶然见到画竹的屏风，如见繁阴一片，清凉舒适。他与柳公权写诗的若干故事，如要柳公权写诗贺春衣，也与此类似。《唐摭言》说柳在武宗时为一宫嫔受罚，写诗得免，应该是文宗时事，殆柳为承旨学士在文宗朝，武宗立之次月即去职。

第九名：高宗李治（625—683，649—683在位）

他是太宗第九子，长孙皇后所生第三子。太宗初立长子承乾为太子，承乾为人端正稳重，并无失德。问题在于其弟魏王泰有才分，善文学，太宗时有偏爱，魏王因有非分之想。承乾感到威胁，于是结交权臣以自固。事情显露，太宗精神崩溃，几欲自残，在群臣劝谏下，废前二子而立晋王治，此为贞观十七年（643）事，时高宗年已十九岁。太宗弥留之际，高宗迅速以自己东宫旧属为宰辅，证明他能力并不差。后来因老臣废弃，武后擅权，加上身体多病，给后人皇权旁落的印象。

高宗能诗，所存不多，个人特色也不甚明显。他在尚为太子时，曾访玄奘法师房而题诗。日本存《□□寺沙门玄奘上表记》大约是最原始的文本，题作《五言暮各过寺仍以述怀》,《全唐诗》卷二据《大慈恩寺三藏法师传》卷七录诗，题作《谒慈恩寺题奘法师房》。诗云："停轩观福殿，游目眺皇畿。法轮含日转，花盖接云飞。翠烟香绮阁，丹霞光宝衣。幡虹遥合彩，空水迥分晖。萧然登十地，自得会三归。"慈恩寺是高宗做太子时，为母亲长孙皇后追福所建，玄奘东归初期以此为驻锡地。诗写寺院之景色与佛法氛围之庄严，述自己游寺而得感悟。诗有对属，但不讲粘对，齐梁体特色明显。他的另一首《谒大慈恩寺》："日宫开万仞，月殿耸千寻。花盖飞团影，幡虹曳曲阴。霞绮遥笼帐，丛珠细网林。寥廓烟云表，超然物外心。"写作时间不明，大约在即位后不久，意思与前诗近似，已接近五律，稍有失粘。他晚年诗有《太子纳妃太平公主出降》二首，录其二："舞蝶神香新，歌分落素尘。

欢凝欢懿戚，庆叶庆初姻。暑阑炎气息，凉早吹华辰。方期六合泰，共赏万年春。”时在他去世前两年的夏天，儿女同时大婚，仅用“欢凝欢懿戚，庆叶庆初姻”表达他的高兴，希望天地欢泰，万年同春，虽是皇帝口气，诗却写得一般。

第十名：肃宗李亨（711—762，756—762 在位）

肃宗为玄宗第三子，二十八岁时立为太子，东宫岁月漫长而充满危机，但他以“忍”字挨了过来。在安史叛军攻陷长安、玄宗仓皇出逃之际，他利用马嵬兵变的间隙，在部分臣僚的拥戴下投奔朔方军，自立称帝，完成救亡中兴的使命。

写诗似非他所长，存世作品很少。一是《全唐诗》卷四仅存他两组诗，其一为咏延英殿玉灵芝的三首四言诗，稍残，第一首存六句云：“玉殿肃肃，灵芝煌煌。重英发秀，连叶分房。宗庙之福，垂其耿光。”《唐会要》卷三云“上元二年（761）七月，延英殿当御坐生玉芝，一茎三花”，帝作诗咏之。《旧唐书》卷三七《五行志》云诗成，“群臣皆贺”。但占者认为“白芝主丧”，是次年上皇、肃宗俱崩的预兆。一事而解释差别如此，可为感叹。其二为《与三王烧梨联句》，三王为颍王、信王与益王，分别各咏二句后，肃宗作结云："天生此间气，助我化无为。"诗出《太平广记》卷三八引《邺侯外传》，仅属传说。二是唐末新罗诗人崔致远归国后撰《大唐新罗国故凤岩山寺教谥智证大师寂照之塔碑铭》，说慎行禅师入唐，"肃宗皇帝宠贻天什曰'龙儿渡海不凭筏，凤子冲虚无认月'"。寓意不甚能解。三是《册府元龟》卷四载："李光弼出统河南诸军，帝于内殿宴送，御制诗以宠之，群臣毕和。"诗没存下来，但知他有写诗送行的事实和能力。

唐朝皇帝点赞过的唐诗

今人喜谈文学家族，唐代排名第一的文学家族是哪家？答案简单：皇上他家。有唐二十一帝，没有诗歌留存的仅宪宗、穆宗、敬宗、武宗、僖宗、哀帝六位。从高祖算起，十四代人大多会写诗，这是何等的辉煌。排名第二的，能举出五代就算不错了。如果就诗才来说，最好的当然是玄宗，其次为太宗、中宗、德宗、文宗、宣宗、昭宗，武后较难评价，真正确定是她自作的作品太少。皇上们对前代与当代作品都有广泛的阅读，这是宫廷教育的结果。这里仅讨论皇上们对其当代诗歌的阅读和评价。

高祖、太宗、高宗祖孙三代都能诗，然建国未久，评议尚不多，故从武后说起。《文苑英华》卷九七二张说《兵部尚书代国公赠少保郭公行状》：

> 十八擢进士第，其年判入高等。时辈皆以校书正字为荣，公独请外官，授梓州通泉尉。至县，落拓不拘小节。尝铸钱，掠良人财，以济四方，海内同声合气，有至千万者。则天闻其名，驿征引见，语至夜，甚奇之。问蜀州之迹，对而不隐。令录旧文，乃上《古剑歌》。其词曰："君不见昆吾铁冶飞炎烟，红光紫气俱赫然。良工锻炼凡几日，铸得宝剑名龙泉。龙泉颜色如霜雪，良工咨嗟叹奇绝。琉璃玉匣吐莲花，错镂金环生明月。正逢天下无风尘，幸且用防君子身。精光黯黯青蛇色，文章片片绿龟鳞。非直结交游侠子，亦曾亲近英雄人。那知中路遭弃捐，零落漂沦古狱边。虽则沉埋无所用，犹能夜夜气冲天。"则天览而佳之，令写数十本，遍赐学士李峤、阎朝隐等。遂授右武卫胄曹、右控鹤内供奉。

郭公即郭元振（656—713），名震，以字行。行状是在他身后叙述一生功业以备史官采录的文体，录入如此长篇诗歌，确属罕见。郭任通泉尉的时间，据陈子昂为郭妾薛瑶所撰墓志，应该在武后称帝后的长寿二年（693）左右。郭年近四十，功名未立，仍沉沦下僚，真有许多感慨。郭作为地方官，实在是“落拓不拘小节”，不仅自铸钱，且干劫富济贫之侠行，《唐摭言》卷四以为“掠卖千余人，以供过客”，确很过分。不过唐人不拘细行，武后更甚，于是破例召见，夜谈称奇。行状说诗是他的旧作，应属可信，《唐摭言》说是口占，则属传闻。这首《古剑歌》以龙泉宝剑自喻，说经过名匠千锤百炼，宝剑色如霜雪，材质精良，可是身逢治世，无所用其才，最多只能作为君子的防身之物，甚或被遗弃路边，但其英雄之气，始终无法掩埋，即便遭弃，剑气仍然夜夜气冲斗牛。每句都写剑，每句都写自己之英雄抱负，期待能为世用。武后因诗而知其胸襟才干，竭力提拔，先让他奉使吐蕃，渐次拔擢为凉州都督，到中宗时任安西大都护，守边十余年，四镇宁静，为一代名将。需要说明的是，玄宗初年另有小言官郭震，《全唐文》将两人文章误编在一起，而宋初成都有字希声的隐士郭震，《全唐诗》沿袭《万首唐人绝句》的错误，也将其诗收在郭元振名下，都是盛名之累。

中宗在位时间不长，但对写诗之投入程度空前绝后。

他早年震慑于亲妈的淫威，凡事避让，即位后他的太太和女儿威风八面，他干脆带一大批文士游玩写诗，尽情风流。他本人评诗的见解不多，但下面这段著名的故事中，上官婉儿是代表他的，仍可以在此列出。《唐诗纪事》卷三：

> 中宗正月晦日幸昆明池赋诗，群臣应制百余篇。帐殿前结彩楼，命昭容选一首，为新翻御制曲，从臣悉集其下。须臾，纸落如飞，各认其名而怀之。既进，唯沈、宋二诗不下。又移时，一纸飞坠，竞取而观，乃沈诗也。及闻其评曰："二诗工力悉敌。沈诗落句云：'微臣雕朽质，羞睹豫章材。'盖词气已竭。宋诗云：'不愁明月尽，自有夜珠来。'犹陟健举。"沈乃伏，不敢复争。

玄宗在位日久，天分也高，轶事流传至广。早年他赞赏过蔡孚的《龙池篇》，命群臣奉和。他在朝所作而群臣应制者，今知有百篇之多，前期多因《张说之文集》附录而存，中后期则可从张九龄、孙逖、王维诸人和诗中推想。这里特别要说他晚年赞赏的两首诗。一首是李峤的《汾阴行》。李德裕《次柳氏旧闻》载：

及羯胡犯阙，乘传遽以告，上欲迁幸，复登楼置酒，四顾凄怆。……时美人善歌从者三人，使其中一人歌《水调》。毕奏，上将去，复留眷眷，因使视楼下，问："有工歌而善《水调》者乎？"一少年心悟上意，自言颇工歌，亦善《水调》。使之登楼且歌，歌曰："山川满目泪沾衣，富贵荣华能几时？不见只今汾水上，唯有年年秋雁飞。"上闻之，潸然出涕，顾侍者曰："谁为此词？"或对曰："宰相李峤。"上曰："李峤真才子也！"不待曲终而去。

这段记载的可贵处在于，李德裕自述，高力士晚年告柳芳，复经芳子柳冕告其父李吉甫，因而确凿可靠。李峤有名于武后、中宗时，睿宗即位遭贬，虽死在玄宗初，恐未能相见。《汾阴行》是他怀古的长篇歌行，前半极力渲染汉武帝祭祀汾阴的全盛状况，最后语意急转，写道："千年人事一朝空，四海为家此路穷。雄豪意气今何在，坛场宫观尽蒿蓬。道傍故老长叹息，世事回环不可识。昔时青楼对歌舞，今日黄埃聚荆棘。"这一感慨，在卢照邻《长安古意》、骆宾王《帝京篇》中，也都听到过，更早，汉武帝当时不就有《秋风辞》感叹："欢乐极兮哀情多，少壮几时兮奈老何！”李峤长歌之末，就是玄宗听到的几句，极写眼前之凄凉。玄宗与汉武帝一样，做了四十多年皇帝，不同的是，他亲见了王朝的崩坏，在李峤诗里感受到触目惊心的盛衰之感，确乎痛彻心扉，不待终曲而泪崩如雨，仓惶离去。

平叛几经反复，终于两京恢复，肃宗也恭迎已经是太上皇的玄宗回宫。尽管表面上礼数周到，但涉及权位，则父子绝无让步。肃宗既驱逐了高力士，又将父亲迁往西内，玄宗晚年内心一片凄凉。《说郛》卷三二引《明皇杂录》云：“上既自蜀还京，居南内。其后李辅国矫制，移上西宫，玉真公主徙居于外，高力士而下悉放逐岭表。上因蔬食，或饵药辟谷。肃宗泣涕切谏，自是日不过一食。上常怀戚戚，但吟：‘刻木牵丝作老翁，鸡皮鹤发与真同。须臾弄罢寂无事，还是人生一梦中。’”敦煌遗书斯三八七二可能是更早的记载：“玄宗皇帝从蜀地回，肃宗代位，册玄宗为上皇，在于西内。是政已归于太子，凡事皆不自专，四十八年为君，一旦何曾自在？齿衰发白，面皱身羸，乃裁诗自喻。”下引诗不重复。二处都说是玄宗自作。《诗话总龟》卷二五引《明皇杂录》则说是明皇吟太白诗，显误。这首诗的作者是梁锽，一位存诗不多的小诗人。李颀《别梁锽》诗说他性倜傥不羁，年四十尚无禄位。尝从军为掌书记，因言事不合，拂衣而归。《国秀集》目录载他天宝初的职位是执戟，就是宫门卫士，或是举行朝会时的仪仗队员。《封氏闻见记》卷五载代宗大历间，他曾为诗咏郭子仪所居。玄宗吟的这首诗，《文苑英华》卷二一二载诗题是《窟磊子人》，《唐诗纪事》卷二二题作《咏木老人》，更多的记载则作《傀儡》或《傀儡吟》。这时玄宗已经年逾七十，经过避乱奔波，心力憔悴，感慨人事兴衰，更悟人生如梦。他从梁锽写木偶的诗中，看到了自己的身影。估计他最后时光经常吟诵，身边人就以为是他自作诗了。

德宗是唐朝在位时间第三长的皇帝，仅次于玄宗、高宗。他不似中宗那样喜欢游山玩水，但喜欢在岁时节日写诗咏怀，然后要求满朝文武应和，有时还分分优劣的等级。从他对韩翃《寒食》诗的激赏态度来看，他的观赏水平还不错。但另一位诗人就没有这么幸运了，这一位是唐代女诗人排名第一的李季兰。唐赵元一《奉天录》卷一载：

> 时有风情女子李季兰，上泚诗，言多悖逆，故阙而不录。皇帝再克京师，召季兰而责之，曰：“汝何

不学严巨川有诗云：‘手持礼器空垂泪，心忆明君不敢言。’”遂令扑杀之。

一句话，评点了两位的诗作。正面英雄是严巨川，同书同卷载：建中四年（783）十月八日，叛将朱泚于宣政殿僭即大位，自称大秦皇帝，改元应天，称帝册文由太常少卿樊系之撰。樊写完文章，自感羞惭，遂服药自杀。严巨川感其事而作诗：“烟尘忽起犯中原，自古临危贵道存。手持礼器空垂泪，心忆明君不敢言。落日胡笳吟上苑，通宵虏将醉西园。传烽万里无师至，累代何人受汉恩。”是有感于樊之死，更表达自己虽然无力反抗叛军，但感慨唐恩浩荡，只能心怀唐帝，不敢宣言。严的生平至今不太清楚，仅从《文苑英华》卷一八九收有他的一首省试诗，知道他应是进士出身。建中兵变时期他的官职和后来的命运，皆不详。

给李季兰带来杀身之祸的“言多悖逆”的上朱泚诗，近年很意外地在俄藏敦煌文书Дx.3865发现，全录如下：“故朝何事谢承朝，木德□天火□消。九有徒□归夏禹，八方神气助神尧。紫云捧入团霄汉，赤雀衔书渡雁桥。闻道乾坤再含育，生灵何处不逍遥。”内容很简单，就是改朝换代后的恭维歌颂，可能因为李季兰名气太大，叛军要她写诗为自己宣传，流传很广，不仅传到德宗耳中，多年后且能在敦煌有写本存留。至于德宗必欲杀李，且李在附逆期间内心的真实想法，在另一份敦煌文本中也得到可靠证据。《唐研究》第七卷刊荣新江、徐俊《唐蔡省风编〈瑶池新咏〉重研》，根据俄藏文书 Дx.6654 与 3861 存《瑶池集》残卷，一是重新校订了李季兰《有敕追入内留别广陵故夫》一诗，知道李有受敕召入皇宫的经历，很可能即在德宗初期，则德宗与她在乱前就认识，德宗也可以认为自己对她有恩德，她不应该背叛。二是《陷贼后寄故夫》一诗之发现："日日青山上，何曾见故夫。古诗浑漫语，教妾采蘼芜。鼙鼓喧城下，旌旗拂座隅。苍黄未得死，不是惜微躯。"存世文献仅存"鼙鼓喧城下，旌旗拂座隅"两句，现在看到全篇，我们可以知道这首诗其实就是她所写与严巨川一样的作品。李季兰说自己身陷叛军阵营，身边到处都是鼙鼓旌旗，何能自己决定进退。事变仓卒，欲死而未能，但自己一直心怀故夫，一直希望他能回到自己身边。诗意较含蓄，但寄意是明白的，可惜德宗没有见到。

文宗有一段轶事，见于正史。《旧唐书》卷一七下

《文宗纪》:

> （大和九年）冬十月癸酉朔。乙亥……内出曲江新造紫云楼彩霞亭额，左军中尉仇士良以百戏于银台门迎之。时郑注言秦中有灾，宜兴土功厌之，乃浚昆明、曲江二池。上好为诗，每诵杜甫《曲江行》云:“江头宫殿锁千门，细柳新蒲为谁绿。”乃知天宝已前曲江四岸皆有行宫台殿、百司廨署，思复升平故事，故为楼殿以壮之。

这件事发生在甘露事变前一个月。提到的两位人物，郑注是策划谋诛宦官的关键人物，而仇士良则是宦官首领。在大决战发生以前，各方都借琐事表达立场，积蓄力量。事情的原委是郑注上言秦中会有灾难，可以加兴土功，也就是建楼浚池一类工程来镇厌。曲江新造紫云楼，其中彩霞亭匾额，由文宗亲自书写，仇士良排百戏迎接。估计因为兴建，文宗曾数度到曲江，看到眼前的景致，想到杜甫诗中的描述，时隔八十年，已经有很大变化，因而吟诵到杜诗中的两句。所谓“思复升平故事”，史文是写宫苑景物，但更多寓意则是文宗试图强大皇权，回到开天盛世的理想。所引杜诗，即著名的《哀江头》：

少陵野老吞声哭，春日潜行曲江曲。江头宫殿锁千门，细柳新蒲为谁绿。忆昔霓旌下南苑，苑中万物生颜色。昭阳殿里第一人，同辇随君侍君侧。辇前才人带弓箭，白马嚼啮黄金勒。翻身向天仰射云，一箭正坠双飞翼。明眸皓齿今何在，血污游魂归不得。清渭东流剑阁深，去住彼此无消息。人生有情泪沾臆，江水江花岂终极。黄昏胡骑尘满城，欲往城南忘南北。

这里所引为《续古逸丛书》影印宋本《杜工部集》的文本。文宗所见题作《曲江行》，可能是据杜诗入乐府的改写文本。此诗写于玄宗为避安史之乱入蜀的次年春天，也就是肃宗至德二载（757）春天，杜甫受困于安史叛军占据的长安城内，因缘重新来到曲江一带。读《丽人行》，可以知道杜甫在天宝后期经常以“路人甲”的身份，观察杨氏兄妹的奢华跋扈。玄宗日常住在兴庆宫，但常喜欢经由夹道南下曲江游览。太平时，杜甫喜欢看热闹，但无法接近观察。乱后经年，曲江已近荒芜，杜甫可以走近观察，回想往事。这首诗是写马嵬之变的第一首诗，写成时间距离事变仅半年多。杜甫写到玄宗携贵妃出游时盛况，用语带双关的“翻身向天仰射云，一箭正坠双飞翼”两句，急遽完成由盛至乱的转换，不着一语地将君妃游衍激起变乱的责任揭出，后半更哀叹贵妃之死，以及自己感怀往事之迷离恍惚。诗不长，也没有激烈的议论，但包含无限深沉的感慨。这首诗在唐宋两代流传很广，以致苏辙写《诗病五事》，以此诗与白居易《长恨歌》对比，认为杜甫更得君臣之体，远优于白诗。

宣宗的传说很多，特别是他即位前曾云游四方、结识名僧的故事，今人大多存疑。在玄宗建十王院后，禁止诸王与外臣结交，连行动自由都没有，何能到处闲逛？不过近代出土过宣宗在位时为后宫仇氏所写墓志，仇氏为他生了一女一男，二十四岁去世，名分很低，宣宗自述“吾怀伤叹，加以涕零，感想恸之，哀尔长往”（《唐代墓志汇编》大中 055），不称朕而称吾，是人间男女之痛，这位皇帝确很特别。在白居易去世后，他有诗哀悼：“缀玉联珠六十年，谁教冥路作诗仙。浮云不系名居易，造化无为字乐天。童子解吟《长恨曲》，胡儿能唱《琵琶篇》。文章已满行人耳，一度思卿一怆然。”特别称赞白居易的两首长篇歌行《长恨歌》和《琵琶引》，尽管前者专讲皇家前辈的风情故事。《诗话总龟》卷四五引此诗，作“白乐天去世，人以诗吊之”，今人黄楼《唐宣宗诗歌辑考——兼论宣宗遁迹为僧说的产生及其衍变过程》(刊《魏晋南北朝隋唐史资料》第26辑)据此怀疑诗未必为宣宗作，并无强证。两诗太有名，就不展开了。

五代十国中虽然也有后唐、南唐，从血统来说与大唐一点关系也没有。其中开创皇帝大多出身草莽，一旦跻身通显，都愿意按照文学贵族的模式来培养子孙，成就最好的是南唐三主与吴越三代五王。就五代十四帝来说，最具文学气质的是唐庄宗李存勖，有强烈的表演欲，称之为“中国尼禄”也不过分。他的作品最好的是《忆仙姿》：“曾宴桃源深洞，一曲清歌舞凤。长记欲别时，和泪出门相送。如梦，如梦，残月落花烟重。”词写词牌本意，真是风情万种，难以释怀。苏轼叹赏，并建议将此词牌改为《如梦令》。庄宗没有留下评点作品的记录。明宗出身军旅，偶然机会得以身居大宝，很有自知之明，据说经常夜深祈祷，希望有真命天子降临人间——那几年真有赵匡胤诞生了，不知真有其事还是宋人编造。明宗点评过聂夷中的诗。《旧五代史》卷一二六《冯道传》载：“天成、长兴中，天下屡稔，朝廷无事。明宗每御延英，留道访以外事。道曰：‘……陛下勿以清晏丰熟，便纵逸乐，兢兢业业，臣之望也。’明宗深然之。他日，又问道曰：‘天下虽熟，百姓得济否？’道曰：‘谷贵饿农，谷贱伤农，此常理也。臣忆得近代有举子聂夷中《伤田家》诗云：“二月卖新丝，五月粜秋谷。医得眼下疮，剜却心头肉。我愿君王心，化作光明烛。不照绮罗筵，偏照逃亡屋。”’明宗曰：‘此诗甚好。’遽命侍臣录下，每自讽之。”白居易写新乐府，自述“但歌生民病，愿得天子知”，天子是否读过，则不得而知。明宗真心希望了解民间疾苦，加上冯道的适时提出，将聂夷中的这首诗推出来。聂夷中写诗时，大约在唐末懿、僖之间，距离明宗在位大约六十年，但民生艰难，何代不如此？聂夷中所写，说二月新蚕尚未吐丝，五月秋谷远未登场，但农民为了生存，匆忙贱卖。“医得眼下疮，剜却心头肉”两句，真是沉痛至极。明宗被深深触动，不仅称赞“此诗甚好”，且写成文本，悬在宫中，经常讽诵。明宗在位七年半，是五代乱世最稳定的一段时期。长兴四年明宗诞节，俗讲僧云辩在明宗面前唱道：“每念田家四季忙，支持图得满仓箱。发于鬓上刚然白，麦向田中方肯黄。晚日照身归远舍，晓莺啼树去开荒。农人辛苦官家见，输纳交伊自手量。”是对他关心农事的礼赞。

十国君主中有三位后主，文学最好的是南唐后主李煜，政事最好的是后蜀后主孟昶，两者皆不佳的是前蜀后主王衍。说来王衍真有好出身，父亲王建虽出身军旅，但对文学、音乐都有特别喜好，成都永陵博物馆地宫中有他的石雕，作萧散文人打扮，母亲则是有名的花蕊夫人。王衍少年即位，行事荒诞，他亲娘看在眼里，留下记录：“自教宫娥学打球，玉鞍初跨柳腰柔。上棚知是官家认，遍遍长赢第一筹。”“苑东天子爱巡游，御岸花堤枕碧流。新教内人供射鸭，长将弓箭绕池头。”喜赌球，爱巡游，是他的性格。巡游时有文娱活动，《蜀梼杌》卷上载：“（乾德五年）重阳，宴群臣于宣华苑，夜分未罢。衍自唱韩琮《柳枝词》曰：‘梁苑隋堤事已空，万条犹带旧春风。那堪更想千年事，谁见杨花入汉宫。’内侍宋光溥咏胡曾诗曰：‘吴王恃霸弃雄才，贪向姑苏醉绿醅。不觉钱塘江上月，一宵西送越兵来。’衍闻之不乐，于是罢宴。”王衍亲自唱曲，所唱是唐宣宗、懿宗时诗人韩琮的《柳枝词》，内容是咏汴州隋堤垂柳的往事。韩诗说，汉代梁孝王的梁苑，隋炀帝的隋堤，繁华的一切都已经过去，只有隋堤万株柳树，依旧在春风中舞动腰肢，往事千年，何可回想，谁还能想见当年的繁华？内容已经很低沉伤感。未曾想到的是那位略通文墨的大珰宋光溥，接着唱了一首更威猛的胡曾《咏史诗》中《姑苏台》一首，直写吴王夫差自恃强盛，终日贪饮享乐，未料越王勾践引兵来袭，终至身败国亡。不知是宋光溥故意唱此，提醒王衍关心国事，还是无意戳到王衍痛处，让王衍极度不爽，遂罢宴还宫。史官留下这段记录，当然是存有寄意的，但也足见在位者即便奢华度日，内心始终有一根触碰不得的弦，就是这一切能够保持长久吗？两首诗，恰好说到了王衍的痛处。

辽太宗耶律德光，也有一段读杜诗的记录。《清异录》卷上《禽名门·观自在》："耶律德光入京师，春日闻杜鹃声，问李崧：'此是何物？'崧曰：'杜鹃。唐杜甫诗云："西川有杜鹃，东川无杜鹃。涪万无杜鹃，云安有杜鹃。"京洛亦有之。'德光曰：'许大世界，一个飞禽任他拣选，要生处便生，不生处种也无，佛经中所谓观自在也。'"这一年在后晋是开运三年（946），在辽是会同十年。晋高祖石敬瑭以割让燕云十六州获得契丹支持，灭后唐，建后晋，但他儿子石重贵继位后，与契丹翻脸，互相对打数年，契丹取胜，兵入汴京。次年春，耶律德光听到杜鹃声，不知吉凶，于是询问晋大臣李崧，李崧举杜甫诗以答，德光似乎对杜诗并不熟，但引佛典"观自在"来解读，倒也很精彩。需要说明的是，后晋时杜诗有开运二年官版，是个人文集的最早版刻记录，当时读的人必多。杜甫这首诗的后续文字有：“杜鹃暮春至，哀哀叫其间。我见常再拜，重是古帝魂。”包含亡国之感，黄庭坚《书磨崖碑后》云“臣结春陵二三策，臣甫杜鹃再拜诗”，就是指这首诗，所幸当时谁都没读懂。

以上介绍了唐及五代十国皇帝对十多首唐诗阅读和评价的故事。皇帝是唐诗作者和读者中很特殊的人群，他们位居九五，高高在上，言成典谟，动惊朝野，同时，他们也是所有读者中普通的一员，有自己的人生悲欢，也有各自的感同身受。介绍他们的阅读感受，相信对今人阅读和理解唐诗，当不无启发吧！

唐朝状元们的诗歌

明清两代科举制度健全，三年一大比，全国才出一个状元，真是风光无限。唐朝刚开始玩科举，没有经验，制度不规范，记录也不完全。状元的名称是已经有了，但更通行的是省元、榜首、状头之类称呼。唐立国 289 年，第一年五月方开国，其后有 22 年不贡举，还有一年是乾封二年（667），科是开了，但觉考卷不理想，一个没取。也有意外的惊喜，有七年开了两榜，西京、东都分开考。这样一算，唐朝进士实际开了 272 榜。留下一榜完整进士名单的，只有贞元八年（792）、会昌三年（843）和乾宁二年（895）三榜，其他各榜或存一二人至十来人不等，一人无存者有几十榜。本来唐人是做过《登科记》的，宋以后亡佚了，从清人徐松《登科记考》到今人孟二冬《登科记考补正》，做了极大努力，方得有个大体轮廓。本人也出过力，因而得知端末。272 榜有多少状元留下名字呢？让我数一数，共 136 人，恰好得其半数，很大一部分存下名字，是因为宋元人谈唐诗人时称他为某人榜进士，或者见于明人那部不尽可靠的《玉芝堂谈荟》，本人事迹往往全无可考，很遗憾。这 136 名状元有诗存世的，仅有 33 人。

唐朝科举主要分三块，一是明经，考对经义的熟悉程度；二是进士，考文学才华；三是制科，考实际办事能力及对重大时政的看法。进士科考试方式，也曾有过摸索，大约在武后后期确定一诗一赋的格局。诗有固定格式，即五言六韵的近体诗，赋则规定字数和押韵，到后期多换八韵，后世称为律赋。诗赋的题目则取自经史与时政，有很大的灵活性。换句话说，省试诗每首就是六十个字，但在这六十个字中，则要看对经史的熟悉程度以及审题发挥的能力，很不容易做好。唐代状元们斩获榜首的作品，现在能够见到的有崔曙、李岑、黎逢、丁泽、李程、陈讽、贾棱、武翊黄、李肱、卢肇、郑洪业、陆扆等人的十多篇，其中影响最大的是李肱《霓裳羽衣曲》，但就全部唐代省试诗来说，则以钱起《湘灵鼓瑟》为最有名。我愿先就这两首诗来谈唐代进士之遴选。

钱起是天宝十载（751）进士第六名，状元是李巨卿。这时钱起已经年近四十，与王维及其友人有较多交往。诗题《湘灵鼓瑟》，源自《楚辞·远游》：“使湘灵鼓瑟兮，令海若舞冯夷。”对考生来说，既要知道题目之来源，又要理解原作所表达楚辞作者幽怨无诉、奋而远行时的文化环境与特定氛围，再敷述为诗篇。钱起诗是：“善鼓云和瑟，常闻帝子灵。冯夷空自舞，楚客不堪听。苦调凄金石，清音入杳冥。苍梧来怨慕，白芷动芳馨。流水传潇浦，悲风过洞庭。曲终人不见，江上数峰青。”湘灵指湘水之神，首二句就写其以善鼓瑟而广为世知。“云和”语出《周礼·春官》“孤竹之管，云和之琴瑟”，不是率尔之言。接下来几句，都是一句写瑟音之清妙，一句写听者心绪之悲苦，紧扣《远游》原作之氛围，抒写作者自己的理解。曲终是鼓瑟之终结，楚辞作者已远去，湘灵不见了，屈子也走远了，只有江上数峰，独对残阳，可以是乐曲还回翔在山水之间，也可以是曲终一片静穆，给人无限的遐想。省试诗不容易写好的原因是你必须扣题，无法自由驰骋想象，更不能生造原典没有的环节。与钱起同时登第者另还存四篇，都按此路径写作，但多索漠无神，钱起此首则如得神助，应试之作能写得如抒情写景诗般之灵动，似乎得江山神巫之助。难怪此诗流传后，即有他赴试前月夜独吟，得鬼谣相助之传说。当然，此诗有一小瑕疵，即出现了两个“不”字，违反了近体诗尽量不重字的习俗。中晚唐对此曾有讨论，认为无损成就。

李肱是唐宗室，也就是皇帝的远亲，他在文宗开成二年（837）状元及第，诗题《霓裳羽衣曲》，是玄宗时著名的舞曲，考官希望借此表达对开天盛世的向往，还附带一个要求，是“齐梁格”，即不要严格粘对的近体诗。李肱诗云：“开元太平时，万国贺丰岁。梨园献旧曲，玉座流新制。凤管递参差，霞衣竞摇曳。宴罢水殿空，辇余春草细。蓬壶事已久，仙乐功无替。谁肯听遗音，圣明知善继。”诗意很晓畅，即首写开元盛世，次二句写梨园与皇家共同完成新曲的制作，再次写歌舞的演奏，最后写到往事之余音不废，当今圣明当可继承盛世伟业。可以说既扣题，有文采，思往事，更颂今。且用省试诗中很少见的仄韵写成，各韵之间或粘或不粘，以契合“齐梁格”的要求。更难得的是，文宗在前一年挑选主考官时，特别说到宗室子弟大多浮华，要着意挑选有真实才学之人。考官高锴心领神会，认为李肱此诗“词韵既好，人才俱美”，“虽使何逊复生，亦不能过”，文宗也加激赏。可惜李肱仅存此一篇，后来官至岳、齐二州刺史，没有大的成就。

唐代进士科虽然年年都考，但每年参考进士多达数千人，能够出线者每年仅二三十人，许多人都久困科场，艰难备尝，一旦及第，真有“春风得意马蹄疾，一日看尽长安花”的畅快，更何况高居榜首。卢肇是会昌三年（843）状元，此前他在科场至少困厄近二十年，幸亏李德裕主政，拔擢寒素，起用年近八十的老诗人王起主持贡举，将来自南方袁州的卢肇定为状元。他的心情有几种层次的表达。在同年聚会祝贺主司放榜诗中，他说：“嵩高降德为时生，洪笔三题造化名。”是说王起高寿，为时代而主造化，后者指造就人才。最后说“明日定知同相印”，认为恩主将会做宰相。这些都是场面话。送落第者归乡，更要保留分寸。《及第后送潘图归宜春》：“三载皇都恨食贫，北溟今日化穷鳞。青云乍喜逢知己，白社犹悲送故人。对酒共惊千里别，看花自感一枝春。君归为说龙门事，雷雨初生电绕身。”自己的意外之喜，以及对友人落第的安慰，表达都很有分寸。待回到故乡，想到赴考时遭到的冷落，及地方刺史前倨后恭的冷热脸，他再无保留，借观赛龙舟的话题，写道："向道是龙刚不信，果然夺得锦标归。"所谓及第如跳龙门，自己的自负一直没有人相信，现在夺得了锦标，终于可以一出多年恶气了。两年后的会昌五年，状元又是来自袁州的易重，且过程有些曲折，即先定张渍第一，易重第二，有些纠纷，武宗让白敏中再定去留，改为易重第一。易重有《寄宜阳兄弟》诗："六年雁序恨分离，诏下今朝遇已知。上国皇风初喜日，御阶恩渥属身时。内庭再考称文异，圣主宣名奖艺奇。故里仙才若相问，一春攀得两重枝。"入京应试已经离乡六年，自己的考试也经历了从礼部到内廷复试的曲折，所幸一切顺利，"一春攀得两重枝"更属意外之喜。《全唐诗》存易重诗仅此一首。今贵州大学教授易闻晓据说就是易重的后人，他家族所传《五盐易氏宗谱》中还有一首《中秋》："去岁今宵醉似泥，今年对月独眠迟。人间共挹金波爽，天上谁将玉笛吹。黄道星辰环北极，青冥风露洗南陲。银桥试问乘鸾女，仙桂谁攀第一枝。"似为多年后作，还津津乐道于折桂登顶的愉悦。

长居京城的进士，多年落魄，贫寒者或困守寒村，富有者不免流连狭斜。一旦高中，各有悲喜故事。郑合敬是乾符二年（875）状元，及第后仍宿平康里妓院，且留诗云："春来无处不闲行，楚润相看别有情。好是五更残酒醒，时时闻唤状元声。"《北里志》载"楚儿，字润娘，素为三曲之尤"，楚润似为一人，《唐摭言》卷三则作"楚娘、闰娘，妓之尤者"，则为二人。以郑诗看，似以二人为是。他似乎很迷恋这样的生活，彻夜饮酒，在沉醉中听妓女殷殷呼唤状元，人生得意就该如此吧！开成三年（838）状元裴思谦因为打通大宦官仇士良的关节而及第，写了红笺名纸十数份散发，然后夜宿平康里。兴奋之余，用妓女的语气作诗一首："银釭斜背解鸣珰，小语偷声贺玉郎。从此不知兰麝贵，夜来新惹桂枝香。"后两句是说进士及第称折桂，得近状元而沾了香气，再好的化妆品也可以不用了。《全唐诗》此诗又收平康妓下，是误收。

后世说"洞房花烛夜，金榜题名时"，有这段经历的是元和十五年（820）状元卢储。他在赴考期间，曾造访古文家李翱。李翱以礼接待，将他的投文放于几案间，即外出视事。李翱长女年方及笄，见到文卷，惊叹："此人必为状头。"李翱即选卢为婿。卢即赴京，果中魁元。"才过关试，径赴嘉礼"，马上成亲。卢有《催妆》诗说："昔年将去玉京游，第一仙人许状头。今日幸为秦晋会，早教鸾凤下妆楼。”唐代婚俗，迎亲过程中有许多繁文缛节，有文学的新人更会写许多打趣的诗歌，如同敦煌所出《下女夫词》所载那样。卢储称新娘为“第一仙人”，说因为你的吉言，我果然高中榜首。今天终于迎娶新人，你还是隆重打扮赶快从妆楼下来吧。喜悦之情，溢于言表。卢储诗仅存两首，另一首《迎内子题庭花》：“芍药斩新栽，当庭数朵开。东风与拘束，留待细君来。”说庭园里的芍药花仅开数朵，一定是东风管得严格，要太太来后才尽开。佳人既识才子于婚前，婚后感情也是很甜蜜的。

但凡状元及第，总会带来社会知名度，并为今后的仕途带来光明前途。今知状元曾主持贡举者，有李昂、常衮、李程、柳璟、郑颢等人。从当年的抡选魁元，到多年后决定他人命运，内心世界是极其复杂的。举一位知贡举者的诗来说：“独坐贡闱里，愁多芳草生。仙翁昨日事，应见此时情。”那么多考生，优秀的很多，谁去谁留，不仅关乎考生的命运，也赌上知举者的名声，这位老兄挠闷至极，说自己的愁绪恰如无边芳草，不知如何抉择，只能写诗向前辈请教，你去年怎么办的？这首诗的作者，有吕渭与刘太真两说，二人都不是状元，这里仅举例而已。状元知举，有成功者。如柳璟，为宝历元年（825）

状元，于会昌元年（841）、二年（842）两知贡举；郑颢，是柳璟会昌二年所取状元，于大中十年（856）、十三年（859）两知礼部贡举，两人皆奖拔人才，时称得人。但也有闹出乱子来的，如李昂，是开元二年（714）状元，以考功员外郎知二十四年（726）贡举。他办事认真，秉性刚急，眼中揉不得沙子。他召集考生，说文章好坏，我会秉持“至公”的态度来取舍，谁也不准找人托关系。偏偏他舅舅不识好歹，因与进士李权邻居，向李昂进言。李昂大怒，再集贡士数落李权的过失，还将李权的疵点张贴通衢，以加羞辱。李权愤而开撕，当众责问李昂：“执事雅什，可否商榷？”“有何不可！”“耳临清渭洗，心向白云闲。岂执事辞乎？”李昂答：“然。”李权使出掏心一击：“昔唐尧衰怠，厌倦天下，将禅许由，由恶闻，故洗耳。今天子春秋鼎盛，不揖让于足下，而洗耳何哉？”李昂原诗不存，估计是咏史之作，借歌颂许由表达自己与世无争的人生态度。李权借题发挥，说尧之晚年，厌倦政事，因而欲让位于许由，许由高尚隐逸，觉此语玷污了自己的人格，有清渭洗耳的故事。李权责问，当今皇上年不及五十，从未要让位于足下，你干嘛洗耳？意思是你有不臣之心。问题严重了，李昂诉于宰相，将李权下狱了事。宰相觉得考功员外郎官位稍低，威权不够，确定此后改由礼部侍郎知举。这是唐代科举史上的重大转折点，李昂的狷急留下笑柄，提升了科举层级则属无心插柳。

状元做到宰相的，有常衮、齐映、李固言、李程、孔纬、孙偓、陆扆等不足十人，建树也很有限。常衮是肃代间有名的文人，长于制诰，但政事能力很有限，时人有“常无分别元好钱”来讥讽两位宰相之不称职。特别的倒是孙偓，本是风流才子，登第前经常出入北里，从宦多年，乱中尽了人力，世变以后，谢绝征辟，栖心云水，耽信释道，受道箓于杜光庭，亦通晓禅理。他有诗致杜光庭：“我行同范蠡，师举效浮丘。”《宋高僧传》卷三〇录他赠南岳僧全玼诗：“窠居过后更何人，传得如来法印真。昨日祝融峰下见，草衣便是雪山身。”可见他的人生选择与体悟。还可以说到的是，晚唐甘露事变的关键人物李训，本名仲言，是长庆二年（822）状元，他与郑注谋欲诛除宦官，事败而蒙大逆之罪名，诗文很少传世。近年出土他为母亲所写墓志，可以看到他的真实一面。

唐代状元有较多诗歌传世者，有王维、崔曙、杨凭、杨凝、张又新、卢肇、裴说等人，以下略作介绍。

就诗歌成就来说，首屈一指的无疑是王维。他是开元九年（721）状元，当时年纪刚过二十，当然是少年得志。他是盛唐最伟大的诗人之一，科场的这段经历他似乎很少提起。这里只是要指出，李白、杜甫当然曾不屑或挫败于科场，王维则曾有风光的这段经历，时代似乎并没有特别地为难他们，世俗的一时得失也无法框定他们的伟大人生。

崔曙大约是唐代状元最晦气的一位。他是开元二十六年（738）状头，试题是《明堂火珠》。明堂是武后在东都所建之宏伟建筑，据说高三百尺，刚建成就遭火焚。再建，到开元间已颇毁撤，惟堂顶金火珠望之赫然。崔曙诗云："正位开重屋，凌空出火珠。夜来双月满，曙后一星孤。天净光难灭，云生望欲无。遥知太平代，国宝在名都。"这时试诗还无定格，因是四韵。"夜来"两句是写实好句，说晚间火珠与明月相映共辉，天亮后则仅有前者一星孤照。问题在于，崔曙登第后次年就去世了，且留下一女小名星星，因而世人认为此诗一语成谶。撇开这些不说，崔曙是盛唐的重要作者，殷璠《河岳英灵集》称其诗"言辞款要，情兴悲凉，送别、登楼，俱堪下泪"。可惜传世典籍存其诗仅十四首，近年日本发现一首佚诗《宛丘李明府厅黄雀吟》："鸣琴作宰讼庭空，贺雀因巢廨宇中。决起不离当砌树，归飞时逐傍帘风。场边啄粟宁堪比，箧里衔花仅欲同。会取玉环来报德，今君四代为五公。”见《书陵部纪要》五一号住吉朋彦《伏见宫旧藏杂钞卷一四》。

大历九年（774）状元杨凭，与十三年（778）状元杨凝是亲兄弟，他们是唐代唯一的兄弟状元。他们的父亲是醴泉尉杨成名，地位并不高，还有一子杨凌于大历十一年（776）登进士第，一门三甲，时称三杨，实在难得。其中杨凌娶韦应物长女为妻，杨凭女更适柳宗元为妻，姻亲关系形成中唐特别的文学集团。韦、柳为诗皆学陶渊明，因各人性情和经历不同而自成面貌。三杨很可惜，本人的诗文集都没有流传后世，仅因令狐楚《御览诗》的选取而各有一些诗保存。《御览诗》是选给皇帝看的，多是平和温厚的作品，个性不太张扬，这必然影响到今日对三杨诗的认识。兹录两首。杨凭《窦洛阳见简篇章偶赠绝句》：“直用天才众却瞋，应欺李杜久为尘。南荒不死中华老，别玉翻同西国人。”此诗写于元和七年（812），是最早几首李杜并提诗之一。此前杨凭坐事贬岭南，诗传达他的自负与自信。杨凝《送别》：“春愁不尽别愁来，旧泪犹长新泪催。相思倘寄相思字，君到扬州扬子回。”此诗特别处是每句都有重字，但诗意仍很流畅。

元和九年（814）状元张又新是小说家张鷟的曾孙，到他父亲张荐官至工部侍郎，已成显宦。他也创造了新的纪录，即京兆解为解头，进士试为状头，制科为敕头，因而有“张三头”之誉。他在政治上名声不佳，但却是难得的品茶家，所作《煎茶水记》，对天下泡茶最好的水作了排名。今人所知庐山康王谷水帘水为天下第一，无锡惠山寺水为第二，即源自这篇大作。他的诗存三十首左右，最著名的有三组。《本事诗》说他风流好色，有二诗为证。在酒席上让迷恋旧妓唱新作：“云雨分飞二十年，当时求梦不曾眠。今来头白重相见，还上襄王玳瑁筵。”娶妻不俊而有诗：“牡丹一朵直千金，将谓从来色最深。今日满栏开似雪，一生辜负看花心。”此其一。曾任温州刺史，作短句咏地方山水，可能有百首之多，开宋以后某地百咏之先声。此其二。近年先后发现两首他在庐山留下的佚诗，有《谢庐山僧寄谷帘水》：“消渴茂陵客，甘凉庐阜泉。泻从千仞石，寄逐九江船。竹柜新茶出，铜铛活火煎。育花浮晚菊，沸沫响秋蝉。啜忆吴僧共，倾宜越碗圆。气清宁怕睡，骨健欲成仙。吏役寻无暇，诗情得有缘。深疑尝沆瀣，犹欠听潺湲。迢递康王谷，尘埃陆羽篇。何当结茅屋，长在水帘前。”很难得与饮茶品水有关。

此其三。

还要说到卢肇。他是袁州（今江西宜春）人，袁州地处湘、赣之间，隋唐之间方设州，经济文化都不算发达。但安史乱后中原士人纷纷南奔，到中唐后已风气丕变，据说特别在韩愈元和十四年（819）短暂任刺史以后，极大地带动了袁州士人的向学之心。唐末刘松编《宜阳集》六卷，“集其州天宝以后诗四百七十篇”。卢肇存集有《文标集》，收诗主要来自《宜阳集》，成就不能说很高。倒是他的大赋《海潮赋》，不仅有文学价值，且具科学意义。

裴说是唐亡前一年即天祐三年（906）的状元，那时国势已非，诗人一生可用他自己的诗“避乱一身多”来概括。他有一首《题怀素台歌》，起手就说“我呼古人名，鬼神侧耳听。杜甫李白与怀素，文星酒星草书星”，怀抱对伟大时代与伟大艺术的向往，但“我来恨不已，争得青天化为一张纸”，虽有理想，毕竟时代已变。他有一首歌行《寄边衣》，《后山诗话》赞为“尤诙诡也”，是唐诗最后的遗响。

还有一位崔昭纬，是中和三年（883）状元，本人存诗不多，但王国维曾怀疑《花间集》所收薛昭蕴与他应是同一人，我也赞同，但至今没有可以定谳的铁证，只好阙疑。

本文有关唐代科举与状元的资料，全部参照孟二冬教授《登科记考补正》(北京燕山出版社 2003 年版)。我与孟教授交往不深，印象中仅见过两次。一次是 1999 年末在北京大学图书馆古籍阅览室，我去查明刻《姓氏遥华》，他在查唐人登科文献，仅稍作寒暄。第二次见面是 2003 年 1 月末在东京大学，他在那里客座任教即将结束，我受邀作《二十四诗品》真伪的讲座，承他奉陪半日，因有较多交谈。《登科记考补正》出版后，他签名远寄给我，一直想写书评而不果。倏忽他去世已近十二年，据他所赠书写成本文，不觉怅然伤感。本文虽为率尔之谈，但所涉文献之丰沛复杂，读者当不难体会。学术基础研究，应得到尊重。

唐人牡丹诗的绝唱

又到四月中旬，恰好是洛阳牡丹盛开的季节。1986年4月，中国唐代文学学会第三届年会在洛阳举办，主办方特意安排到王城公园观赏牡丹，满园朱紫，至今倾想。

牡丹栽培史很早，但惊动朝野、举世为之疯狂，还是在盛唐以后。唐人写了许多诗来赞誉牡丹，其中最佳名句，无可争议是李正封“国色朝酣酒，天香夜染衣”二句。《松窗杂录》载：

> 大和、开成中，有程修己者，以善画得进谒。修己始以孝廉召入籍，故上不甚礼，以画者流视之。会

> 春暮，内殿赏牡丹花，上颇好诗，因问修己曰："今京邑传唱牡丹花诗，谁为首出？"修己对曰："臣尝闻公卿间多吟赏中书舍人李正封诗曰：'国色朝酣酒，天香夜染衣。'"上闻之，嗟赏移时。杨妃方恃恩宠，上笑谓贤妃曰："妆镜台前宜饮以一紫金盏酒，则正封之诗见矣。"

这是成语"国色天香"的来源。上指唐文宗，程修己是宫庭画师，尤善花卉，他转达的应是京城公议。文宗调侃爱妃的话，对此二句作了即景解读。可惜此诗全篇不存。李正封是韩愈的好友，韩集附有二人联句诗，功力悉敌。

唐人最早牡丹诗出于谁手，已很难理清。卢照邻《元日述怀》"花舞大唐春"一句，虽肯定非写牡丹，但很好揭示了名花与大唐的关系。王维存诗讲到牡丹者，日本人编《千载佳句》卷下有其《牡丹花绽》二句："自恨开迟还落早，纵横只是怨春风。"另有《红牡丹》："绿艳闲且静，红衣浅复深。花心愁欲断，春色岂知心。"很一般。盛传一时的李白《清平调》三首，据最早载录该组诗的唐末笔记《松窗杂录》记，"开元中，禁中初重木芍药，即今牡丹也"。似牡丹为后出名。禁中植于"兴庆池东沉香亭前”，玄宗喜不自胜，乃感慨：“赏名花，对妃子，焉用旧乐词为？”召李白进新词，因有此三诗：“云想衣裳花想容，春风拂槛露华浓。若非群玉山头见，会向瑶台月下逢。”“一枝红艳露凝香，云雨巫山枉断肠。借问汉宫谁得似，可怜飞燕倚新妆。”“名花倾国两相欢，长得君王带笑看。解释春风无限恨，沉香亭北倚栏杆。”每一句都写牡丹，每一句也写妃子，风华艳丽，遂得流传千古。今人多有怀疑，是从贵妃册封与李白侍文时间上论证，我则觉得如“云雨巫山”“飞燕倚新妆”“倾国”等辞语，在这里确实都不太合适。民间自多高人，假托又如何，诗好就行。杜甫没有写到牡丹。其《少年行二首》其二云：“巢燕养雏浑去尽，红花结子已无多。黄衫年少来宜数，不见堂前东逝波。”南宋姚宽《西溪丛语》卷下认为是写三月牡丹时霍小玉事，恐怕是想多了。

唐人写牡丹的好诗，要到中唐方大量出现。白居易写得很多，早期是关心牡丹引起的社会问题，如《买花》之“一束深色花，十户中人赋”，《牡丹芳》之“三代以还文胜质，人心重华不重实”，主张“我愿暂求造化力，减却牡丹妖艳色”，归结到牡丹之妖艳惑世。难怪他虽写得多，却难有好诗。稍可讽诵者仅此首《惜牡丹花二首》之一：

“惆怅阶前红牡丹，晚来唯有两枝残。明朝风起应吹尽，夜惜衰红把火看。”刘禹锡在比较众花品格后，给牡丹以充分礼赞：“庭前芍药妖无格，池上芙蕖净少情。惟有牡丹真国色，花开时节动京城。”(《赏牡丹》）后两句简明而直截了当，真是好诗。就是他忽略了牡丹原本就是芍药的升级版，回过来说芍药没品，不厚道。

晚唐写牡丹诗尤多，但最好者应该是下面这两首。罗邺《牡丹》云：“落尽春红始见花，花时比屋事豪奢。买栽池馆恐无地，看到子孙能几家。门倚长衢攒绣毂，幄笼轻日护香霞。歌钟满座争欢赏，肯信流年鬓有华。”写豪家竞栽牡丹以炫耀，但“看到子孙能几家”一句，写出繁华之难以持续，并感叹在此欢赏奢华中，流年渐逝的悲哀。还有罗隐的《牡丹花》：“似共东风别有因，绛罗高卷不胜春。若教解语应倾国，任是无情亦动人。芍药与君为近侍，芙蓉何处避芳尘。可怜韩令功成后，辜负秾华过此身。”颔联两句，实在是妙对，在唐人写牡丹名句中可入前三，在晚唐流布尤广。

其实牡丹是不易写好的。将花比美女，开始是创想，多写就成俗格了；因花而写世尚奢华，虽然深刻，但毕竟是偏锋，是世人的错，牡丹不应该承此罪责。大约因为如此，中晚唐几位心气很高的诗人，如韩愈、杜牧干脆就不写，李商隐是写了一些，但因语意艰深，用典稍多，影响了流布。

那么有没有一首诗，既能跳出以美人喻花的窠臼，又能兼顾花与社会之联系呢？还真有那么一首好诗。这首诗就是卢纶的《裴给事宅白牡丹》：“长安豪贵惜春残，争玩街西紫牡丹。别有玉盘承露冷，无人起就月中看。”诗的解读并不难。前二句说到了春暮时间，长安的豪富之家更珍惜时光仓促，争相趋赏街西的紫牡丹。这里的街，我觉得是指长安中轴的朱雀大街，街西也就是城西。每年牡丹花期之全盛时间，也就半个月左右，追逐时尚的人们显然很珍惜这短暂的赏花时节。魏紫姚黄作为牡丹极品之出现，可能还要再晚许久，但紫牡丹确实是难得的珍品，争趋赏玩也就可以理解了。诗人的笔锋于此陡转：“别有玉盘承露冷，无人起就月中看。”玉盘是用汉武帝造金铜仙人承露盘的故事。纯玉制作的承露盘，晶莹剔透，纯洁无瑕，用以形容白牡丹之高雅。玉盘承露，更见其寒夜独开，餐露饮霞，高冷孤傲，不趋俗艳。诗人说，在月光下，最是欣赏白牡丹的好时间，月华如铅，月光如银，倾泻在洁白晶莹的白牡丹花上，更成为独特的风景。但他的笔触偏要说没有人愿意深夜起行，来到园中观看此绝品牡丹，因而失去真正领略其风神的绝佳机会。与前二句比较，就特别强烈地表达了对世俗俗艳情趣的不满，也更强烈地渲染了白牡丹不愿与世浮沉、孤傲独守的高贵品质。这里是写花，更是写人，不写它如美女般之妖丽，而是写它高冷出世的情怀。白居易也写过一首《牡丹》："白花冷淡无人爱，亦占芳名道牡丹。应似东宫白赞善，被人还唤作朝官。"他当然因自己姓白，借以宣泄不受世重的失落感，但"白花冷淡无人爱"，恰巧可作前诗的注解。

这首《裴给事宅白牡丹》是有故事的，其作者也有许多的异说。最早见晚唐博物学者段成式著《酉阳杂俎前集》卷一九："牡丹，前史中无说处，唯《谢康乐集》中言，竹间水际多牡丹。成式检隋朝《种植法》七十卷中，初不记说牡丹，则知隋朝花药中所无也。开元末，裴士淹为郎官，奉使幽、冀，回至汾州众香寺，得白牡丹一窠，植于长安私第。天宝中，为都下奇赏，当时名公有《裴给事宅看牡丹》诗，时寻访未获。（一本有诗云：'长安年少惜春残，争认慈恩紫牡丹。别有玉盘承露冷，无人起就月中看。'）太常博士张嵊尝见裴通祭酒说。"稍晚则有宋初钱易《南部新书》卷丁所载："长安三月十五日，两街看牡丹，奔走车马。慈恩寺玄果院牡丹先于诸牡丹半月开，太真院牡丹后诸牡丹半月开。故裴兵部潾《白牡丹》诗，自题于佛殿东颊唇壁之上。大和中，车驾自夹城出芙蓉园，路幸此寺，见所题诗，吟玩久之，因令宫嫔讽念。及暮归大内，即此诗满六宫矣。其诗曰：'长安豪贵惜春残，争赏先开紫牡丹。别有玉杯承露冷，无人起就月中看。'兵部时任给事。"两书所载不同如此，并因此引起以后文本的分歧，作者居然有四人之多，以下分别作讨论。

明张之象著《唐诗类苑》卷一二四作裴士淹诗，《全唐诗》卷一二四采信了此说，收作裴诗，题作《白牡丹》。裴士淹（？—约774），南和令裴知节孙，裴倩子。玄宗天宝间，历仕司封员外郎、司勋郎中。十四载（755），以给事中巡抚河南、河北、淮南诸道。十五载，随玄宗幸蜀，此后经肃代二朝，官颇通显，今人傅璇琮《唐翰林学士传论》考其生平颇详。前引《酉阳杂俎》成书于咸通初，距天宝末已经一百多年，细节有些出入，即他为郎官奉使幽冀应是天宝初事，他将白牡丹引进长安，栽培成功成为都下奇赏，已是他天宝末任给事中时之事。名公题他宅中花，当然不是他本人所作。明人编书，往往粗疏，于此可见。此说可不讨论。

《南部新书》则提供了另一位裴给事的故事，事情也改在文宗大和中，较前约晚了八十多年。裴潾（？—838），秘书监裴清子。贞元初以门荫入仕。敬宗宝历初，累官拜给事中。文宗朝仕途大起大跌，至开成元年（836）转兵部侍郎，《南部新书》所述应为这时事情。但段成式说他的依据得自太常博士张嵘，张嵘复得自裴通，通即裴士淹之子，似乎更为有据。裴通，字文玄，也是贞元初入仕，较著名的活动是宪宗元和二年（807）游越中，作《金庭观晋右军书楼墨池记》。至文宗大和四年（830）任国子祭酒，官至太子詹事，与裴潾为同时人。若裴潾为故事中的裴给事，则裴通似乎缺乏基本的说谎能力。两相比证，我宁愿相信裴通。《古籍研究》2002年4期刊路成文《〈裴给事宅白牡丹〉诗作者考辨》以为非裴潾作，基本也是这一思路，他更认为士淹天宝十四载任给事中，奉使河南河北见《旧唐书》卷九《玄宗纪》记录。他还辨析裴潾与裴通为同时人，拜给事中在宝历间，任兵部则在开成初，显与裴通所述不合。陶敏《全唐诗人名汇考》亦谓作者为裴士淹、裴潾皆误。宋人载为裴潾作的书证很多，所知有《唐诗纪事》卷五二、《苕溪渔隐丛话前集》卷三二、《类说》卷六引《秦中岁时记》、《能改斋漫录》卷七、《锦绣万花谷前集》卷七、《全芳备祖前集》卷二、《合璧事类备要别集》卷二四、《竹庄诗话》卷一三引《秦中岁时记》等，其来源可以追溯到唐末李绰著《秦中岁时记》。若少数服从多数，裴潾肯定胜出，但追源析疑，我觉得原因仅是将裴给事其人张冠李戴的结果。

当然还有一种表述，即循《酉阳杂俎》的表达，将作者定名为开元名公，如《类说》卷四二、《万首唐人绝句》卷六九、《唐诗品汇》卷五五皆是。《分门纂类唐宋时贤千家诗选》卷九署开元明公，意思相同。但如前述，为天宝间事，非开元间，段成式所记稍误。

认为卢纶所作者，只有一个较早书证，即《文苑英华》卷三二一。此后《诗渊》第四册二三八〇页、季振宜《全唐诗稿本》、《全唐诗》卷二八〇所收，都依据《文苑英华》。《文苑英华》是一部大书，错讹很多，但它所据主要是唐人文集，一般不采信传说，因而与笔记诗话一类取资前书、疑似传信的书有很大不同。它的很多错误是在编纂中疏失、传刻时脱漏造成的。以本诗为卢纶作，虽然是孤证，但该卷在录牡丹诗二十多首后，另收白牡丹诗二首，分别为卢纶与王贞白作，不会有顶貌脱误的可能。传世卢集不收此诗，则因卢原集早佚，后来之搜辑者偶误而已。

前引路成文所考，认为作卢纶亦误，则认为卢纶生于天宝七年，天宝末即裴士淹为给事中时，尚未及成年。我则认为诗未必是当时作，完全可能是卢根据都下之传闻，多年后再补作。《文苑英华》所录文本，与《酉阳杂俎》《南部新书》所录文本都不同，当别有所据。还可以补充的一个旁证是，《文苑英华》校记引及《诗选》即王安石《唐百家诗选》之异文，是该书也收作卢诗，但今存宋、清刊《唐百家诗选》卷八皆无此诗，原因不明。《酉阳杂俎》夹注所录诗，也可能是稍后再补记，甚至未必即出他本人之手笔。

再回到原诗。裴宅之白牡丹栽植成功，当年曾轰动一时，成为都下奇赏，也就是说前往观赏的人很多。然而这首诗偏说所有人都去看紫牡丹，没有人关心白牡丹。其实，这就是写诗的技巧。写诗不是写新闻报道，更不求史官实录，写诗的人但求充分调度各种文学技能，将诗中要表达的主旨揭出。这首诗既写白牡丹之风神，又以对比写出世人之奔竞，以及名花之寥落独守，二十八个字包含了太多的内容，可以反复回味，因而是好诗。

一首曾轰动流传的诗，文本分歧和作者归属如此繁复难解，我本人也是反复琢磨许久方理清头绪。其他所有五万首唐诗，大多也有各自的问题，只不过没有这么复杂罢了。写出来与各位分享，当然更愿意听到赐教。

大唐王朝的第 200 年

元和十二年（817），是宪宗皇帝即位的第十三年，也是大唐王朝建立的第 200 年。那年似乎没有任何人想到这一层，没有任何庆祝活动，更没有学术研讨，也没有谁上一份“论本朝二百年多事札子”，一切如常。

就国情来说，任何人都感到了颓势。安史乱后，天下用兵，外族强逼，河北离心，宦者用事，国政颓唐。德宗皇帝在位日久，凡事姑息，河北藩镇跋扈，朝廷掌控的西川、浙西都开始有了想法。试想韦皋在蜀中二十多年，形成各种复杂的利益关系，即便老帅殁了，谁也不希望有剧烈的改变。朝廷对藩镇的要求，已经降得很低，即一要接受调动，二则有事要来见见皇上，其他都好说。病怏怏的顺宗皇帝继位，他身边几位亲信小臣想改良政治，走宫廷道路，遭到元老重臣与藩镇节帅的联合反对，很快失败，二王八司马为此付出惨重代价。宪宗即位，要解决的问题与办法并无太多新意，晋用武元衡、李吉甫等能臣为相，平定蜀、浙之乱，一时有中兴气象。其实蜀、浙并非真叛，不过在新帝即位时试图求得一些利益，所以朝廷举兵，不花大气力就收到显效，惩治元凶，服从者多不追究，就看到与后来平定叛镇之区别。本来朝廷做事，本不计较做什么，关键是谁来做，按什么程序来做，那时柳宗元、刘禹锡都还年轻，不理解这个道理。宪宗先易后难，逐步推进平叛的步伐，叛镇也感到了威胁。

元和九年（814）秋，淮西节度使吴少阳卒，其子吴元济匿丧自立，焚掠邻县。次年初，下诏讨淮西，进展不顺。五月，御史中丞裴度奉诏宣慰淮西行营，归朝言淮西可取，坚决主张平叛。六月三日晨，镇州王承宗、郓州李师道遣刺客入京，预伏于宰相、朝臣上朝路上，刺杀主张平叛的宰相武元衡，裴度也遇袭击，第一剑断靴带，次剑中背，第三剑微伤其首，堕马跌入沟中，赖随从王义拼死抵抗，方免于难。这一事件轰动朝野。赞善大夫白居易急请捕贼，但被时相以东宫官不应越次言事为由，掎摭他浮华无行，母亲看花坠井而死，却作《赏花》《新井》诗，有伤名教，贬为江州司马。再次南贬的刘禹锡、柳宗元是在中路得到消息，刘作《代靖安佳人怨》，柳作《古东门行》，表达哀悼。二人之再贬，后人多认为系武元衡之报复，但武因平叛为国而死，二人之寄意颇可玩味。宪宗与朝臣受此打击，越发坚定平叛决心。吏部侍郎许孟容上书，建议立即任命裴度为相，主持军事，为宪宗采纳，裴度在遇刺后22天拜相。裴度奏请为平叛招揽人才，布置人事，请允许在私第接客。此后两年，他做了大量周密而充分的准备。

元和十二年的春天来得很平静。中书舍人李程知礼部贡举，春榜中崔龟从、郑涯、狄兼谟后来皆为名臣，但无有名的文人。最有名的诗人，这一年各自有各自的作为。白居易贬在江州，偶在浔阳江头遇到琵琶商妇，有沦落之感，游乐山水之余，人生观发生蜕变，从勇于任事转为明哲保身。他的挚友元稹贬居通州司马，二人经常交流心情与作品，元稹从受挫中悟出与世浮沉、谋求晋身的办法。刘禹锡在连州任刺史，他是强项之人，做地方建设的同时，也在观望朝中的变化。柳宗元在柳州，曾写“柳州柳刺史，种柳柳江边”自我调侃，但他很不适应南方生活，心情郁闷，更因感染脚气病而感到生命的危机。三年前，孟郊死于贫病。一年前，李贺死于洛阳附近的私宅，他的价值，要许多年后方为人们所认识。贾岛还在科场奔忙，一点希望也看不到。张籍方任国子助教，眼疾越来越严重。王建任渭南尉，离京城不远，偶然与大珰王守澄结下同宗之谊，王守澄没事就讲宫中琐事供他消遣，他发现这真是前人没有涉及的内容，可以写《宫词》百首，开一新局面。韩愈前一年曾短暂担任中书舍人，被流言所中，降为太子右庶子。他对此已经不在乎。裴度任相，两人一向谈得来，韩集中有一首《酬裴十六功曹巡府西驿途中见寄》，还是贞元末年裴度任河南府功曹参军时所作。所云“御史坐言事，作吏府中尘。遂令河南治，今古无俦伦”，看到裴度的能力。“遗我行旅诗，轩轩有风神。譬如黄金盘，照耀荆璞真。我来亦已幸，事贤友其仁。”称赞裴诗有风神，如黄金美玉，足为贤友。韩愈一直坚信自己肩负大任，禀赋长材，包括军事方面，别人不信，有裴度信任就行。

元和十二年的关键人物是裴度（765—839）。他是贞元五年（789）进士，仕途的转折点是元和初任西川武元衡的掌书记。武归朝任相，他以御史中丞兼刑部侍郎，与武立场一致。遇刺事件更提高了他的地位。他身形矮小，精美强干，通晓官场的复杂，又敢于见义直言。柳宗元改官，本来分配到最险恶的播州，刘禹锡因柳母老，愿以自己的连州与柳对调，宪宗不允，裴度进言，陛下以孝治国，方侍奉太后，应加体恤，使宪宗改变初衷。他不信术数，不好服食，日常语是："鸡猪鱼蒜，逢着则吃。生老病死，时至则行。"为人有器局，更老于官场应对。他任相后，有《中书即事通简旧寮》表露心迹："有意效承平，无功益圣明。灰心缘忍事，霜鬓为论兵。道直身还在，恩深命转轻。盐梅非拟议，葵藿是平生。白日长悬照，苍蝇谩发声。嵩阳旧栖地，终使谢归耕。"他说自己没有想到会做宰相，希望报效国家与君主，既承责任，绝不计较个人得失，为报知遇之恩，可以置个人生死于度外。真要做成事业，凡事更要会忍让，不在意个人之进退。他是这样说，也是这样做的。淮西大捷后，他勋名满天下，绝不居功自傲，一直任运逍遥。以下两诗可能写的时间稍晚一些。《凉风亭睡觉》："饱食缓行新睡觉，一瓯新茗侍儿煎。脱巾斜倚绳床坐，风送水声来耳边。"《傍水闲行》："闲余何事觉身轻，暂脱朝衣傍水行。鸥鸟亦知人意静，故来相近不相惊。”平和如此，常处党争中心而泰然如故，享尽荣华而世不以为僭越。前诗刘师培曾疑伪，不成立。

淮西是经营几十年之重镇，军事实力不容小觑，且地当中原，为唐廷心腹之害。裴度深知出兵即要必胜，求胜则早期要有充分预案。受委军事后的两年间，朝中对进讨与罢兵争议不断，在宪宗坚定支持下，罢黜了多位主张休战的高官，且通过人事调整，以李愬为唐随邓节度使，以嗣曹王李道古为鄂岳观察使，加上寿州团练使李文通、河阳节度使乌重胤、陈许节度使李光颜，以及淮西都统韩弘及子韩公武，完成对淮西之战略包围。

十二年七月末，宪宗决意进讨淮西，裴度以宰相领彰义军节度使，仍充淮西宣慰、处置使，被充分授权主持淮西军事。裴度物色人才，组成幕府的核心成员。以刑部侍郎马总为副使。马总是博学的干才，著作今存《通历》十卷、《意林》六卷，可惜诗存世太少。以韩愈为行军司马，负责日常军事调度，是军职而非文职。以司勋员外郎李正封、都官员外郎冯宿为判官，两位都是有名的诗人，李后来有咏牡丹的“国色朝酣酒，天香夜染衣”二句传遍宇内，冯则身后寂寞与身前名声完全不相称。以礼部员外郎李宗闵为掌书记，这位后来成为牛党的魁首，这时地位初起。这些人事中，最不可思议的当然是韩愈主管军事，其间曾有狂生吴武陵，献《上韩舍人行军书》，认为“国之理乱，在此行矣”，“兵机若神，应事立断”，出了一些独特的主张，因军谋早定而不获见用。

八月三日，裴度行营从长安出发，其实就是幕府诸人，加上神策军三百人，宪宗御通化门亲送。经渭南，王建作《东征行》壮行，有“相国刻日波涛清，当朝自请东南征”“曈曈白日当南山，不立功名终不还”等句。经华阴，礼拜华岳庙，有题名。几十年后司空图见之，有《题裴晋公华岳庙题名》：“岳前大队赴淮西，从此中原息鼓鼙。石阙莫教苔藓上，分明认取晋公题。”追想不已。师出潼关，韩愈与大队分手，独赴汴州，向淮西都统韩弘言明大义，晓示方略，韩弘坦然从命。韩弘数主军事，久无进展，或讥玩寇自大，韩愈先声示以利害，得到了主动。韩愈于途有《过鸿沟》诗：“龙疲虎困割川原，亿万苍生性命存。谁劝君王回马首，真成一掷赌乾坤。”自知责任重大。

裴度一行从洛阳南下，经福昌女几山，裴度有诗，仅存“待平贼垒报天子，莫指仙山示武夫”两句，势在必胜之决心，跃然可见。韩愈和诗是稍后补作的：“旗穿晓日云霞杂，山倚秋空剑戟明。敢请相公平贼后，暂携诸吏上峥嵘。”估计军情倥偬，未遑登临，韩愈以胜利后同游为期盼。

八月末，裴度到达行营所在地郾城，已逼近蔡州。此时淮西叛镇被困两年，惟各军镇事权分散，久无成功。裴度以宰相临前线，奉皇命统一指挥，据说“度传上慰劳之旨，躬督战阵，卒伍立功，即时论赏，诸将奋励，无敢退留”(《太平御览》卷二七七引《唐书》)，加上李愬竭诚参战，淮西降将吴秀琳、李佑熟知贼情，裴度充分信任，军事进展顺利。韩愈参与军机，详情不明，但幕府多余裕，马总、冯宿、李正封、李宗闵皆一时作手，郾城期间诗情颇高涨。特别是李正封，也擅长韩愈喜欢的险怪僻涩一路联句唱和，二人有空就联句，历时一个多月，方成百韵《晚秋郾城夜会联句》。韩愈说：“平生耻论兵，末暮不轻诺。徒然感恩义，谁复论勋爵。”从军是感裴度知遇之恩，不以进官封爵为意。自孟郊去世，韩愈久无功力悉敌的诗友，对李正封有相见恨晚之感。

九月末，李愬攻克蔡州属县吴房，逼近蔡州，遣使告裴度将于十月袭取蔡州。韩愈也兴奋莫名，估计蔡州守城者仅老弱千人，乃告白裴度，“请以兵三千人间道以入，必擒吴元济”（李翱《韩公行状》），裴度已知李愬军略，没有接纳韩愈的冲动。韩愈毕竟是文人，没有临阵的经历，如果成功，后世当然会有“韩文公雪夜擒元济”的传奇。如果失败呢？裴度不愿冒险。

十月十五日夜，李愬乘雪夜突袭蔡州，并在次日午前捕获吴元济，淮西之乱平定。从出师到庆捷，前后仅七十多天，从裴度到达前线算起，则仅四十多天。这是中唐平定叛镇的重大胜利，裴度、李愬共同立下不朽勋业。

裴度完成皇帝交付之使命，入蔡州稍作宣慰后，留马总为彰义军留后，主持淮西一切事务，自帅行营返旆。归途情绪很好，与韩愈诸人写了许多诗，这里从略。十一月一日，宪宗御兴安门受俘，当日斩吴元济于独柳树。有功人员晋官受爵不一，韩愈授刑部侍郎，步入高层文官行列。

淮西大捷，举国欢庆，也引出不少新的话题。

就贺捷诗说，刘禹锡所作《平蔡州三首》最为传颂。其一云：“蔡州城中众心死，妖星夜落照河水。汉家飞将下天来，马棰一挥门洞开。贼徒崩腾望旗拜，有若群蛰惊春雷。狂童面缚登槛车，太白夭矫垂捷书。相公从容来镇抚，常侍郊迎负文弩。四人归业闾里间，小儿跳踉健儿舞。”写唐军破城，吴氏被擒，捷报四方，全城欢庆。“相公”两句写裴度入城，李愬郊迎。“四人”指士农工商，写各归旧业，歌舞喜乐。其二云：“汝南晨鸡喔喔鸣，城头鼓角音和平。路傍老人忆旧事，相与感激皆涕零。老人收泣前致辞，官军入城人不知。忽惊元和十二载，重见天宝承平时。”“路傍老人”自是虚构，借老人之口写安史之乱以来之动荡与重见升平之喜悦，则最为生动。吴氏割据淮西始于德宗贞元初，至此仅三十多年，诗不必尽写实。其三云：“九衢车马浑浑流，使臣来献淮西囚。四夷闻风失匕箸，天子受贺登高楼。妖童擢发不足数，血污城西一抔土。南峰无火楚泽间，夜行不锁穆陵关。策勋礼毕天下泰，猛士按剑看恒山。”自注：“时唯恒山不庭。”恒山指成德军节度使王承宗，仍叛未归服。此首写淮西平定在全国之影响，必使四夷宾服，天下太平。最后两句，更指向下一目标，即解决河北之割据。“妖童”两句，写吴元济之伏法。此年吴氏三十五岁，不年轻了，诗斥其狂妄不明事理。刘禹锡还有一首《城西行》：“城西簇簇三叛族，叛者为谁蔡吴蜀。中使提刀出禁来，九衢车马轰如雷。临刑与酒杯未覆，仇家白官先请肉。守吏能然董卓脐，饥乌来觑桓玄目。城西人散泰阶平，雨洗血痕春草生。”未必为当时所作，可能写于归京后。经行刑处而感慨叛乱者必付出血的代价，后人或从其中读出“刺滥诛”（瞿蜕园《刘禹锡集笺证》卷二五）的寄意。其实读韩愈《元和圣德诗》写刘辟伏法一节，更为惨酷，但确绝无讥刺。殆中唐诸诗人写诗不避险怪，务求新警，惊心动魄，与古有别。

写得最庄重的是柳宗元。他写了《平淮夷雅二篇》，包括四言诗《皇武》十一章与《方城》十一章。献表云：“伏惟睿圣文武皇帝陛下，天造神断，克清大憝，金鼓一动，万方毕臣。太平之功，中兴之德，推校千古，无所与让。臣伏自忖度，有方刚之力，不得备戎行，致死命，况今已无事，思报国恩，独惟文章。”祝贺皇帝取得重大胜利时，感觉自己无以报国，只能写郊庙颂歌，以备采择。时宗元为远州刺史，无预朝廷之事，除表歌颂之意，更重要的目的是希望朝廷思及远人，有所改移。据南宋许叔微《普济本事方》卷七引《救死三方》，柳宗元自述这年“二月，得脚气，夜半痞绝。胁有块大如石，且死，咽塞不知人三日，家人号哭”。虽得高人授以杉木汤，暂得不死，但确实感到长居南方，终将不测，其心诚可哀。裴度的大捷，当然会使他看到一些希望，裴毕竟曾帮过他。

然而裴度的处境，远在南方的柳宗元未必能理解。他虽然归朝仍居相位，但他之幕府得人，平叛期间诸将之乐于从命，不可避免地引起宪宗新的猜疑。次年宪宗闲谈中说道：“人臣事主，当力行善事，自致公望。何乃好树朋党，朕甚恶之。”裴度回答：“君子、小人，未有无徒者。但君子为徒，则是同德；小人为徒，则是朋党。此是外甚相似，中实相远。在圣主，观其所行之事以辨之。”(《册府元龟》卷三一三作元和四年事，陈冠明据《太平御览》卷一一四引《唐书》、《唐会要》卷五二、《资治通鉴》卷二四作十三年十二月事）裴度是何等聪明之人，对此早有警觉，处处谨慎，尤其对曾近密之人，更是如此。他为柳宗元曾冲撞宪宗，此时哪里还敢进说。这是在岭南的柳宗元无法体会的。即便如此，麻烦仍不断。

淮西大功，书在史册，宪宗更诏韩愈撰《平淮西碑》，以为纪念。韩愈奉诏，精心结撰，至次年三月刊立。韩碑原文存文集，重点颂扬宪宗之主持大局，宸纲独断，然后以皇帝语气表示对李光颜、乌重胤、韩弘、李文通、李道古、李愬的叮嘱，其次方说到裴度，先云：“度，汝长御史，其往视师！”再说：“度，惟汝予同，汝遂相予，以赏罚用命不用命！”基本符合事实。然后写攻取之大略。述李愬之功云：“十月壬申，愬用所得贼将，自文城因天大雪，疾驰百二十里，用夜半到蔡，破其门，取元济以献，尽得其属人卒。”并无忽没愬功之故意。写“丞相度入蔡，以皇帝命赦其人”，也还有分寸。这里，处处可见韩愈的小心。但碑立不久，诏磨去韩愈文字，命段文昌重新撰写。其间原因，众说纷纭，有认为李愬妻为唐安公主女，出入禁中，引贵戚而进言得中者；有认为李愬子以为碑没其父功而诉于朝者；也有说老卒以“碑中只言裴度功，不述李愬力”而推倒石碑者；更晚的罗隐撰《说石烈士》，认为推碑者为石孝忠，推碑的原因是认为：“蔡平之后，刻石纪功，尽归乎丞相，而愬第具名与光颜、重胤齿，愬固无所言矣。设不幸更有一淮西，其将略如愬者，复肯为陛下用乎？赏不当功，罚不当罪，非陛下所以劝人也。”似乎更像是文章家之演述之辞，若非编造，则此人必出李愬指使。众说多歧，终无结论，而后之好事者，多褒韩而抑段。李商隐撰《韩碑》，大约在宣宗时，朝政已经几度反复。李商隐认为“句奇语重喻者少，谗之天子言其私。长绳百尺拽碑倒，粗砂大石相磨治”，直斥小人进谗，天子被蔽误信，粗暴地推倒韩碑。他对韩碑礼赞至极：“公之斯文若元气，先时已入人肝脾。汤盘孔鼎有述作，今无其器存其辞。”“公之斯文不示后，曷与三五相攀追。愿书万本诵万过，口角流沫右手胝。传之七十有二代，以为封禅玉检明堂基。”就是永恒的经典。入宋，苏轼说在民间得见诗云：“淮西功业冠吾唐，吏部文章日月光。千古断碑人脍炙，世间谁数段文昌。”更将韩、段优劣发挥到极端。历代言说者似乎都忽略了一个事实，立碑倒碑，其实都出于宪宗之态度，对裴度是提防，对韩愈则或因积怨。有一点很明确，裴度为国立大功后，宪宗在命相用兵方面，并不希望裴度势力之再度扩张。对此，看得清楚的是李翱。十三年（818）七月，宪宗下诏讨伐淄青李师道，裴度请再度领命出征，李翱上书谏阻，认为“顾宰相衔命，领三数书生，指麾来临，坐而享其功名。夺人之功，不可一也；功高不赏，不可二也；兵者危道，万一旬月不即如志，是坐弃前劳，不可三也”。讲得很透彻了，裴度不能不三思。就在此时，宪宗命皇甫镈、程异为相，二人皆善理财，能聚纳，时称钱谷吏，裴度认为二人“非代天理物之器”，不宜担任宰相，宪宗根本听不进去。其实，宪宗如此人事安排，本为裴度设置对立面，此南面术之根本。所幸裴度既思有作为，也常怀盈惧之心，不久宪宗去世，虽未能建新功，也未有大蹉跌。

元和十二年，是唐王朝漫长历史中偶然的一页。大风巨浪中，君臣奋力，各骋长才，取得巨大的成就，成为王朝中兴的标志年。诗人们也在时代的浮沉中，贡献自己的力量，吟唱人生的悲喜。读懂时代，也就读懂了他们的心声。

陈冠明教授撰《裴度集团平叛日历》，于相关史事勾稽精密，本文多有取资，宜存感铭。《古典文学知识》出刊 200 期，特撰本文助兴，粗疏难免，鸿博幸勿哂焉。

唐代禅僧引用过的唐诗

唐诗成就登峰诣极，唐代从皇帝到庶民，几乎人人都会吟诗，方外修行的僧道也如此。僧中当然有诗僧，那是因为他们兼具两种不同的身份。许多高僧升堂说法，也喜欢口灿莲花，韵句奔涌，一般也不说是否引他人诗，也不知是否成篇，中晚唐禅僧尤甚。反复对核，确认颇有引及当时流行名篇。兹选取十篇，略加点评，一可见唐诗在丛林之流传痕迹，二可知禅僧之文学修养，三则欲揭示作者原诗及诗意，在禅僧那边流传之变异。一般先引原作者及原文，说部有本事者亦加引录，复据灯录所载禅僧引用之始末，其后则从作者与禅僧之不同立场稍作申说，希望对读者研习唐诗有所助益。钝根直肠，未能尽悟禅机，学者谅之。

一、贺知章《回乡偶书二首》

离别家乡岁月多，近来人事半消磨。唯有门前镜湖水，春风不改旧时波。

幼小离家老大回，乡音难改面毛衰。家童相见不相识，却问客从何处来。

《祖堂集》卷一：化度和尚嗣雪峰，在西兴。师讳师郁，泉州莆田县人也。……问："六国未宁时如何？"师云："是汝。""宁后如何？"师云："是汝。"问："只如维摩登时，或有人问，和尚如何败遣？"师云："唯有门前镜湖水，清风不改旧时波。"

《景德传灯录》卷一八：问："牛头未见四祖时如何？"师曰："鸟兽俱迷。"曰："见后如何？"师曰："山深水冷。"问："维摩与文殊对谈何事？"师曰："唯有门前镜湖水，清风不改旧时波。"师自是声闻于遐迩。

贺知章此二首诗，今代流行第二首，且文本也出南宋人所改，这里不多说。唐宋时期流行前一首。苏轼在岭南，还记录过虔州布衣赖仙芝所说南汉黄损与此诗有关的一段故事。贺知章是越州人，长期在京洛做官，归乡的机会很少。此二首诗，不能确定是否同时作，但肯定不是天宝三载（744）自请度为道士时作，因为那时他已八十多，经历一场大病，抢救醒来后请归，归乡当年就去世了。我更倾向为中年后归乡作。前一首叙述很直白，离家日久，人事遽变，少年变老了，旧友离世了，亲人更见凋零，所谓岁月催人老，他的感怀如此强烈。不变的只有家门前的镜湖春水，春风吹拂，依然波光潋滟，景色宜人。人的苍老与自然之不变形成强烈反差，更引起无限感慨，含思绵永。

《祖堂集》和《景德传灯录》分别叙师郁禅师引贺知章诗答僧问，但文字差别如此之大，可知同一事，《祖堂集》更存口语，更接近禅师说法之原貌，但文本常不易通解。师郁，嗣雪峰义存，归越后住西兴化度院，得见吴越开国。这里仅就《景德传灯录》解说，先说禅宗四祖道信门下旁出的牛头宗法融一枝，未见时“鸟兽俱迷”，是说未得指引路途，见后“山深水冷”，则因其未得正法。再问文殊奉佛祖命探视维摩诘居士，所谈何事，师郁以贺知章诗二句作答。答案应该是多元的，可以认为是我不知道，只有镜湖水知道；也可以是一切都明白如镜湖水，人事虽然纷乱，佛理永远不变；更可以是见于记载的说法未必都可靠，道在自然，在湖水中，就看你如何体悟。禅宗话头的妙处就是一切都不说破，由你自己去体会。

二、崔颢《题黄鹤楼》

昔人已乘白云去，此地空遗黄鹤楼。黄鹤一去不复返，白云千载空悠悠。晴川历历汉阳树，春草萋萋鹦鹉洲。日暮乡关何处在，烟波江上使人愁。

《景德传灯录》卷一《湖南长沙景岑禅师》：有秀才看《佛名经》，问曰："百千诸佛，但见其名，未审居何国土，还化物也无？"师曰："黄鹤楼崔颢题后，秀才还曾题未？"曰："未曾。"师曰："得闲题一篇何妨。"

崔颢的诗太有名，在这里不必展开。愿意讨论的读者可以参看刘学锴先生《唐诗选注评鉴》。

景岑禅师是长沙人，他的承法谱系是马祖道一——南泉普愿—长沙景岑，初住鹿苑，后无定所，长期在长沙随情说法，众称长沙和尚。他所作偈颂存世较多，录一首：“百丈竿头不动人，虽然得入未为真。百丈竿头须进步，十方世界是全身。”前引故事比较有趣。秀才读《佛名经》，看到百千成名诸佛，困惑于不知他们是何方高德，居何国土，如何化俗，因何成名。景岑也不接他的话，只是问他，你身为秀才，一定有文采，崔颢题诗黄鹤楼后，你有没有也跟着去题一篇呢？秀才说没去过，景岑告：“得闲题一篇何妨。”有空去题首诗，也不太难啊！显然秀才有些呆，景岑半开玩笑半认真地告诉他，成名办法很多，崔颢不就是靠一首诗暴得大名吗？景岑生卒年不得而知，大约晚于崔颢半个世纪吧，这里可以体会被后世称为唐代七律第一的这首诗，当时影响有多大。

三、王维《终南别业》

中岁颇好道，晚家南山陲。兴来每独往，胜事空自知。行到水穷处，坐看云起时。偶然值林叟，谈笑无还期。

《景德传灯录》卷二五：洪州观音院从显禅师……师

上堂，众集。良久谓曰："文殊深赞居士；未审居士受赞也无？若受赞，何处有居士耶？若不受赞，文殊不可虚发言，大众作么生会？若会真个衲僧。"时有僧问："居士默然，文殊深赞，此意如何？"师曰："汝问我答。"曰："恁么人出头来又作么生？"师曰："行到水穷处，坐看云起时。"

王维有诗佛之称，他早年是北宗信徒，中年遇菏泽神会，深契机缘，成为中原士大夫中第一个南宗追随者。加上他对音乐、绘画以及山水、诗歌的良好感悟，所作诗歌达到很高的艺术水准。《终南别业》是他的代表作，写晚居辋川别业，居家修禅，随兴生活，与世无争。"行到水穷处，坐看云起时"二句，既看到他的随兴所至，无欲无求，更包含水穷云起、沤生泡灭之复杂禅趣。

从显（906—983）是法眼宗创始人文益禅师的高足，主要生活在南唐的升州与洪州，即今南京与南昌。上引一节，他与门僧讨论的问题是《维摩诘经》中文殊问疾居士维摩诘时的话题。文殊赞美居士，居士接受了，他的品行似乎大可质疑，也就说不上居士了。若不接受，那文殊不是白说了吗。僧人接问，文殊深赞，居士默然，这样是否合适呢？从显引王维两句诗作答，意思很显豁，一切皆可随其自然，不必刻意追求什么或放弃什么。

四、灵澈《于东林寺寄陈丘二侍郎》

年老心闲无外事，麻衣草座亦容身。相逢尽道休官好，林下何曾见一人。

《云溪友议》卷中《思归隐》：江西韦大夫丹，与东林灵澈上人鹭忘形之契。篇什唱和，月唯四五焉。……予谓韦亚台归意未坚，果为高僧所诮。历览前代散发海隅者，其几人乎！亚相丹寄庐山上人澈公诗曰：“王事纷纷无暇日，浮生冉冉只如云。已为平子归休计，五老岩前必共闻。”澈奉酬诗曰（诗略）。

《景德传灯录》卷二三《澧州药山圆光禅师》：僧问：“药峤灯连，师当第几？”师曰：“相逢尽道休官去，林下何曾见一人。”

灵澈是中唐前期著名的诗僧，早年曾得皎然推崇，活得很久，晚年更与柳宗元、刘禹锡为知交。他长住庐山，吟咏亦多。韦丹（753—810）是颜真卿的外孙，仕途顺达，与灵澈为好友，来往频繁，唱和亦多。这次唱和应在宪宗元和初，韦丹是江西观察使，相当一省的最高长官，灵澈则是庐山年过七旬的老僧，彼此年龄悬隔近二十岁。灵澈作《匡庐七咏》寄韦丹，当然讲庐山胜景，韦丹凑兴和诗，说“芳时胜侣”，“俾予益起归欤之兴”，平时工作太忙，浮生如云，不如早作归休之计。灵澈年长，又是好朋友，就直言吧，自己年纪大了，生活也很简陋，但已经满足。遇到的朋友都说休官退隐很好，但是何曾有人真的实行。后人或以此为灵澈讽刺韦丹，我则以为此为好友间的坦率对话而已，最多是友好的揶揄。韦丹其人官声甚好，作此诗后不久就去世了，未必真的恋栈。

《景德传灯录》所载圆光禅师，承法谱系是石头希迁—天皇道悟—龙潭崇信—德山宣鉴—雪峰义存—云门文偃—药山圆光，大约是五代后期人。药山在湖南澧州，从药山惟俨建立道场，为禅宗一大派系，但到五代时，已渐见衰落。圆光不是出自药山后嗣，但因当时云门一派势力大盛，他得以入主药山。僧人所问“药峤灯连，师当第几”，是说药山后嗣，到你是第几代，圆光无法正面回答，只好借灵澈之诗，虚晃一枪。许多人都说愿意来，但无一人入山，其意则我就只能这样承乏了。

五、王播《题惠照寺二首》

三十年前此院游，木兰花发院新修。而今再到经行处，树老无花僧白头。

上堂已了各西东，惭愧阇黎饭后钟。二十年来尘扑面，如今始得碧纱笼。

《唐摭言》卷七《起自寒苦》：王播少孤贫。常客扬州惠照寺木兰院，随僧斋餐。诸僧厌怠，播至，已饭矣。后二纪，播自重位出镇是邦，因访旧游，向之题已皆碧纱幕其上。播继以二绝句曰（诗略）。

禅僧引王播诗，不见灯录，仅见日本金泽文库存旧抄《香严颂》一卷。此卷存偈颂七十六首，王播前一诗列第二十一首，稍有异文，如“此院”作“曾此”，“花发”作“新种”，“而今”作“如今”，部分与中国存世典籍所引相同。

王播（759—830），扬州人，其父王恕为扬州仓曹参军，遂留居焉。少贫贱，寄食人家或寺庙，常遭人轻薄。《唐摭言》所说寄食寺庙，随僧就食，僧人讨厌他，吃完僧斋后再敲钟，有意羞辱他。他是贞元十年（794）进士，到长庆二年（822）出为淮南节度使，也就是扬州一带的最高军政长官，前后曾两度为宰相，荣贵一时。以前他在寺院中留下的书迹，此时已经被庄重地用碧纱蒙盖而保护起来。这是唐中叶以进士致身通显的著名例子。王播弟王起曾四掌贡举，官至使相。到他们的下一代，更有一人为相，二人为节度使。王播的两首诗，既说世态炎凉之感受，也有今日荣宠之得意。

香严和尚名智闲（？—约892），唐末沩仰宗的高僧。《景德传灯录》《祖堂集》收其偈颂甚多，但与此卷《香严颂》并无重复。日本石井修道怀疑其间多存唐末曹洞宗名僧龙牙居遁之诗偈，有一定道理。《香严颂》为何收录王播此诗，我认为更多或因此诗所包含的人生无常、岁月不居的感慨。

六、高骈《风筝》

夜静弦声响碧空，宫商信任往来风。依稀似曲才堪听，又被风吹别调中。

《北梦琐言》卷七：太尉骈，即其（指高崇文）曾孙也。镇蜀日，以蛮蜑侵暴，乃筑罗城四十里。朝廷虽加恩赏，亦疑其固护。或一日，闻奏乐声，知有改移。乃题风筝寄意曰（诗略）。旬日报到，移镇渚宫。

《联灯会要》卷二三《澧州洛浦元安禅师》：问："拨乱乾坤底人来，师还接否？"师竖起拂子。僧云："恁么则今日得遇明君去也。"师云："依稀似曲才堪听，又被风吹别调中。"

高骈（821—887），出身神策军世家，一生历任显官，且多有建树。喜作诗，才分又好，时评"勋臣有文者，骈其首焉"。他于乾符间任剑南节度使五年，御边设防，颇有建树，但也引起一些猜疑。这首《风筝》作于乾符五年（878）他从剑南改移荆南时，诗写夜深之际放风筝，风鼓筝飞，弦索与风筝在风中传来美妙的声响，如同音乐一样。似乎已能听出曲调，一阵风过，却完全变调了。高骈的意思，觉得在官场就如同放出的风筝一样，只能随风飘荡，无法把握自己的命运。而自己的一切努力，在别人那边的理解，完全是另一番面貌。

僧元安（835—899），俗姓淡，凤翔麟游（今属陕西）人。他的师承谱系为石头希迁—药山惟俨—船子德诚—夹山善会—洛浦元安，这一系都有诗偈传世，元安所作《神剑歌》《浮沤歌》盛传一时，前者在敦煌遗书里也有抄存。他与高骈基本属于同一代人。前引僧人所问“拨乱乾坤底人”，代指皇帝或朝廷，如果官家来人请你出山，你接待否，也就是愿意到朝中做供奉僧否。元安举起拂子，其实是不置可否，僧人觉得他同意了，元安引高骈诗作答，其实是说一切都不能确定，皇家的态度不断会变，自己的立场也随时可变。

七、贯休《书石壁禅居屋壁》

赤旃檀塔六七级，白菡萏花三四枝。禅客相逢只弹指，此心能有几人知。

《唐诗纪事》卷七五：石霜问云：“如何是此心？”休不能答。石霜云：“汝问我答。”休即问之，霜云：“能有几人知。”

《景德传灯录》卷二七：禅月诗云：“禅客相逢只弹指，此心能有几人知。”大随和尚举问禅月：“如何是此心？”无对。归宗柔代云：“能有几人知。”

贯休（832—912）是唐代三大诗僧之一，诗风奇崛狞峭，独成家数。晚年在蜀中获赐号禅月大师，集存《禅月集》。此诗题禅居石室，前二句之前四字，皆一加三结构，自是他的习惯。后二句则感慨禅者相遇，匆匆擦肩而过，真能彼此理解的人非常少。

前引二段，同一事而分属不同禅师。石霜法名庆诸（807—888），是沩山灵佑的门人，于贯休为前辈。贯休《闻无相道人顺世五首》其四云“石霜既顺世，吾师亦不住”，另有诗《送僧入石霜》，知他们之间确有来往。大随和尚名法真，前蜀初与贯休同在成都。归宗柔为云门文偃弟子启柔，时代比贯休晚许多。此段禅语其实是将贯休的一句诗分作两句解，以贯休的诗语，偷换禅僧所讨论如何是此心的复杂话题。诗是贯休本人所作，似乎不会有石霜问而贯休答不出，贯休反问而石霜以贯休诗为答。大约以启柔所引为近是。

八、杜荀鹤《闻子规》

楚天空阔月成轮，蜀魄声声似告人。啼得血流无用处，不如缄口过残春。

《景德传灯录》卷一一：师（赵州法嗣慧觉禅师）领众出，见露柱。师合掌曰："不审世尊。"一僧曰："和尚，是露柱。"师曰："啼得血流无用处，不如缄口过残春。"

杜荀鹤（846—904），早年刻苦为诗，屡试不第，一生大多数时间都在民间奔走，他又处在大动乱的时代，写了大量反映世乱民困的作品，此首也如此。子规今称杜鹃，其鸣声哀怨，蜀中尤甚。诗写楚天开阔，圆月当空，美好的景色中，子规声不断，当然是诉说人间的不幸。后两句说即使杜鹃啼血，哀痛伤魄，又有什么用呢？没有人会同情你。还不如闭口不言，过尽残春。愤激之言，如此出之，时代哀痛，可以想见。

慧觉禅师是赵州从谂（778—897）的法嗣，生平不太清楚，但可确认是杜荀鹤的同龄人。他带僧众出行，见到露柱，也即旌表门第的立柱，合掌礼敬，如见世尊。同行僧提醒他，这仅是露柱而已，没有什么世尊。慧觉引杜荀鹤诗两句作答，其实是说你就不要多言。在禅僧看来，世尊无处不在，在你我心中，也在动植万物、天地屋宇间，见露柱如见世尊，是慧觉之理解。同行僧没有悟性，当然应该猛喝提醒。慧觉即兴引诗，不加显斥，而意思明白，看到他的学养。

九、罗隐《柳》

一簇青烟锁玉楼，半垂栏畔半垂沟。明年更有新条在，扰乱春风卒未休。

《祖堂集·福清和尚》：泉州王太尉仰师道德，请转法轮，敬奏紫衣。问："如何是人王？"师云："一手指天，一手指地。""如何是法王？"师云："无手指天，无手指地。"学曰："人王与法王，相去几何？"师云："汝自断看。"进云："学人断不得，却请和尚断。"师云："来年更有新条在，恼乱春光卒未休。"

罗隐此诗咏柳，前二句写实景，柳丝摇扬，远望如一团青烟，朦胧一片，笼罩玉楼。其枝条更伸进扶栏，飘落河沟。诗人想到明年还有新的枝条长出，在春风中率尔起舞，无休无止，似乎已经有些厌烦。柳色既是春天最典型的风景，但诗人也可以在它身上发现许多不好的品格，心情不好的时候，更感到厌烦。罗隐似乎有点这种感觉。

福清和尚法名玄讷，是新罗人。唐末来唐，嗣雪峰义存，五代闽时住泉州福清寺。泉州是闽南重镇，由王审知兄弟王审邽镇守。王审邽尊敬玄讷的道德，奏他为紫衣僧，并常与他讨论禅旨。上引是其中一段。人王是人间王者，法王是佛教领袖。所谓人王与法王的差别，玄讷说得很明白，人王指天画地，控制全局，而法王什么都不问，仅以德行为世人所宗仰。后半段的学，应是从玄讷学习的年轻人，偏要穷根究底地问明白：人王与法王，到底有多大距离。玄讷不愿回答，但又被逼得不能不说，于是引了罗隐的后两句诗，答案是：一切都在变化，明年还有新的王者出来，人间自多烦恼，何必把一切讲明呢！罗隐晚年生活在吴越，玄讷是他同时代人，他的诗当时在闽中应颇流传。

十、白居易《戏赠礼经老僧》

香火一炉灯一盏，白头夜礼《佛名经》。何年饮着声闻酒，直到如今醉未醒。

《祖堂集》卷三《鸟窠和尚》：师问白舍人："汝是白家儿不？"舍人称名"白家易"。师曰："汝阿爷姓什摩？"舍人无对。舍人归京，入寺游戏，见僧念经，便问："甲子多少？"对曰："八十五。"进曰："念经得几年？"对曰："六十年。"舍人云："大奇，大奇！虽然如此，出家自有本分事。作麽生是和尚本分事？"僧无对。舍人因此诗曰："空门有路不知处，头白齿黄犹念经。何年饮着声闻酒，迄至如今醉未醒。"

此诗情况与前述禅僧引录唐诗的方式有很大不同，故殿于末。诗调侃一位白头深夜礼经的老僧，不知以前喝了什么小乘酒，直到老迈还沉醉未醒。声闻酒一词更早见王维《胡居士卧病遗米因赠》"既饱香积饭，不醉声闻酒"，陈铁民《王维集校注》释二句为赞胡居士"已得大乘之旨，不欲为声闻小法"。白居易戏赠诗中含有批评老僧未悟佛法之意。

上举《祖堂集》所载之诗，即据白诗编派故事。鸟窠和尚与白居易的对话，白居易与念经老僧的对话，都是在讲故事。同书还有白居易为鸟窠和尚作赞："形羸骨瘦久修行，一纳麻衣称道情。曾结草庵倚碧树，天涯知有鸟窠名。"后世之书如《武林梵志》卷一更有白居易问鸟窠和尚的诗："持入空门问苦空，敢将禅事叩禅翁。为当梦是浮生事，为复浮生是梦中。"大约都是讲故事者的编造。日本学者丘山新、衣川贤次、小川隆合撰《〈祖堂集〉鸟窠和尚章与白居易——〈祖堂集〉研究会报告之二》（刊

《东洋文化研究所纪要》百四十册），认为此章即“七佛通戒偈说话”之孑存，我很赞同。白居易平日喜听说话故事，而他本人在唐代后期已经成为民间说话的主角，当然很可玩味。

唐人恶诗八首苛评

历代选本都是选优的，一首诗如果入选多次，也就成为了经典。选家名气有大有小，才分有高有低，阅读有宽有窄，兴趣有东有西，且大多皆随人作嫁，依傍大流时稍微有些自己的主张，皆足以名家。无他，选家一般读书皆不多故也。如果我们不选优，反过来选最差，相信许多选家都会缩手逃避，原因也简单，唐代也与任何一个时代一样，只有更差，没有最差。我想做一次大胆尝试，以无耻、无良为恶诗之入选标准，挑一些出来看看那个伟大时代一些不为人知的角落。“恶诗”一辞，见《国史补》，为德宗皇帝玉音，非我杜撰。随得随写，排名不分先后。

一、张怀庆:《窃李义府诗》

生情镂月成歌扇，出意裁云作舞衣。照镜自怜回雪影，时来好取洛川归。

据《大唐新语》卷一三录诗。张怀庆，官枣强尉。爱偷人文章，时称张狗儿。大约高宗至武后时在世。李义府是太宗至高宗时名臣，蜀人，门阀林立的时代觉得有些孤立，年轻时得缘见到太宗，侍宴咏乌，有“上林多少树，不借一枝栖”的感慨，太宗得见，即告:“我将全树借汝，岂但一枝。”（据《太平广记》卷二二一引《定命录》）要占全树，那就要窥探时机，他看准高宗对武昭仪的用情，拥立武为后，投机成功，做到宰相，不久遭贬斥而死。人品有疵，才气还是有的。据说高宗即位前，天下歌《堂堂》，不知何时，李义府也做了一首:“镂月成歌扇，裁云作舞衣。自怜回雪影，好取洛川归。”写一个女子的歌舞姿态，是否有寓意，不甚清楚，如果有比附，毕竟还是原创吧。张怀庆也想附庸风雅，但才分有限，那就一个字:偷。每句加两个字，作为自己的作品发表了。手段拙劣，为时所笑，留下“活剥王昌龄，生吞郭正一”的讥语。成语“生吞活剥”，就源于此。前句一作“活剥王昌龄”，误，王昌龄成名要晚半个世纪。学术规范古今皆讲究，唐人对抄袭也深恶痛绝。

二、裴玄智：《化度寺寝房内题诗》

放羊狼颔下，置骨狗前头。自非阿罗汉，安能免得偷。

诗录《太平广记》卷四九三引《辨疑志》。此诗更早的文本见韦述《两京新记》卷三，作“将羊遣狼放，放置狗前头。自非阿罗汉，谁能免作偷”，可能更接近原貌。化度寺是隋唐之间长安名寺，其地本为隋名臣高颎宅。隋初，名僧信行从山东来，大唱三阶佛法，以精苦忍辱为宗，说人有三等，贤、愚、中庸，皆可循阶修行。高颎信之，为之立院安顿，进而舍宅为寺。其后三五十年，三阶佛法空前盛行，舍施财物不可胜计。最初还管理有序，分三份，一份给天下僧寺增修之用，一份布施天下灾饥民众，一份充寺僧日常花费。太宗贞观间，也就是欧阳询书写《化度寺邕禅师碑》的前后，寺内财物委托沙门裴玄智管理。裴在寺洒扫十多年，戒行修谨，主持僧见他行无玷缺，很放心，让他独守无尽藏院。裴密盗黄金不知其数，从未引起怀疑。某次出外，失踪不还，寺僧方搜其寝房，见壁上题了这么一首诗。这是小偷的得意表白，更将寺僧对他的信任，比作放羊在狼嘴前，放肉骨在狗前头，自比轻贱如此。阿罗汉是了脱生死、证入涅槃的佛徒，应该超越贪欲，裴说自己不是阿罗汉，难免会见财动心。在寺内伪装修行十多年，最终以盗财远遁收场，临走还留诗羞辱寺僧，这是什么人啊？真该下地狱。

三、崔融：《和梁王众传张光禄是王子晋后身》

闻有冲天客，披云下帝畿。三年上宾去，千载忽来归。昔偶浮丘伯，今同丁令威。中郎才貌是，柱史姓名非。祗召趋龙阙，承恩拜虎闱。丹成金鼎献，酒至玉杯挥。天仗分旄节，朝容间羽衣。旧坛何处所，新庙坐光辉。汉主存仙要，淮南爱道机。朝朝缑氏鹤，长向洛城飞。

诗录《文苑英华》卷二二七。崔融是高宗至武后间有名的诗人，与陈子昂、李峤等关系不错，诗文也负盛名，绝非不知廉耻人物。他最好的诗是《关山月》：“月生西海上，气逐边风壮。万里照关山，苍茫非一状。汉兵开郡国，胡马窥亭障。夜夜闻悲笳，征人起南望。”气象雄浑，意境苍茫，无愧李白以前最好的边塞诗。梁王是武三思，武后异母兄武元庆之子，与武后亲缘既近，在武氏诸人中能力亦稍好。照理三思应得到武后信任，但他也忌惮武后亲近的几位“小鲜肉”，先是薛怀义，后是张昌宗、张易之兄弟。清人赵翼说人主富有海内，广蓄嫔妃，武后女主，有几个男伴也正常。其实二张走红之时，武后已年近八十，也就有几个体己的人说说话而已。问题就在于专制时代，谁能得人主欢心，立即为众人所围绕。武三思亲为张易之作传，说他是古仙人王子晋后身，在缑氏山为他立生祠，还有人编“人说六郎似莲花，我说莲花似六郎”的无耻段子来捧场。三思作《众传张光禄是王子晋后身》，众人追和，据说崔融这篇做得最好。后来武三思的原唱和众人和作都没有存下来，存下来的只有崔融这篇。文词华丽，用典精美，拍马的痕迹至少来说比较高明，读者可仔细把玩，我就不分析了。读得懂的人当然有所腹诽。据说苏味道曾与崔融相遇，互相调侃。崔说我诗不如你，因无“银花合”，指苏《观灯》诗有“火树银花合”句。苏说你有“金铜钉”，即指此诗中“昔日浮丘伯，今同丁令威”二句。讥讽而仅说细节，恰是极端年代的全身之道。记录此事的《本事诗》，说诗是张昌龄作，也是同样缘故吧。等到神龙中兴，崔融受命为武后撰哀册文，据说因运思过度而亡。极权年代，文人日子不好过，夹缝中求生存更辛苦。谴责崔融无耻，自属不刊之论，但你皇家复辟，妈还是亲妈，难写的文章丢给文士，对崔融也不能不有些同情。

四、白居易：《不能忘情吟》

鬻骆马兮放杨柳枝，掩翠黛兮顿金羁。马不能言兮长鸣而却顾，杨柳枝再拜长跪而致辞。辞曰：主乘此骆五年，凡千有八百日。衔橛之下，不惊不逸。素事主十年，凡三千有六百日。巾栉之间，无违无失。今素貌虽陋，未至衰摧；骆力犹壮，又无虺隤。即骆之力，尚可以代主一步；素之歌，亦可以送主一杯。一旦双去，有去无回。故素将去，其辞也苦；骆将去，其鸣也哀。此人之情也，马之情也，岂主君独无情哉？余俯而叹，仰而哈，且曰：骆骆尔勿嘶，素素尔勿啼。骆反厩，素反闺，吾疾虽作，年虽颓，幸未及项籍之将死，亦何必一日之内弃骓兮而别虞兮！乃目素曰：素兮素兮，为我歌《杨柳枝》。我姑酌彼金罍，我与尔归醉乡去来。

诗录《白氏长庆集》卷七一，字句据日本存古抄和刻有些改动。诗前有长序，作者自称既老又病风，为节省家用，将无用之物除去。有马，乘之有年，行走很稳。现在骑不动了，于是卖掉。素指善歌《杨柳枝》的侍女樊素，也即因“樱桃樊素口，杨柳小蛮腰”著名的美女。白公老矣，女也成了“长物”，即多余之物，于是放之，这就有了让白公难以忘情的瞬间：“圉人牵马出门，马骧首反顾一鸣，声音间，似知去而旋恋者。素闻马嘶，惨然立且拜，婉娈有辞，辞毕涕下。”马回首反顾，长鸣恋主，樊素听到马叫，意色惨然，告辞时潸然泪下，作者于是情动五内：算了算了，你们还是回来吧，我也舍不得啊，我毕竟还没有到项王别姬那样困境啊，因此作此诗。粗心读者也许会很感动，白公情及弱女，更无论老马。但我特别愿意指出，在这首诗中，美女与马一样是家中置备的物件，美女与马一样都曾是白公的喜爱之物。现在老了，驭马无力，听歌已烦，那就都省了吧。临别当然是痛苦的，无论序或诗，白公都是一句马，一句素，一段马，一段素，写得情真意切。唯一的遗憾，就是他理所当然将他所占有的女人看得和马一样地重要或不重要。习惯了，因此他全然没有注意这两者之间有什么不同。他早年写过愍宫人的大量诗歌，知道让宫人老死深宫之不人道，也知道明君放宫人嫁军卒之善行。他如果将樊素当人看待，至少要为她的未来考虑，即便三十或近四十年纪，也当择人而嫁之——家养奴仆也行。但他就这样让圉人牵马出卖的同时，让樊素一块走，总怀疑也是交给牙人卖几个小钱。再说“不能忘情”，令人感到虚伪。台湾前辈学者费海玑，曾在《大陆杂志》刊文《白居易的私生活》，揭白氏诗文中夫妻感情淡薄，而有一大批莺莺燕燕的声伎围绕，他也不加掩饰。日本学者特别关注唐代贱民社会生存状况，人口买卖普遍存在。明乎此，可以理解白公与樊小姐的真实关系。

五、黄山隐：《向竹吟》

积尘为太山，掬水成东海。富贵有时乖，希夷无日改。绛节出崆峒，霓衣发光彩。古者有七贤，六个今何在。

诗录《云溪友议》卷下。作者黄山隐是一位江湖游士，吹牛不嫌其大，自吹不弃其妄。听说鄂岳观察使某公（一说皇甫大夫，一说王相公，都难以证实）好道，于是找上门来，献上这首诗。首二句说自己道术高明，次二句说眼下有些落魄，但信道不移，再二句说自己也捧某公，最后说自己是古之神仙，六个已死，惟自己还在。类似的骗术，张果玩过一次，见玄宗，说自己已数百岁，有长生术，玄宗信了，赏他大批金银，张果不争气，回家就挂了。黄山隐听说某公好道，于是重演故事。某公何等聪明，也许见骗子多了，认为如是真道士，应该“名利俱捐”，视富贵如浮云。于是派军将送绢百匹和钱一百千文相赠，大约还承允授官。黄山隐大喜过望，立即修书拜谢，脱其道服，饰以青衿，态度也谦恭有礼。某公判明是非，还其一诗云：“道士黄山隐，轻人复重财。太山将比甑，东海只容杯。绿绶藏云帔，乌巾换鹿胎。黄泉六个鬼，今夜待君来。”立即将他喀嚓斩了：与那六个早已死去的仙人团聚吧。对骗子用重典，是有些过分了，但唐代节度使皆主政专杀，这样也好，以后看谁还敢行骗。

六、佚名：载初元年沙州歌谣

于昭武王，承天剪商。谁其下武，圣母神皇。穆斯九族，绥彼四方。遵以礼仪，调以阴阳，三农五谷，万庾千箱。载兴文教，载构明堂。八窗四闼，上圆下方。多士济济，流水洋洋。明堂文兴，百工时揆。庶人子来，鼛鼓不胜。肃肃在上，无幽不察，无远不相。千龄所钟，万国攸向。俗被仁礼，家怀孝让。帝德广运，圣寿遐延。明明在下，于昭于天。本枝百代，福祚万年。惟彼洛邑，圣母营之。惟彼河水，神皇清之。穆穆帝子，圣母生之。浩浩海渎，神皇平之。福兮祐兮，在圣母兮。盛兮昌兮，在神皇兮。圣母皇皇，抚临四方。东西南北，无思不服。秃发狂瞽，侵我西土。皇赫斯怒，爰整其旅。荒徼之外，各安其所。穆穆圣君，受天之祐。圣皇为谁，神皇圣母。于万斯年，受天之祐。永淳之季，皇昇玉京。如丧其考，人不聊生。裴徐作衅，淮海波惊。皇皇圣母，定纵服横。绥以大德，威以佳兵。神谋独运，天鉴孔明。危邦载静，乱俗还平。河图洛书，龟背龙胁。既营大室，爰构明堂，如天之堰，如地之方。包含五色，吐纳三光，傍洞八牖，中制九房。百神荐祉，膺乾之统，得坤之经。子来之作，不日而成。不得有得，有得非名。如天之寿，于万斯龄。黄山海水，蒲海沙场。地邻蕃服，家接浑乡。昔年寇盗，禾麦凋伤。四人扰扰，百姓遑遑。圣人哀念，赐以惟良。既抚既育，或引或将。昔靡单裤，今日重裳。春兰秋菊，无绝斯芳。

诗录敦煌遗书伯二〇〇五、伯二六九五《沙州都督府图经》卷三，前有序："神皇圣氏，生于文王，文王之祖，生于后稷。故诗人所谓生人，尊祖也。"末云："右唐载初元年四月，风俗使于百姓间采得前件歌谣，具状上讫。"载初元年（690）是武后称帝那年，风俗使到敦煌采听民间的反映，于是有了这么一大篇宏伟的颂辞。据说是在民间采得，但仔细读读，是一首模仿上古《诗经》中雅颂而作的颂歌，那个时代的民间哪有这么高的水平。全部敦煌遗书中的存诗，我们都读到了，当地人的最高水平，大约接近京洛、江南文人写作的中等偏下水平。这篇歌谣，一看就知是高等级文人的刻意编造。虽然神皇，也就是今人很不通地称作武则天的那位老女人，刚登基几个月，颂声已经将所有一切功绩，都归于她的经营。“惟彼洛邑，圣母营之。惟彼河水，神皇清之。穆穆帝子，圣母生之。浩浩海渎，神皇平之。福兮祐兮，在圣母兮。盛兮昌兮，在神皇兮。”神皇与圣母交替歌颂，根本不在乎她老人家是如何踩着老公和儿子肩膀篡夺政权的。然后颂她如何平定内外叛乱，颂她“圣母临人，永昌帝业”，至于改国号为周，于唐当然是背叛，那就不要说了。最后要说到万民乐业，全民拥戴，还不忘作出前后对比：“昔靡单裤，今日重裳。”以前我们没有裤子穿，今日有好多套衣服，真是新旧两重天。编造者显然忘了，现在台上的是神皇，稍早在帝位的是她丈夫高宗，再往前是她公公兼前夫主，有名的太宗，且有贞观之治的美名。管他呢，谁在台上就捧谁，所有的歌颂都用最高级别的形容词。这是武后时期政治的显著特征，自捧既不厌其烦，乐听臣下之歌颂更容不得一点不同声音。了解于此，就该明白有些人看到乾陵无字碑，就感叹女主具有让后世评说的高风亮节——对这些无知者，真该给几个耳刮子。

七、徐令:《示女诗》

深宫富贵事风流，莫忘生身老骨头。因共太师欢笑处，为吾方便觅彭州。

诗见后蜀何光远《鉴诫录》卷八，说唐末陈敬瑄任西川节度使时，有爱姬徐氏，甚有美色。徐氏的父亲任郫城宰，即今成都北郊旧郫县的县令。徐父在红绡上写了以上二十八字，偷偷让其妻带入陈府，私示其女。诗意很简单，你嫁了阔人，可以在深宅大院内享尽富贵荣华，千万不要忘了生身父亲，还剩一把老骨头，沦落如此。你要努力讨太师欢心，时机恰当处，为我讨一个彭州刺史的美差。陈敬瑄，《新唐书》卷二二四有传，是僖宗时大宦官田令孜的亲弟，出身卑贱，进入神策军后，夤缘进职，中和至景福间任职中枢，任西川节度使亦达六七年。唐末乱世中，朝廷大权既为群小所控，在地方上更为所欲为。这位徐令不知何名，也不知出身高下，但无廉耻如此，也足为天下崩坏之际的一段小插曲，可为浩叹。

八、崔涯：《嘲李端端》

黄昏不语不知行，鼻似烟囱耳似铛。独把象牙梳插鬓，昆仑山上月初生。

诗录范摅《云溪友议》卷中。这位崔涯是张祜的朋友，两人经常在一起喝酒胡闹。有次他因醉作《侠士》诗：“太行岭上三尺雪，崔涯袖中三尺铁。一朝若遇有心人，出门便与妻儿别。”真是侠胆如虹。名声大了就会引来骗子。有人来找张祜，携一布囊，血殷于外，说平生恩仇，仇人已杀，首级在此，恩人不远，借十万缗去酬恩，吓得张祜马上给钱。久等不来，开布囊视之，乃一猪头。此为《儒林外史》张铁臂故事的原型。崔涯留下的诗与事远不及张祜的丰富多元，从仅有的几首存诗看，他就是唐朝的一位拆白党。唐朝妓院经营合法，你有钱消费，进出任便。崔涯不仅好这口，更利用自己的诗名，搬弄是非，戏弄妓女。如《嘲妓》云：“虽得苏方木，犹贪玳瑁皮。怀胎十个月，生下昆仑儿。”苏方木是主治产后血胀的药材，玳瑁皮指用玳瑁甲壳做成的装饰品，昆仑儿指从南亚引进的黑奴。几句联读，可知用意之恶毒。不知何故，名妓李端端得罪了他，他即作前诗来讥讽。前两句说端端容貌丑陋，后两句说她用象牙梳子插在头上，如同在专产黑奴的山上升起了月亮，极写她皮肤之黑。端端无可奈何，只好认栽，小心翼翼地到崔、张二人经过处，再拜赔礼道歉："端端祇候三郎、六郎，伏望哀之。"崔涯大感得意，再为端端写一诗，有"一朵能行白牡丹"之句。崔涯以此为乐，人品可知。除了这些风流公案，他也没留下其他事功。他在家也轻薄太太与老丈人，偏偏这位老丈人是河朔军将，不甘婿辱，立命女儿出家为尼。这回崔涯认栽，哭也没用。

唐代的孩子们在想什么

“鹅鹅，曲项向天歌。白毛浮渌水，红掌拨清波。”这首咏鹅诗，《唐诗纪事》卷七说是骆宾王七岁时所作，今日几乎家喻户晓，老小成诵了。可惜留下的记载太少，无法还原诗人真实的少年生活，更不知道他受过什么教育，有过什么人生理想，为什么写这首儿歌。类似的少年诗人，今知大约有十多位，才情与作品稍显零乱，以后有机会再作介绍。幸运的是，近代以来，在丝绸之路要道上的敦煌藏经洞，在新疆吐鲁番阿斯塔那的古墓群，在湖南长沙城北望城镇的唐代窑址，发现了大量唐代孩子的习字杂钞，有写经尾题、瓷器题诗，乃至于一些随意的涂鸦，其中许多都保存了孩子们的真实想法。更令人感到惊讶的是，从漠北到江南，地域如此广阔，文化几多隔绝，但其中许多作品则有大量雷同，令人不能不惊讶于文化传播之广泛普及。有关文本之详细叙录考证，可参徐俊《敦煌学郎诗作者问题考略》(《文献》1994年2期)、梁海燕《唐代俗体诗研究》(中国社会科学出版社2015年版)、拙文《八十年来的唐诗辑佚及其文学史意义》《从长沙窑瓷器题诗看唐诗在唐代下层社会的流传》(均收入拙著《唐诗求是》，上海古籍出版社2018年版)等，在此不一一罗列。本文仅介绍这些诗的一般内容，希望读者对此能有所了解。

一、唐代蒙学教育的内容

唐代教育分官学与私学，官学只有名宦子弟可以进入，私学则遍布州县，既有为国培养栋梁人才之责任，更多则是从识文断字的初等文化教起，告诉学生先贤事迹、先圣论说，这是树立典范，进而则包括人际来往之日常应酬、书写计算之生存能力、习字作诗之高雅情趣，乃至于信仰养生之人生追求。从目前可以看到的唐代民间通行的蒙学读物来说，有《千字文》这样以识字为基本目标，连带包括百科知识的通俗读本，也包括《太公家教》《辨才家教》一类以传达社会伦理道德为宗旨的思想读本，还有《记事珠》一类日用小百科知识文本，更有《古贤集》之类以表彰历代道德典范或英雄人物为主的通俗诗歌。敦煌远在边关，与中原、江东相比较，文化水平总体来说偏低，为进士、明经、制科等各种举业而培养高层次人才的教育目标还不甚显著，主要还是让学生熟练掌握书写技能，适当学会古诗文常见典故的运用，都有很不错的成绩。

女子虽然不能晋身官场，但同样要走向社会，出嫁为人妻，侍亲持家，道德规范一点也不能疏忽。敦煌所出有《崔氏夫人训女文》，是写女子将嫁之际，母亲的规诫之言，说明“在家作女惯娇怜，今作他妇信前缘”，未嫁前娇惯成习，出嫁后就完全不同了。长辈的规诫第一是慎言：“欲语三思然后出，第一少语莫多言。”尽量少说话，如果要说也应再三想清楚后再说。其次则是要注意尊卑之序：“路上逢人须敛手，尊卑回避莫汤前。”敛手是表示低调礼敬，“汤前”通“荡前”，在人多的场合不要鲁莽，要遵守礼数。“外言莫向家中说，家语莫向外人传。”注意内外有别，外面传闻不要带到家里来，以免引起是非，家人的议论更不能向外人搬传。还有许多细节的交待，可见唐代女教的一般面貌。不过至今未见年轻女性的涂鸦，看来她们走向社会的机缘并不太多。

二、唐代孩子的进学愿望

敦煌是中西往来的孔道，三教并存，佛教影响最大，但官场伦理及学校教育又以儒学思想为主导，蒙学教育社会化的痕迹无处不在。在这样的社会秩序中，进学为官是学子始终追求的目标。汉代韦贤曾说："遗子黄金满籝，不如教子一经。"（《艺文类聚》卷八三）这一精神通过历代师说，强烈地传达给所有的学子。在吐鲁番所出卜天寿《论语》钞本后所抄诗，有"高门出已子，好木出良材。交□学敏去，三公何处来"，大约是流传在边地的劝学诗，高门方能出贵子，好木方能出良材。第三句有缺文与误字，但末句很显豁，三公来自于人间，只有努力问学，才能达到目标。类似之诗还屡次出现在敦煌遗书中，今见斯六一四与北八三一七皆有此诗，录前者如下："高门出贵子，好木出良材。男儿不学问，官从何处来。"后二句意思很明显，男儿学问的目标，就是做官，只有做官可以带来名誉与财富。长沙窑瓷器题诗是民间工匠的作品，上面所题诗不是学童所书，但足以代表民间对于孩子们的期待。其中有这么几首：“天地平如水，王道自然开。家中无学子，官从何处来。”“白玉非为宝，千金我不须。意念千张纸，心存万卷书。”“上有千年鸟，下有百年人。丈夫具纸笔，一世不求人。”“念念催年促，由如少水鱼。劝诸行过众，修学至无余。”第一首是说万物自然，王道即基本的统治秩序应该普遍地遵守。遵循这样的王道之学，只有进学才能做官，不进学，无人做官，家族就没有希望。第二首说白玉、千金，不是真正的富有，只有饱读诗书，才能将所思所虑写成文字流传，方是真正的富足。第三首前两句起兴，要说的是古往今来的大道理，即男子立身于世，必须能读书识字，方能走上社会自立，不必再低声求人。第四首则说人生很短暂，不学习就会使自己成为困在涸泽中的枯鱼。后两句更劝所有的人，活一天，学一天，永远不要停下学习的步伐。

敦煌毕竟是边地，对孩子们来说，三公毕竟很遥远，容易实现的理想是在本地谋一个受人尊敬的职位。比如这个孩子：“学郎身姓□，长大要人求。堆亏急学得，成人作都头。”诗抄在北京图书馆旧藏位六八《百行章》后，署“庚辰年正月十六日，净土寺学使郎邓保住写记述也”，缺字或即邓字。这类诗常有通行格式的模板，抄者未必是作者。“长大要人求”，应该即长大不求人的意思。“堆亏”意思不明，似乎是说现在一切学好，长大可以作都头，都头是军队的将领，在动乱的时代，最有实权。

三、学郎诗所见孩子们的道德品格与文化修养

前文说蒙学教育从识文断字到道德伦理，都给孩子们以指点，今存大量诗歌中，所涉内容极其广泛。

感念父母之恩，是人子的天性。玉九一有诗云：“由由天上云，父母生我身。少来学里坐，今日得成人。”坐进学堂的孩子，有长大的感觉，老师再将父母养育之恩告之，孩子感受更真切。此诗从天上的云起兴，将“父母生我身”特别地加以强调。后二句平淡之中充满深情，就如同近代教材“秋天来了，天气凉了，一群大雁往南飞”一般含蓄隽永。此诗也有几个文本，如伯三五三四写于《论语集解》卷四末，有题记：“亥年四月七日孟郎郎写记了。”中国书店藏张宗之写本署“癸未年永安寺学士郎张宗之书记之耳”。后者首句作“云云天上去”，末句作“长大得成人”，应该是流行很广的一首诗。

学郎家庭有贫有富，人生态度亦各有不同。如伯二六二二所录一首：“昔日家中富，门前车马多。可中贫贱去，朝不□□过。”作者显然出自一位从富转贫的家庭，对以前家中之富有及来客之纷繁有深刻印象。后二句已残，诗意不完整，似乎在感慨现在贫贱了，客人也不愿从家门经过。

再如衣二八所载一首：“忍辱得端正，瞋恚得丑陋。布施得大富，悭贪堕贫穷。”这里讲到四种行为，即忍辱、瞋恚、布施、悭贪，作者认为凡遇事能够忍辱，足以成大事，人生能走上正道，此点深受《太公家教》“悬钓之鱼，悔不忍饥”“罗网之鸟，悔不高飞”之类人生格言的影响。瞋恚指遇事易怒，不会掩饰自己的情感，必然带来麻烦，显得丑陋。布施、悭贪则就礼佛与恤贫两方面言，强调越肯施舍的人越易致富。

斯四一二九云：“□□学郎身姓阴，财艺精令不求人。直是□□□□□，适奉尊卑好儿郎。”缺文较多，好在意思可以猜度出来。作者自称姓阴，“财艺”当作“才艺”，精是精湛，令是美好，有这样的才能禀赋，可以适应社会而不必求人。末句强调对既有秩序的尊重和敬奉，终能成为一个好儿郎。诗未必为阴姓学郎自作，很可能有通行诗的格式，任何人都可以将姓填入。

老师教学的内容，也在学郎诗中留下痕迹。离合诗的初级形态，是用两字离合的方式，告诉学生字形的结构。有些诗本身并没有什么诗意。如斯三八三五存三诗：“白水泉当路，此木柴在深。亡心忘记忆，西女要人寻。”“非衣裴醋大，口口吕秀才。白七皂罪过，王廾弄人子。”“旦之（项楚录作知）是不善，非心悲慈深。八（项楚录作人）王全法用，人曾会言语。山佳崔夫子。”前一首介绍泉、柴、忘、要四字，但泉当路、柴在深、忘记忆、要人寻四句，虽押韵，可记诵，似乎没有什么关联，更缺乏诗意。第二首前二句介绍两个姓氏，醋大也作措大，是对穷酸书生的戏称，但后二句太勉强了，与前二句也不押韵。第三首也不押韵，是要说明是、悲、全、会、崔五字的构成，字形的说明并不太准确。很可能这是一位并不太高明的老师的教学诗，留下来的几首仅是其中的一部分。当然，离合诗也有做得好的。如伯三五九七：“夕夕多长夜，一一二更初。田心思远客，门口问征夫。”四句将思妇的思念写出，长沙窑也有见，可见流传很广。长沙窑瓷器题诗还有这么一首：“单乔亦是乔，着木亦成桥。除却乔边木，着女便成娇。”也是教孩子识字的生动例子。叠字诗也会让学生印象深刻，如伯三五九七这首：“高山高高高入云，真僧真真真是人。清水清清清见底，长安长长长有君。”

四、抄经学郎的经济收入与青春萌动

从现存敦煌大量佛经来看，很多出于学郎的手笔，内容大量重复，显然不是出于传播或保存文献的目的，很可能是将写经作为礼佛的功德或敬佛的呈品，那么说来，所抄经也就具有商品的价值。伯二九四七云：“书后有残纸，不可别将归。虽然无手笔，且作五言诗。”他们抄书、抄经，显然受雇于他人。书抄完了，剩纸还有，东西是别家的，不能带走，但可以用此残纸写诗啊！现在能看到的大多学郎诗，就是这样保存下来的。

学郎们抄经的心情似乎并不太愉快，如这一首：“可怜学生郎，每日画一张。看书佯（原作痒）度日，泪落数千行。”（中国书店藏敦煌永安寺学士郎张宗之钞本）这位的责任似乎是画佛像，也看书，不知何以痛苦如此，乃至泪落千行，仅仅画像或看书，似乎都不至于如此啊？另一位则讲得很明白：“写书今日了，因何不送钱。谁家无赖汉，回面不相看。”（北京图书馆旧藏宿九九）写书是为了换钱，辛辛苦苦写完，为什么还不给钱？后两句骂得很重，怎么可以这么无赖呢？我给你做事，你居然连一个好脸色都不给我，太不像话了。多少钱呢？另有答案：“今日写书了，合有五升米。高贷不可得，还是自身灾。”（斯六九二《秦妇吟》后题）原署：“贞明五年己卯岁四月十一日敦煌郡金光明寺学仕郎安友盛写记。”诗很可能即是安友盛所作，他的水平并不高，似乎连做诗要押韵的技能还没有掌握，但他的心情是轻松而愉快的。书终于写完了，按照先前的承诺，应该可以得到五升米，这不是一点点，够家人生活一段时间了。他的想法是跳跃式的，因为有了这五升米，可以不借高利贷了。高利贷虽然可以短暂缓解危机，但债务繁重，最后还是自己的灾害。平静之中，可以体会他的欢悦。

许多学生郎逐渐长大，内心的烦恼与青春的冲动都在纠结，都在萌芽。伯二六九〇：“我是沙门僧，本来无怨恶。口解如是理，心多烦恼作。”内心自多不如意之事，嘴里也能说场面上的道理，但内心则烦恼多多。从来也不与人生怨恶，更不曾得罪人，却时时感到不安。当然，更多是对异性的追求。“小儿骑竹马，童子注千□。誓将抱良死，还同竹马期。纵使风雪至，不避雨沾衣。”（淡七六）有缺文，但意思可明白，即有心仪的女子，希望能成好事，即便中间有风雪曲折，也在所不计。诗似乎深受李白《长干行》影响，两次用到竹马，而“誓将抱良死”，应该就是“常存抱柱死”的别写。另一首则写得更直截了当：“今日好风光，骑马上天堂。阿须家有好女，嫁与学士郎。”此诗在敦煌遗书中至少有五六次抄写，首句伯三三〇五作“可怜学生郎”，第三句伯四七八七作“须家好女子”，这里据斯三七一三为主写定。学习的过程虽然辛苦，但最终会有风光无限、好事成双的那一天。“书中自有颜如玉”，一切的付出都很值得。但也要有选择。斯三七二四云：“郎君须立身，莫共酒家亲。君不见生生鸟，为酒送其身。”伯二六〇四前两句作“丈夫一生义立身，□□莫共酒家亲”。酒家就是习惯所说当垆女郎或卖酒胡女，这样的职业，这样的家庭，显然不在一般学郎的视线以内。生生鸟不知何谓，应该是一种贪酒而送命的小鸟。

五、盼望着下课，免不了打闹：毕竟还是孩子

学生在勤奋学习中，最盼望的是什么？古往今来的学生答案都一样：下课放假，纵情游玩。伯二六二二云：

“竹林清郁郁，伯鸟取天飞。今朝是假日，且放学生郎归。”这是敦煌孩子的期盼。“写书今日了，先生莫嫌迟。明朝是假日，早放学生归。”这是吐鲁番的学生郎卜天寿在《论语》钞本后留下的文字。“竹林青付付，鸿雁北向飞。今日是假日，早放学郎归。”这是长沙窑瓷器上的题诗。其间地域从西域到湘南，时间跨度也长达两百多年，文本虽有一些差别，意思则始终不变。假日是学生最盼望的，老师不要拖课，更不要找理由给学生补课，放假不上课是我们的权利，任何人不能无端改变和侵占。青青竹林，任意飞鸟，这里都是学生最向往的生活，也是儿童不容剥夺的幸福。

学生们平时总免不了互相吵闹，彼此编绰号，取别名，那算是轻的，学了几首诗，当然要用来互相调侃，严重一些就是谩骂了。选几首：

沙弥天生道理多，人名不得奈（原作那）人何。从头至尾没闲姓，忽若学字不得者。打你沙弥头脑（原作恼）破。（伯二九九五）

沙弥清奴实实聋（原作陇），但见学仕本处诵。不如闻法取城外，打那肚皮烂宠宠。准义师主真心教，是你钝浊百陇众（项楚《敦煌诗歌导论》疑作龙

钟)。(斯一〇八四)

学郎汉□郭会昌，看看一似憨头狼。世间薄酒总饮尽，一朝出来褥城隍。(伯 T27 卷背)

今朝(原作照)书字笔头干，谁知明振实个奸。向前早许则其信，交他人者不许欢。(伯二六二二)

学郎在寺庙挂单，就是小沙弥，总觉敦煌的孩子也如今日之南传佛教一样，少年时期会在寺庙中度过一段时间，所以骂学郎，骂沙弥，其实是一回事。第一首说沙弥生来会讲道理，但总有不识的字吧？唐代人取名喜欢用僻字，这会儿难住了沙弥，你居然也有不识的字。最后一句是调侃，不是真用暴力打破脑壳。第二首调侃沙弥清奴，你真是一个聋子，老师教得那么好，你虽然也在那里天天诵经，居然什么都没听进去，真是一个钝根污浊的糊涂人，真该把你的肚皮打烂看看里面到底是什么。第三首骂学郎郭会昌，怎么看都像一头憨头狼——很可能指那种粗野而没有修养的人。好处占了许多，一旦出来可就辱没斯文了。城隍是供奉守护城池之神之所在，“褥”即辱字。第四首则骂明振之奸，但不知“今朝书字笔头干”与明振作奸有什么关系，后两句意思也不甚清晰，似乎在说我今天不顺，不欢喜，反正都是你的不是。以上几首诗，作者都没有留下年龄，也没有留下事由，我愿意相信是年轻的学郎所作，就在于这些诗都任意而胡闹，骂人也不留分寸，略知押韵就率意甩酷，更接近未成年人的口气。即便自励，也可以很随意，如："青青河边草，游如（徐俊《敦煌诗歌残卷辑考》校作鱼）水舄舄。男如不学问，尔若壹头驴。"这首诗在敦煌遗书里至少有五六本，首句可以追溯到《古诗十九首》，接写游鱼水中也还连贯，第三句讲出大道理，男子应该读书讲学问啊，如果不这样，还真不如一头驴！末句画风大变，又不押韵，但孩子肯定喜欢这样的比喻，更喜欢以这样的比喻来互相攻击，其中有无限乐趣。至于押韵，"韵是何物"（史思明语）？随便吧。

六、余论

读者读罢以上文字，一定会有所困惑：你讲的这些，是唐诗吗？今日家喻户晓的那些唐诗，那时候有人读吗？为什么你不加以讨论？你举的这些学郎诗，总觉得思想平庸，艺术粗糙，都是一些最家常、最世俗的想法，有什么好呢？

读者的这些感觉都是事实。上举大多数诗，都来自敦煌藏经洞，封闭于十一世纪初，绝大多数出于唐人手笔，应该没有问题。学郎是从少年到青年的较含糊的概念，年龄多数为十多岁，不排除有人过了二十岁仍自称学郎。这些学郎的家庭出身也相差很大，本文为叙述方便，尽量将之简化。不排除其中部分作品为原创，但相信多数仅属传抄，且不大容易区别。

应该说明的是，唐诗的民间传播是一个非常复杂的问题。什么是最好的作品，各时代看法不同，就算在唐代，文化发达地区、高度掌握文化的人群，与边地的一般民众，显然会有很大不同。如果藏经洞在长安大慈恩寺有所保存，存诗的质量与敦煌肯定不可同日而语。敦煌的学郎，以及教授他们的老师，大约就是这样的水平。他们的阅读范围并不太广，他们的生活目标世俗而平常，他们的喜怒哀乐，只是普通人的喜怒哀乐。这是他们的局限，但也正是这一点最特殊而可贵。我们从他们的作品中，看到下层普通民众的所思所虑，看到他们的文化追求及所达到的程度。他们可能是伟大时代的落伍者，也可能是任何时代在基层生活的普通的少年、普通的民众。因为有这些平常的作品，再读那些大诗人的经典，我们可以感受到一个时代的作品可以如此的立体而多元，丰富而日常。

睿山新月冷　台峤古风清

——唐代的中日交往诗歌

中日两国一衣带水，文化发展早期曾有巨大落差。有唐一代近三百年，是中国历史上国力强盛、文化昌明的时代，日本经历了飞鸟时代（592—710）、奈良时代（710—794）、平安时代（794—1192），逐渐完成律令制国家的定型，无论都城建设、佛法信仰、文学书写、艺术造诣乃至日常生活，皆积极以唐为师，取得巨大成就。即便就谈诗歌，和歌与汉诗皆有空前的成就。《全唐诗》所收日本汉诗仅有长屋、晁衡的两三首。为《全唐诗》首次作补遗的市河世宁，据日本典籍编录《全唐诗逸》三卷的同时，还编成规模较大的《日本诗纪》，下限到平安末期，相当于中国唐宋时期日本汉诗集的总汇。当代日本学者后藤昭雄有《日本诗纪补遗》，收录也很丰富。拙辑《全唐诗补编》略有增补，但因坚持日本人仅收在唐所作汉诗，日本所存文献仍多有遗漏，体例与时代所限，也属无奈。近年所见渐丰，愿略谈所知。

一、前期来唐日本人与晁衡的思乡情结

《怀风藻》是今存日本最早的汉诗选集，成书时间当唐天宝间。所收有在唐日本人所作几首汉诗。一是道慈（？—744），俗姓额田，日本添下郡人。武后长安元年（701）入唐留学，学业颖秀，妙通三藏，曾入宫讲经。玄宗开元六年（718）归日本，拜僧纲律师，弘传空宗。晚年受命依长安西明寺规模，造大安寺。卒年七十余。事迹见《元亨释书》卷二。《怀风藻》存诗二首，其一为《在唐奉本国皇太子》："三宝持圣德，百灵扶仙寿。寿共日月长，德与天地久。"为太子歌德颂寿，尚未讲究声律，但前二句末字与后二句首字同，意思亦清晰美好。二是辨正，俗姓秦，日本人。初以文学仕进，出家于大安寺。武后长安间入唐，学三论宗。曾以善棋入临淄王李隆基藩

邸。开元十八年（730）归国。天平六年任僧正，不知所终。事迹见《本朝高僧传》卷七二。《日本国见在书目》载其集一卷，不存。《怀风藻》录其诗二首。《在唐忆本乡》："日边瞻日本，云里望云端。远游劳远国，长恨苦长安。"很有特色。每句第一字与第四字皆为同一字，深受六朝游戏诗的影响，大约他曾登高远望，日光尽处，仍然看不到遥远的祖国，身在云雾围绕中，看不到边际。后两句很可玩味，既说远游大唐，给主人增添许多麻烦，又说久困长安，心存长恨，大约不仅是思乡之苦，也包括在异乡生活之艰难吧。他的另一首诗《与朝主人》："钟鼓沸城闉，戎蕃预国亲。神明今汉主，柔远静胡尘。琴歌马上怨，杨柳曲中春。唯有关山月，偏迎北塞人。"可能因唐王朝的某次和亲而作，粘对还有些欠缺，但意思连贯，颂中含讽，放在盛唐诗人集中，也不显逊色。三是智藏，《怀风藻》署"僧正吴学生智藏师"，虽然存诗不易看清何时何地所作，但若考虑到他的一生多数时间都在唐度过，诗作于唐的可能性很大。录一首《秋日言志》："欲知得性所，来寻仁智情。气爽山川丽，风高物候芳。燕巢辞夏色，雁渚听秋声。因兹竹林友，荣辱莫相惊。""芳"字出韵，《日本诗纪》改作"新"，韵部仍未允。诗述修学中感觉到物候景色的变化，与友人互道人生珍重。

盛唐时入唐日本人中，名气最大的当然是晁衡。晁衡（698—770），字巨卿，日本奈良人，原名阿倍仲麻吕，中务大辅阿倍船守之子。玄宗开元五年（717），随遣唐使团来长安，入国子监。学成，留左春坊司经局校书。十九年（729），京兆尹崔日知特别推荐，下诏褒奖，超任左补阙。二十二年（734），任仪王友。他因父母年老，请求归国，未获允准，作《思归》述怀："慕义名空在，输忠孝不全。报恩无有日，归国定何年。""慕义"是说在唐求学，探求学术，然而为国为家，如何可以两全？报恩无期，归国何年，时时困扰着他。他还有一首七言诗《入唐思归故国》："明王不许东归去，长作咸阳一老夫。"仅存两句，不知作于何年。天宝间，历卫尉少卿、卫尉卿。十二载，迁秘书监。请随遣唐使归国，得到特许，让他作唐之聘贺使，出使本国。既满足他思乡的愿望，以唐使臣归国无疑又是极大的荣誉。这年他五十五岁，居唐已经三十多年，何等感动。临行有诗《衔命使本国》（据《文苑英华》卷二九六，《全唐诗》七三二题作《衔命还国作》）："衔命将辞国，非才忝侍臣。天中恋明主，海外忆慈亲。伏奏违金阙，骈骖去玉津。蓬莱乡路远，若木故园邻。西望怀恩日，东归感义辰。平生一宝剑，留赠结交人。”诗写唐皇对自己的恩德与自己对唐廷的忠诚，在恋阙与归乡之间，表达复杂的情感。最后两句，写给所有在唐熟悉的朋友。他与盛唐许多诗人结下深厚的友谊。长安的诗人们应曾隆重雅集，为他送行。王维作诗云：“积水不可极，安知沧海东。九州何处远，万里若乘空。向国唯看日，归帆但信风。鳌身映晚黑，鱼眼射波红。乡树扶桑外，主人孤岛中。别离方异域，音信若为通。”又将送别诗编辑，亲自作序，称赞日本“服圣人之训，有君子之风。正朔本乎夏时，衣裳同乎汉制”，虽远处海外，最具华风，而晁衡“名成大学，官至客卿”，“游宦三年，愿以君羹遗母；不居一国，欲其昼锦还乡”。虽然无法还原当时送行的壮观，但从王维的诗序中，可以体会晁衡与大唐主流文人融为一体，情同手足。

然而好事多难。归舟在琉球遇风，漂至安南州，晁衡虽幸免于难，最终没有归达日本。船难的消息先传到长安，以为晁衡已经遇难，李白有诗哭之：“日本晁卿辞帝都，征帆一片绕蓬壶。明月不归沉碧海，白云愁色满苍梧。”(《哭晁卿衡》）这是李白七绝的名篇，记录中日友人间不朽的情谊。无奈，晁衡于十四载（755）复归长安。肃宗上元中，擢散骑常侍。累历镇南都护、镇南节度使。

代宗大历初，罢归长安，五年（770）卒，年七十三。他在唐凡五十三年，历官显要，曾官秘书监，曾独守大镇，唐王朝对他有足够信任。终其一生，对故国没有须臾之或忘。日本纪贯之编《古今和歌集》，有他的一首怀乡和歌，曾有多种汉译本，梁容若译本云："望尽天涯是我家，三笠山头月正华。"胡锡年译文云："回首举目望苍穹，明月皎洁挂中空。遥思故国春日野，三笠山月亦相同。"（刊《光明日报》1977年7月11日）镇江北固山诗碑作："翘首望东天，神驰奈良边。三笠山顶上，想又皎月圆。"译文虽然差异很大，意思相通。晁衡的乡愁，一生都无法排遣。

二、长屋寄偈与鉴真东渡

《全唐诗》所收唯一一首没有到过中国的日本人诗歌，是长屋的《袈裟绣偈》："山川异域，风月同天。寄诸佛子，共结来缘。"录自宋初僧赞宁《宋高僧传》卷一四。《日本诗纪》卷六引日本传本稍有差异："山川异域，风月一天。远寄净侣，共结胜缘。"长屋（约684—729），是天武天皇之孙，高市亲王之子。他成长于圣武天皇时期，又是前任天皇的嫡长孙，决定了命运的大起大落。骤历显职，很快又陷入政治漩涡而被逼自杀。他娴熟于汉诗写作，《怀风藻》收其汉诗三首。更有名的当然是前举诗偈。日本在隋唐之际已经有佛法传入，因远在东海外，距中国遥远，距天竺更远。如同中国僧人远到天竺求法一样，日本僧人也希望在中国求得大乘佛法及正宗真传。长屋在执政期间，曾托遣唐使送一批袈裟与唐僧人，绣以上韵语四句，希望有缘佛子能够到日本弘传正法。扬州律僧鉴真（688—763）似曾获赠此一袈裟。开元二十一年（733），也就是长屋死后四年，日僧荣叡、普照到扬州，礼请云："我国在海之中，不知距齐州几千万里，虽有法而无传法人，譬犹终夜有求于幽室，非烛何见乎？愿师可能辍此方之利乐，为海东之导师乎？"这里齐州就指中国，谓日本虽有佛教，可惜没有弘法之大师，如同长夜暗室，未见光明，特别礼请鉴真大师东渡弘法。鉴真想到长屋的偈语，感叹日本"诚是佛法有缘之地"，乃答允东行。此后率弟子一行，六次东渡，九死一生，终达平城京，为中日友谊写下不朽佳话。

鉴真到日本，受到名士淡海三船之热情接待，寻入平城京，天皇以下皆登坛受菩萨戒，并于奈良拨水田一百町建寺，即为唐招提寺。鉴真居日本十年后去世，其门生思托撰《大唐传戒师僧名记大和上鉴真传》一卷，记师徒历次渡海事迹。淡海三船据以写成《唐大和上东征传》，流传至今，将鉴真东渡的事迹完整保存。传末附有一组中日僧俗悼念鉴真的诗作，这里仅录一首景仰鉴真的军将高鹤林所作《因使日本顶谒鉴真和上，和上既灭度，不觐尊颜，嗟而述怀》："上方传佛教，名僧号鉴真。怀藏通邻国，真如转付民。早嫌居五浊，寂灭离嚣尘。禅院从今古，青松绕塔新。法留千载经，名记万年春。"这位羽林军将，自署"都虞候冠军大将军试太常卿上柱国高鹤林"，宝龟十年（779）作为中使杨宝英的判官出使日本，到达后方知鉴真已谢世十六年。他的诗写出鉴真的高尚人格与弘博胸襟，写他对中日佛学传播与友谊的贡献。"禅院"两句写他入寺绕塔致敬的观感。"法留千载经，名记万年春"，写出大师的不朽贡献。

三、传教大师最澄及其朋友圈

最澄（767—822），近江国滋贺郡人。俗姓三津首，十二岁出家。延历二十年（804）入唐，曾到天台山，从道邃、行满习天台宗，也曾兼涉密宗与禅宗。次年归国，上表设天台宗，在比睿山建戒坛院，卒谥传教大师。

最澄在唐，主要活动于浙中台、越二州，其间交游广泛，很可惜他本人在唐未有诗保存。《传教大师将来越州录》有《相送集》四卷，注：“甲乙丙丁戊己庚，百纸。”可知内容丰富。最澄著《显戒论缘起》，附有《台州相送诗》一组，首有台州司马吴顗《送最澄上人还日本国序》，述最澄以贞元二十年（804）九月二十六日到台州，即谒刺史陆淳，献金十五两及一批日本珍物。陆淳为当时著名《春秋》学家，退金而受物，最澄乃请以金买纸，雇人抄写天台宗基本经典《天台止观》。吴顗称赞最澄“宿植善根，早知幻影，处世界而不著，等虚空而不碍，于有为而证无为，在烦恼而得解脱”，有很好的慧根。尤其赞赏他“赍黄金，涉巨海，不惮滔天之骇浪，不怖映日之惊鳌，外其身而身存，思其法而法得，大哉其求法也”。最澄在台州不足半年，即得将天台之学弘播东瀛，知吴序所说不虚。吴顗生平，以前仅知名臣武元衡曾作《送吴侍御司马赴台州》诗为他赴台州送行。最近见到洛阳墨影堂藏拓本《唐故普安郡太守濮阳吴府君墓志铭》，知他字体仁，生卒年是 759 年至 820 年，代宗吴皇后之宗人，因此入仕，宪宗末官至剑州刺史。

为最澄送行诗，今存作者九人，诗九首。其中官员有司马吴颉、录事参军孟光、临海令毛涣，进士、明经三人——乡贡进士崔谟、广文馆进士全济时及国子监明经林晕，僧人二人，即行满与幻梦，还有一位“天台归真弟子”许兰，应为居士。这里仅录崔谟与行满的两首略作分析。

崔谟诗云：“一乘来自东，路在沧溟中。远思日边国，却逐波上风。问法语言异，传经文字同。何当至本处，定作玄门宗。”值得注意的是后四句。“问法言语异，传经文字同”二句，知当时最澄对汉文佛经能阅读理解，但交谈会话，似乎还有相当隔阂。最后两句是期待，崔谟对最澄解悟佛法的能力有充分理解，因此相信他归国后可为一代宗师。

行满诗云：“异域乡音别，观心法性同。来时求半偈，去罢悟真空。贝叶翻经疏，归程大海东。何当到本国，继踵大师风。”这是老师对异国学生的期待。行满是万州南浦人，早岁辞亲受戒。代宗大历中，从学于荆溪湛然。湛然卒，至天台修行，栖华顶峰下二十余年。卒年八十余。也就是说，最澄是湛然的再传弟子，行满传法时，年龄至少在六十以上。他的诗语重心长，是惜别更是期待。末句之“大师”，指智者大师，是希望最澄归国后弘传天台法门，将天台宗风播衍海东。

日本较晚出还有陆淳作《送最澄阇梨还日本诗》："海东国主尊台教，遣僧来听《妙法华》。归来香风满衣裓，讲堂日出映朝霞。"中日学者皆对此诗有怀疑，在此就不申说了。

四、弘法大师空海及其朋友圈

空海（774—835），俗姓佐伯氏，生赞岐国多度郡（今香川县善通寺市）。他早习儒书，后入大学明经科，廿二岁出家，初习三论宗。贞元二十年（804），与最澄同时入唐。入长安，师青龙寺密宗阿阇梨惠果，得受胎藏、金刚两部大曼荼罗秘密法，又从般若三藏受学梵文。元和元年（806）归国，经越州向节度使求内外经书。归国后致力弘传秘密法门，为日本真言宗开山宗师。又曾假汉字草书，造平假名，于日本文化影响深远。晚居高野山，寂年六十二，谥弘法大师。空海善诗文书画。佛学著作颇多。所著《文镜秘府论》，分天、地、南、北、东、西六册，讲述中国六朝至唐初有关诗歌体制、声韵及对偶诸例，于保存旧籍及中古诗歌作法技巧，至为重要。

空海在唐所作汉诗，今存四首。一为《过金山寺》：“古貌满堂尘暗色，新华落地鸟繁声。经行观礼自心感，一两僧人不审名。”写访寺之感受，古寺尘暗，花落鸟喧，动静相衬中体会观礼之感悟。二为《在唐日观昶法和尚小山》：“看竹看花本国春，人声鸟哢汉家新。见君庭际小山色，还识君情不染尘。”所谓小山指寺院庭间的假山，至少诗题为归国后写定，也可能为后来追写。见春景有变，引起淡淡的故国之思，更赞赏唐寺之美景。后两句称述和尚用情山色而不为俗尘所染，是僧人写景诗的憬悟。三为《在唐日赠剑南僧惟上离合诗》：“磴危人难行，石崄兽无升。烛暗迷前后，蜀人不得过。”这里的离合，指相邻两句后句首字用前句首字的一部分，后两句也如此，六朝游戏诗中常见。诗可能作于泉州，时任泉州别驾的著名学者马总，当即和诗相送：“何乃万里来，可非炫其才。增学助元机，土人如子稀。”所谓土人指当地人，时闽中问学渐成风气，大才子尚不多，马总的赞誉，据说因此使空海“藉甚满邦，缁素仰止，诗赋往来，动剩箧笥”（真济《遍照发挥性灵集序》）。其四为《留别青龙寺义操阿阇梨》：“同法同门喜遇深，游空白雾忽归岑。一生一别难再见，非梦思中数数寻。”空海在青龙寺求法，其师惠果（746—

805），从密宗大师不空受金刚界，复从善无畏弟子玄超受胎藏界，融合二界而倡金胎合一。空海是惠果最后的授法弟子，空海受业不足一年，惠果告寂，空海曾为师撰行状。启程归国时，只能与同学义操告别，自喻为飘忽不定的白雾，终于要归故山了，也知道同学情深，难得知己，此度别后，再无见面之可能，只能托付于梦中了。这是很动情的分别之诗。空海归国后存诗很多，技法也越来越成熟，在此不述。

空海仍从越州归国，今存越州赠行诗五首。为首者朱千乘，自署“前试卫尉寺丞”，官品不高，时方赋闲居里。他曾赠诗集一卷给空海，空海携归国，今传日本古抄中颇有其佚诗。朱诗题作《送日本国三藏空海上人朝宗我唐兼贡方物而归海东诗》，三藏是对饱学高僧之尊称，当时空海方过而立，佛法尚未大成，朱千乘已尊崇如此。其序称空海“能梵书，工八体，缮《俱舍》，精三乘”，博学而多才艺。诗云：“古貌宛休公，谈真说苦空。应传六祖后，建化岛夷中。去岁朝秦阙，今春赴海东。威仪易旧体，文字冠儒宗。留学幽微旨，玄关护法崇。凌波无际碍，振锡路何穷。水宿鸣金磬，云行侍玉童。承恩见明主，偏沐僧家风。”似乎朱千乘对佛教宗派所知甚浅，认为空海所承为禅宗六祖一派。他对空海善文章，工书体，穷佛法，通梵文，有相当了解。日本存唐写本《新撰类林抄》，传为空海书，其中有朱千乘二诗，也知空海对朱之认可。

送别空海者，有两位越州名僧。一是昙靖，《宋高僧传》卷一五有传，其诗题作《奉送日本国使空海上人橘秀才朝献后却还》："异国桑门客，乘杯望斗星。来朝汉天子，归译竺乾经。万里洪涛白，三春孤岛青。到宫方奏对，圆像列王庭。"强调空海求法之官方色彩。"万里"两句，境界阔大，写对遥远扶桑的想象。另一位为鸿渐，近年越中出土过他撰写的墓志。或以为其人即陆羽，似无可能。诗云："禅居一海隔，乡路祖州东。到国宜周礼，朝天得僧风。山冥鱼梵远，日正蜃楼空。人至非徐福，何由寄信通。""到国"两句看到作者对两国关系还摆脱不了外夷朝贡、宣化皇风的局限，对海上三山也总想到徐福当年的远航，唯"山冥"二句，有些别致。

五、智证大师圆珍及其朋友圈

日僧圆仁（793—864）入唐求法十年，所著《入唐求法巡礼行记》四卷详尽记录每日行程，最具文献价值。

他携归典籍也有详尽目录保存，《入唐新求圣教目录》有《仆（疑当作濮）郡集》一卷、《台山集》一卷，可能为赠行送别集，可惜相关诗歌未见存世。

日僧圆珍（814—894），俗姓和气，空海外甥，十五岁入比睿山受天台学。宣宗大中七年（853）入唐，先后在福州、温州、天台、长安修习，学涉各宗，十二年（858）归国，为日本天台宗第五代座主，寺门派开山之祖，卒谥智证大师。圆珍所著《福州温州台州求得经律论疏记外书等目录》有《福州往来集》一卷、《温州台州往来集》一卷，《智证大师年谱》载其带归《师友唱酬诗集》十二卷，应即与唐僧俗来往之诗文集，可惜皆不存。

《天台宗延历寺座主智证大师传》载："和尚归朝之后，清观、元璋及诸尝倾盖相逢者，追慕弥深。每有便李，音问无绝。贞观中，清观赠和尚诗云：'睿山新月冷，台峤古风清。'当时诗伯菅相公视此一句，大为绝倒。"清观（？—882），《宋高僧传》卷二〇有传，是唐后期天台国清寺名僧，洞明天台三观说，能诗文，造诣甚高。圆珍造访天台，他照拂甚多，圆珍归国后，凡有商旅来往，他皆附信问候。这里的贞观是日本清和天皇年号（859—877），菅相公则指日本名诗人菅原道真。此诗虽不存全篇，仅存二句，但将比睿山与天台山联系起来，赞颂圆珍归国弘传台宗，气象日新，而天台本山，仍坚持智者以来之正学。两句虽似仅写景，却含无尽情韵，因而得到道真之激赏。

日本滋贺圆城寺存一组唐写本，保存当时与圆珍有过往人士的诗作，作者包括“小生高奉”“镇西老释道玄”“唐客李达”“唐客詹景全”“大唐容管道衙前散将蔡辅”等五人，凡存诗十八首。其中李达、詹景全为来往唐日间的商人，道玄是住在九州太宰府的僧人，蔡辅为同时赴日之军将，高奉亦赴日者，但年辈较晚。可以知道圆珍归国时，曾作有七绝《思天台》、七律《忆天台》，惜不传。这些诗主要写于圆珍归国初，诸人诗水平参差不一，其中二位商客所作特别珍贵。各录一首如下。

詹景全《跪受大德珠玉不揆卑劣谨次来韵》：“大理车回教正浓，乍离金地意思松。沧溟要过流杯送，禅坐依然政法容。”他在大中至中和间频繁来往于中日间，咸通初曾受智慧轮三藏嘱奉书信交圆珍，次年与圆载同船归唐。中和四年（884），与圆载、李达乘舟赴日本，途中遇风，舟覆溺死，仅李达得生还。

李达《奉和大德思天台次韵》：“金地炉峰秀气浓，近离双涧忆青松。控锡劚泉净心相，远传法教现真容。”其诗仅存此一首，与詹诗同时作。达字处芳，赵郡处士，经常来往于中日间，也曾长住婺州。大中十二年与圆珍同时赴日，不久归唐，受圆珍委托立《国清寺止观堂记》碑于天台。经商经历与詹相近，中和船难后情况不明。

高奉《昨日鸿胪北馆门楼游行一绝》：“鸿馆门楼掩海生，四邻观望散人情。遇然圣梨游上嬉，一杯仙药奉云青。”鸿胪北馆指设于太宰府的接待外宾的客馆，圆珍一行抵日初暂住于此。

道玄《谨呈珍内供奉上人从秦归东送别诗》：“一时倾盖恩如旧，岂敢情论白发新。贰岳知踪拾玉早，海藏迷路阻玄津。龙宫入者虽多客，独得骊珠宝髻珍。若遇善根分付了，台山有室待□□。”圆仁《入唐求法巡礼行记》卷一载有新罗译语僧道玄，很可能即此僧，当通晓日、罗、唐语，因得协调安排诸人行程，兼作译事。

蔡辅《大德归京敢奉送别诗四首》之三：“一别萧萧行千里，来时悠悠未有期。一年三百六十日，无日无夜不相思。”长沙窑瓷器题诗有云：“一别行千里，来时未有期。月中三十日，无夜不相思。”这是唐代民间流传极广的诗，蔡辅居然每句加二字就写给了圆珍。下层士人写诗没有原创意识，此亦一例。

圆珍交往的这批朋友地位不高，勉力作诗，堪称难得，不必过于褒贬。

六、来华求学求法的两种途径及生死荣寂

唐代日人来华，普遍怀有学习唐文化的强烈愿望，尤以遣唐使与学问僧为代表，具体来说则有官方途径与民间行走两种方式，二者有所交集，无法区隔，但又确实存在。作为官方的宣示，可以唐玄宗《送日本使》为代表："日下非殊俗，天中嘉会朝。念余怀义远，矜尔畏途遥。涨海宽秋月，归帆驶夕飙。因惊彼君子，王化远昭昭。"诗见《日本高僧传》，谓天平胜宝四年（752），藤原清河为遣唐大使，到长安见玄宗，玄宗说："闻彼国有贤君，今观使者趋揖有异。"号为礼仪君子之国，命卫尉卿晁衡引导参观府库及三教殿，又图貌清河真容，收入蕃藏。及清河归，玄宗赐以此诗。从玄宗诗中，可以体会他将日本视为来贡之蕃邦，待遇隆重，赠诗也确见帝王胸襟：你们那儿虽然遥远，但懂礼仪，遵王化，来参中朝，进退有度，我也深感天日昭昭，无远不届，怀义柔远，真君子之

国。可以想见，日使归国之际，唐廷赠馈必厚。从《日本国见在书目》所载日本皇家藏书来说，有许多肯定为唐官方所赠。

从圆仁《入唐求法巡礼行记》来看，他携带有日本出具的身份证明，入唐后一路拜谒官府，请得过所，但他的主要行程是在民间行走，接触各种不同人等。本文前所列各入唐官僧之交游，以晁衡交往层次最高，为最澄、空海赠行者主要是越州的地方官僧与士人，与圆珍交往者除高僧清观外，主要是社会下层人士。明乎此，可以理解入唐八家携归书目中，何以包含大量唐代文献绝无记录之典籍与文人，《日本国见在书目》中方技术数类著作几乎占了全书的三分之一，《千载佳句》是据在日本可见之唐人诗集选编而成，其中至少有五六十家在唐代典籍中看不到名字。无他，此皆日人在唐下层采录所得也。

在木船风帆时代，中日间之航海，是危险性很大的航行，前举晁衡归国遇险漂到安南，鉴真东渡前五次皆失败，都是著名的例子。懿宗咸通十年（869），日僧圆载归国途经苏州，诗人皮日休、陆龟蒙、颜萱作诗送行，陆龟蒙诗题作《圆载上人挟儒家书洎释典以行更作一绝以送》："九流三藏一时倾，万轴光凌渤澥声。从此遗编东去后，却应荒外有诸生。”知圆载学兼儒佛，归国时携有万卷典籍，极其富博。不知具体为什么，圆载直到十五年后的中和四年（884）方与詹景全等同舟东归，风骤舟倾，葬身海涛，可为悲叹。

求法僧生活之艰难，前已有述，许多来唐僧因此客死他乡。前述劝诱鉴真东渡之日僧荣睿，即在陪鉴真渡海失败后，客死端州。《入唐求法巡礼行记》卷三叙述了另一个伤感的故事。渤海僧贞素早年曾随师应公至日本，后复来唐。宪宗元和八年（813），于逆旅中遇日僧灵仙，论道契心。穆宗长庆二年（822），入五台山。敬宗宝历元年（825），受灵仙之托，东渡日本谢恩。大和二年（828）四月，归五台山灵境寺，灵仙已卒，遂题诗壁上以哭之：“不航尘心泪自涓，情因法眼奄幽泉。明朝傥问沧波客，的说遗鞋白足还。”诗有长序叙二人交游始末，对灵仙之逝，既云“泣我之血，崩我之痛，便泛四重溟渤，视死若归”，又说：“空留涧水，呜咽千秋之声；仍以云松，惆怅万里之行。”日僧的求法史，何尝不是一部血泪史呢！

荣睿、灵仙、圆载这样为求法生死以之、以身殉道的高僧，同样值得永远的铭记。

《全唐诗》中的伪好诗例评

研究学问当然要求实辨伪，本人长期以来也很积极地从事于此。文学品鉴要讲究艺术精湛，道理谁都理解。这两者看似理所当然，其实是各行其是，各有道理。如果一位学术名家讲解唐诗，所欣赏者恰是一首伪诗，不免留下笑柄。反过来看，宋人说到好诗，一下子想不起姓名，于是就称是唐诗，任何人都不怀疑。偏偏现代人发明了古籍全文检索，又偏偏遇到像我这样爱认死理的所谓考据学者，逐一查来，居然一半是宋诗。《全唐诗》编成那会儿，没有全文检索，编纂者又迫于皇命，学识也有那么一些局限，采取凡前人有一书说是唐诗者，一律视作唐诗收入，问题自然不少，当然也给后人留下发现问题、发表论文的机会。其实唐诗未必都好，伪诗未必都烂，如果我们稍稍转变一下立场，不难发现伪诗中尽多好诗，只不过在流传过程中遇到一些与作者全无关联的意外状况而已。换句话说，一首诗要从宋代甚至明代，顺利地混入唐诗，没有它自身的优势，能做到吗？前几年台北专门举办一次明清伪画苏州片的特展，取名“伪好物”，实在是好的创意。在此，且说说唐诗中的伪好诗。

一、骊山游人《题故翠微宫》

翠微寺本翠微宫，楼阁亭台几十重。
天子不来僧又去，樵夫时倒一株松。

诗见《全唐诗》卷七八四。诗的来源应该是《诗话总龟》卷二四引《谈苑》：“翠微寺在骊山绝顶，旧离宫也。唐太宗避暑于此，后寺亦废。有游人题云（诗略）。”《谈苑》即《杨文公谈苑》，是黄鉴根据著名文人杨亿晚年所谈写成的一部笔记，原书不存，宋人各书引录很多，今人李裕民有辑本。杨亿晚年约当宋真宗末期，时去五代入宋仅五六十年，后人即此怀疑这首歌咏唐代史事的诗出自唐人，也可以理解。宋元间也有传为唐代著名诗人所作者，如《竹庄诗话》卷一五引《瑶溪集》作武元衡诗，题作《山顶翠微寺》,《类编长安志》卷九作刘禹锡诗，题作《翠微寺有感》，但二家别集皆无此诗，应属误记。比较可靠的记载是南宋周煇《清波别志》卷二："元微之有一绝句：'寥落古行宫，宫花寂寞红。白头宫女在，闲坐说玄宗。'洪景卢谓语少意足，有无穷之味。幼时亦得一诗云：'翠微寺本翠微宫，楼阁亭台数十重。天子不来僧又死，樵夫时倒一株松。'乃张俞所作也，思致不减前作。"洪景卢即洪迈，他在《容斋随笔》中称赏元稹《行宫》诗"语少意足"，回味无穷，周煇认为此诗足与相当，他得知此诗作者是张俞。张俞，又作张愈，字少愚，号白云，成都附近的郫县人。他在科场屡举不第，仁宗时曾上书言边事，授校书郎，随即归隐以卒，《宋史》卷四五八有传。

翠微宫在长安以南终南山中，是唐太宗时建的行宫。据说建成不久，唐太宗就行幸居此，给褚亮写诗有"隔阔相思"之句（《玉海》卷二九）。存世太宗诗有《秋日翠微宫》，首二句云"秋光凝翠岭，凉吹肃离宫"，是很好的居住休憩之地，视野也很开阔。末云"摅怀俗尘外，高眺白云中”，他觉得远离俗务，回归自然，心情大好。不到两百年吧，刘禹锡作《翠微寺有感》：“吾王昔游幸，离宫云际开。朱旗迎夏毕，凉轩避暑来。汤饼赐都尉，寒冰颁上才。龙髯不可望，玉坐生浮埃。”离宫已经改为寺院，皇家当然不再来了，他只是感慨太宗曾经坐过的玉座，已经积满灰尘，不复往日之盛，所幸寺院还有香火。唐末名僧翠微无学，可能即驻锡此寺。从刘禹锡写诗，到张俞经此，又过了两百年，经过唐末大乱，关中数度被兵，往日市坊宫院均已焚毁殆尽，翠微寺也维持不下去了。张俞看到的，只是一片荒凉。

诗意直白而简单。这里本来是一处皇家宫苑，规模宏伟，亭台楼阁层层迭迭，何等繁盛。后来，皇家不再来了，就施舍给寺院做功德吧，这样又维持了很长时间。然而现在，皇帝是早就不来了，寺院也不知何故，无法维持了，和尚也不见了。眼前一片荒凉，但还有一些人气，砍柴的樵夫正在砍伐松树，这松树可是皇家寺苑的古松，也许有几百年了吧。皇家的物事，民众靠近都是有罪的。唐彦谦《长陵》诗云：“耳闻英主提三尺，眼见愚民盗一抔。”说的是同样的意思。盛衰何其迅速，刚听说明主提三尺龙泉，平定天下，倏忽间已见民众公然到汉高祖长陵取土。张俞的诗在平静中说完繁盛衰歇的大故事，不加议论，发人深省，荒凉平静中有樵人的大动作。周辉认为可以与元稹那首“白头宫女在，闲坐说玄宗”媲美，是很有识见的。

二、太上隐者《答人》

偶来松树下，高枕石头眠。
山中无历日，寒尽不知年。

《全唐诗》卷七八四收此诗，不云作者时代。其来源应该是《诗话总龟》卷一八引《古今诗话》：“太上隐者，人莫知其本末。好事者从问其姓名，不答，留诗一绝云（诗略）。”我认为更可靠的记载是南宋书坊编《王状元集注分类东坡先生诗》卷四《赠梁道人》注引《池阳集》引滕宗谅《寄隐者诗序》：“历山有叟，无姓名，为歌篇。近有人传《山居书事》诗，诗与上四句同。”滕宗谅即范仲淹《岳阳楼记》开始所说“庆历四年（1044）春滕子京谪守巴陵郡”之滕子京，他生活在宋仁宗时，他的《寄隐者诗序》全篇不存，据此节引的片断，知道这位自称太上隐者的隐士，所住地历山在今安徽池州附近，生活时代与滕相接，可能年长一些，但绝不会是唐人。诗的原题也应是《山居书事》。

中国古代有尊隐的传统。虽然皇家需要有各层级的官员为其维持政权运转，并给予各层级官员以优厚的待遇，但也承认官场是污浊的，做官是混迹在滚滚红尘之中。远离红尘，不屑俗务，当然相关待遇也一概不要，古人认为最高尚，经常表彰，并以征辟隐士出来做官为盛事。出家修禅或修道，也与隐士相当。唐代明瓒和尚《乐道歌》最后一节云："世事悠悠，不如山丘。青松蔽日，碧涧长流。卧藤萝下，块石枕头。山云当幕，夜月为钩。不朝天子，岂羡王侯。生死无虑，更须何忧。水月无形，我常只宁。万法皆尔，本自无生。兀然无事坐，春来草自青。"写出隐者远离世嚣，亲近自然，不委屈于世务，不忧患于生死，完全超脱世事的感受。太上隐者的这首五绝，恰是对《乐道歌》最简明的概括。人生随意，不必有求，更不必关心世事的变化，一切尽可随心所欲。偶来树下，枕石而眠，只是适意，不需要理由，更没有时限。山中连历日都没有，当然更不关心天气冷暖，时光流逝，随顺自然，无忧无虑，这是真隐者的情怀。诗意很简单，但确是无欲无求的真隐者之态度。

三、令狐挺《题鄜州相思铺》

谁把相思号此河，塞垣车马往来多。
只应自古征人泪，洒向空川作逝波。

《全唐诗》两收此诗，卷三三四作令狐楚诗，题作《相思河》；卷七七八作令狐挺诗，不载其事迹。其实令狐挺是宋人，毕仲游《西台集》卷一二《令狐公墓志铭》载其字宪周，山阴人。宋仁宗天圣五年（1027）进士。历任吉州军事推官、延安通判、知彭州，迁提点两浙刑狱公事，移江东路，官至司封员外郎、知单州。嘉祐三年（1058）卒，年六十七。较早记录此诗的张师正《倦游录》（《宋朝事实类苑》卷三八引）："鄜州东百里有水，名相思河，岸有邮置，亦曰相思铺。令狐挺题壁以诗曰（诗略）。"鄜州与延安邻近，诗是他任延安通判期间所作。传为令狐楚，因令狐挺不以诗名，令狐楚为唐著名文人，因同姓而传误。

鄜州有河名相思河，河岸有递邮的驿所名相思铺，触动了诗人的兴怀。他说这里是出塞的要道，往来车马很多，虽然目的各有不同，谁能没有离别相思之苦呢。这条河中，正不知流淌过多少出征远行之人的泪水，河水能把征人的泪水带回家乡吗？答案当然是否定的。诗人以“洒向空川作逝波”作结，虽有同情，但也无可奈何。

四、杜常《华清宫》

行尽江南数十程，晓星残月入华清。
朝元阁上西风急，都入长杨作雨声。

《全唐诗》卷七三一收此诗，作者事迹无考，小传云“唐末人”，出于附会。南宋周弼编《三体唐诗》，以此首为全书第一篇，即认为唐人最好的诗。再往前追，则胡仔《苕溪渔隐丛话前集》卷二四收入《唐人杂记》，且说明所据为《西清诗话》。再看《西清诗话》卷上，云“世有才藻擅名而辞间不工者，有不以文艺称而语或惊人者”。下录“近传”之此诗及方泽《武昌阻风》。《西清诗话》作者蔡绦是权臣蔡京的儿子，书则作于南渡初，所谓“近传”，当是南北宋之间事。至胡仔认识稍有偏颇，周弼更推一程，就认定为唐诗。其实此诗石刻在华清宫，明人还见到，明朱孟震《河上楮谈》卷二录诗共四首，署“权发遣秦凤等路提点刑狱公事太常寺杜常”，更有杜诩跋，称是杜常“自河北移使秦凤，元丰三年（1080）九月二十七日过华清”而作诗。《河上楮谈》录诗前二句作“东别家山十六程，晓来和月到华清”，应该是作者的原诗。杜常，《宋史》卷三三〇有传，字正甫，卫州人。登进士第后，历任使职。元符元年（1098）知青州，次年改知郓州。崇宁二年（1103）自徐州移知镇州。崇宁末（1105），以龙图阁学士知河阳军，卒年七十九。应该说，这首诗是宋诗，应该没有疑问了。

作者的家在卫州，即今河南新乡一带，因受命处理秦凤（今陕甘接界处一带）刑狱公事而入关。华清宫在临潼骊山下，是唐代著名的皇家宫苑。作者在公务中途匆匆凭吊古迹，有许多感慨可以诉说。诗的后两句写景引起议论，包含无限的感伤。朝元阁是骊山著名的道观，唐玄宗曾数临其地，且在天宝七载（748）因传老子降临此阁，将其改名为降圣阁。长杨宫在盩厔（今名周至），是汉代的皇家名苑，距离骊山很远，这里仅是写意。大约作者行色匆忙，凌晨方到临潼，且天气不好，风雨交加，在诗中写出来，则引起“多少楼台风雨中”的无限感伤。诗写得很流动，写景纪行的画面感很强，感伤借画面传出，不加议论而引人无限联想。

从明人所见石刻的诗作，到《西清诗话》的引录，文本差异很大，显然经过润饰。作者不是江南人，因而“行尽江南数十程”似乎不是作者本人所改。当然，改本在艺术上更为精致成熟了。

五、方泽《武昌阻风》

江上春风留客舟，无穷归思满东流。
与君尽日闲临水，贪看飞花忘却愁。

这首诗的流传轨迹，与上引杜常一首一样，只是不像杜常那样有明人所见石刻与正史传记，可以确定无疑。方泽生平资料比较零散，据《莆阳比事》卷三、《续资治通鉴长编》卷二六七、《山谷诗集注》卷一八、嘉靖《邵武府志》卷四所载，可以大抵拼出他的生平：字公悦，莆田人。熙宁八年（1075）为大理寺丞，旋除江西路提举常平事。元祐五年（1090）知邵武。元符元年（1098）为吏部郎中。寻贬知万州。建中靖国间（1101）官鄂州，与黄庭坚多有唱和。这样看，与《西清诗话》所讲的“近传”是契合的。

诗是作者晚年之作，细节较难还原。较大可能是在知万州或官鄂州放归时所写。鄂州临近武昌，作者家在闽中，归乡首先是沿江东下。也许是久未还乡，也许是家有急事，他是赶急着希望尽快还乡。然而因为江上阻风，预定的行期难以成行，只能留下。诗人解释，这是春风多情，故意留客。后两句中的“君”，应指春风，大风不停，自己日日临水以卜行期，好像与风有约一样。虽然归心如箭，归思无尽，但春风春花，又给自己以无穷慰藉，在迷人春色中忘却了愁思。诗写得很随意，但又风流蕴藉，给人以进留各有所得的感受，深得诗人温厚之旨趣。

六、题唐彦谦《采桑女》

春风吹蚕细如蚁，桑芽才努青鸦嘴。
侵晨探采谁家女，手挽长条泪如雨。
去岁初眠当此时，今岁春寒叶放迟。
愁听门外催里胥，官家二月收新丝。

诗见《全唐诗》卷六七一，稍早则见明刊《鹿门诗集》卷下。社科院文学所本《唐诗选》收有此诗，上海辞书版《唐诗鉴赏辞典》各版均收此诗。艺术上比较直白，但就写阶级剥削来说，确是少见的贴切之作。

就直观来说，此诗有一疑问，聂夷中《伤田家》“二月卖新丝，五月粜秋谷”，是有名的诗篇，此诗末句似有依傍或抄袭之嫌疑。但就唐、聂二人生平来说，基本是同一时代之人，谁抄谁就难说了。

然而存世唐彦谦《鹿门诗集》，前人多有质疑。唐人郑贻、五代薛廷珪、宋初杨亿均曾辑唐集，没有保存。明刊《鹿门诗集》三卷，存本甚多，近人朱绪曾《开有益斋读书志》卷五《剡源集逸稿》云此集“多误收《剡源》之作，与三十卷诗同者六十二首”。今人郑骞《有关唐彦谦之札记六则》(《东吴文史学报》第一辑，1976 年)、曹汛《唐彦谦诗中的所谓孟浩然父子》(《中华文史论丛》1983 年 3 期)、王兆鹏《唐彦谦四十首赝诗辨伪》(《中华文史论丛》五二辑，1993 年）先后揭出唐集中误收的元戴表元诗四十多首。朱绪曾所见《剡源逸稿》，今不存，以致今人所见戴诗未及朱氏之多。今人重新编定全部唐彦谦诗，唯一的办法是为他可靠的诗找到明初以前书证，今知约九十首，剔除误收戴诗约四十首，另不知真伪而只能存疑者尚有五十多首，这首《采桑女》恰在其中。

仔细读诗，可见作者对南方采桑女的生活观察很仔细。春风初起，蚕宝从卵中孵化而出，细小如蚁，而桑条也才初绽幼叶。今年春寒，桑叶较往年迟开，如果在以往，最早的一批蚕已经长成吐丝了。官府哪管时令早晚，到了时间就逼迫蚕家缴纳新丝，已经到家家户户叩门催促了。蚕女无力反抗官家，只能更加地早起晚睡，即便如此也无可奈何。“手挽长条泪如雨”，进退失据，痛苦而绝望。放在宋元之际的诗坛来说，这首诗也是好诗，是很少能见到的真实反映江南蚕桑女生活的作品。

七、题戴叔伦《题稚川山水》

松下茅亭五月凉，汀沙云树晚苍苍。
行人无限秋风思，隔水青山似故乡。

初版《唐诗鉴赏辞典》收戴叔伦诗五首，仅《除夜宿石头驿》《三间庙》确为戴作，另三首皆伪。这三首具体是：《兰溪棹歌》：“凉月如眉挂柳湾，越中山色镜中看。

兰溪三日桃花雨，半夜鲤鱼来上滩。”为明初汪广洋《兰溪棹歌三首》之一，见汪著《凤池吟稿》卷一〇。《苏溪亭》：“苏溪亭上草漫漫，谁倚东风十二阑。燕子不归春事晚，一汀烟雨杏花寒。”也是汪广洋诗，见《凤池吟稿》卷一〇。另一首就是上举的《题稚川山水》。中国历史上最有名的稚川是葛洪，但葛洪生活的时代有山水画吗？如说是写稚川的景色，偏偏稚川是道家传说中的仙都，要写也不该是这样的山村景色。今人熊飞《戴叔伦诗杂考》（《唐都学刊》1994年3期）认为是明初刘崧诗，见刘著《槎翁诗集》卷七。稚川为罗稚川，元明间画家，揭徯斯、乃贤、林弼等皆曾题其画。有这样的考证，对其真伪似乎已经可以不必多加讨论了。

那么，为什么明初人的诗会进入《全唐诗》，归收到戴叔伦的名下呢？原因出在明中期以后在前七子“诗必盛唐”口号倡导下，明人写诗普遍学唐，书坊也顺势而动，抢印可靠的唐集，也顺便伪造唐集以射利，《戴叔伦诗集》两卷就此出笼。《全唐诗》会聚真伪诗之大成，收诗三百首，半数为伪。今人蒋寅《戴叔伦诗集校注》（上海古籍出版社1993年初版，2010年增订）广稽历代典籍，将戴集真伪基本理清了，读者可参看。

其实，明人伪造戴集，还是花了很大气力的，如上引《兰溪棹歌》《苏溪亭》二首，确实是好诗，至今还为许多今人唐诗选本所收，比如今年新出的李元洛《唐诗分类品赏》。上举《题稚川山水》，是一首题画诗，借画中茅亭憩息的行人，感觉景致的美好与适意，排遣思乡之情。《唐诗鉴赏辞典》周啸天为此诗撰文云："这里的写景，着墨不多，有味外味，颇似元人简笔写意山水，确有'可望而不可置于眉睫之前'的意趣。"熊飞的考证，确定这就是一首题元人写意山水的小诗，周氏读诗的感觉还不错。

八、贺公诗

有客来相问，如何是治生。
但存方寸地，留与子孙耕。

诗见《全唐诗》卷七九五，仅引后二句。宋代理学家杨时《龟山集》卷二六《跋贺仙翁亲笔诗》，录有全诗，今据录出。

后二句在宋代流传极广，作者传异也极多。如《说郛》卷四九引俞文豹《唾玉集》作贺章诗，《历世真仙体道通鉴》卷四六作贺元诗，《东坡诗集注》卷一八《孔毅父以诗戒饮酒，问买田，且乞墨竹，次其韵》注作五代冯道诗，《施注苏诗》卷二〇《孔毅父以诗戒饮酒，问买田，且乞墨竹，次其韵》注引《鉴诫录》作王梵夫诗，今本《鉴诫录》不载，项楚《王梵志诗校注》据以收作王梵志诗，毕竟只有孤证。更多的书证则作贺公或贺水部，在此不作罗列。陈师道《后山居士文集》卷一九《贺水部传》称他姓贺名亢，自述石晋时为郎。宋真宗封禅，他以布衣谒于道左，献诗，还再让弟子献金银铜道释像，价值数千万。苏轼《东坡集》卷一七《送乔仝寄贺君六首叙》谓在密州曾见，此后更托乔仝传语云不相忘。从石敬瑭建后晋到苏轼出生，恰巧一百年，若石晋时为郎，至少已经成年，到元祐间苏轼在京，前后约一百七十年，过于扑朔迷离了吧。神仙世界，俗人怎么可以刻意计较呢？

贺公的这首诗，意思其实很简单。后两句回答前两句的提问：如何是治生？治生指持家修身，即人生的基本责任。下二句的关键词是“方寸地”，南宋罗大经《鹤林玉露丙编》卷六认为“指心而言”，并作《方寸地说》阐发其说。前引项楚书谓语出《列子·仲尼》：“吾见子之心矣，方寸之地虚矣，几圣人也。”据此则“但存方寸地”

指人生重在修身正行，以圣人之心为后代树立典范。以此一切留给子孙后代，从而保持家族的长远发展。

当然此诗若不考虑语典，纯粹用现代的望文生义的方式来理解，也可读作凡事要留有余地，不仅要考虑眼前发展，不要为了目下利益将资源耗尽，更要为子孙后代保留一块净土，要保证可持续长久发展的空间。许多年前在香港工作，见新界北边还有大片净土，严禁居住和商业开发，当时想到的就是这两句诗。可能超越了原诗的意思，但如此解读似乎也不坏。《诗话总龟》卷一九引《王直方诗话》引张嘉甫诗云："方寸平田便有余，子孙无复废耕锄。已将不死为嘉种，更向无何筑隐居。"就是按照这个意思来读的。

九、吕岩《绝句》之十四

独上高峰望八都，黑云散后月还孤。
茫茫宇宙人无数，几个男儿是丈夫。

诗见《全唐诗》卷八五八，来源大约是南宋后编《纯阳真人浑成集》卷下。敦煌遗书伯三六六六、斯九〇三八均收此诗，前二句作“直上青山望八都，白云飞尽月轮孤”，均不署作者，知道是宋初以前民间流传的诗歌。《弘治黄州府志》卷七作白居易诗，题作《东山寺》，则属另一次附会。

吕岩就是吕洞宾，是宋以后最有名的唐末大神，今知挂在他名下的诗作约有数千首，有宋以后各代伪造者。今人认为无一可靠，大致不错。我前年写《吕洞宾的最早记录》(《文汇读书周报》2017年12月4日）认为宋初乐史《太平寰宇记》卷一〇九收吕洞宾题吉州雪浪阁诗“褰裳懒步寻真宿，清景一宵吟不足。月在碧潭风在松，何必洞天三十六”，有可能写于五代。宋初多人见过他，他自述是海州刺史吕让的后人，如果出生在唐末或五代前期，到宋太宗时约七八十岁，到处走走仍有可能。

上引这首诗，虽然敦煌流传文本与吕洞宾名下文本稍有不同，意思相差并不大。从“八都”一词分析，很可能形成于唐末，是大乱中一位民间草莽或乱世豪杰的作品。唐末有“随驾五都”(《资治通鉴考异》卷二五引《实录》）的说法，“杭州八都”则以杭州八县，“每县召募千人为一都”(《旧五代史·钱镠传》)，八都或即指此，引申为更广阔的地域。友人刘成国检阅道书后告，八都即八方，似更为妥帖。诗人无论说是“独上高峰”还是“直上青山”，都是说登高望远，目力所及，天地广阔，看透世事艰难，人世孤独。然而乱世已经打破旧王朝几百年不变的坚硬板块，给那些社会最下层的草莽人物以无限可能的发展空间。宇宙指时空上的古往今来、天地六合，作者俯仰古今，感慨无限，发出“几个男儿是丈夫”的呼喊，这就是《史记》述刘项见到始皇时所发“大丈夫当如是”的感慨，是英雄不甘寂寞，希望有所作为，成就大事业的心声。我认定此诗形成于唐末，除有敦煌文本为据，更因读史到唐末，见如王建初为贼王八，钱镠也“少拳勇，喜任侠”，马殷“少为木工”，杨行密“少孤贫，有膂力”（见《旧五代史》各人传），都在乱世中挺然而出，割地封王。这样的诗，这样的事，在太平盛世是难以想象的。

《全唐诗》在吕洞宾名下的几百首诗，大多为宋元道士的附会之作。这些诗写神仙的超能力与情怀，大多口气阔大，卑视古今，纵横六合，似乎拔几根头发就能飞向天外。这类诗到近代颇为流行，溯源正在神仙吕洞宾。比较起来，汉晋的大言诗真是太琐碎了。

十、吕岩《梧桐影》

落日斜，秋风冷。

今夜故人来不来，教人立尽梧桐影。

诗见《全唐诗》卷九〇〇，作词收录，源自《花草粹编》卷一。其实《梧桐影》的词牌即源于此篇，原作应是诗而非词。较早记录见南宋初曾慥《集仙传》(《山谷内集诗注》卷一六《次韵高子勉十首》之一注引)，题作《题汴都峨眉院法堂屋山》，南宋初周紫芝撰《竹坡老人诗话》载始末颇详："大梁景德寺峨眉院，壁间有吕洞宾题字。寺僧相传，以为顷时有蜀僧号峨眉道者，戒律甚严，不下席者二十年。一日，有布衣青裘，昂然一伟人来，与语良久，期以明年是日复相见于此，愿少见待也。明年是日，日方午，道者沐浴端坐而逝。至暮，伟人果来，问：'道者安在？'曰：'亡矣。'伟人叹息良久，忽复不见。明日，书数语于堂壁间绝高处，其语云：'落日斜，西风冷。幽人今夜来不来，教人立尽梧桐影。'字画飞动，如翔鸾舞凤，非世间笔也。宣和间，余游京师，犹及见之。"大梁就是北宋的东京。此诗包含一动人故事。峨眉道者持律严格，历二十年不下讲席，是一位有道高僧。某日一位高大伟岸的布衣，穿着青裘而来，与道者畅谈良久，约明年此日再相见。到明年此日，道者端坐而逝，伟人来而不见，叹息许久，留下这首诗。伟人没有留下姓名，因而传为吕洞宾现身而作。

这首诗的主题是等待，是忘形友人间隔阔生死的等待。黄昏落日，秋风渐寒，相约见面，然而老僧已经远行。生死能够分隔彼此的友谊吗？约定的见面还是不能违背的。僧家喜欢讲因果轮回，道家自能返魂摄魄，都相信灵魂不远，今夜必会归来。诗很质朴，首两句点出时间氛围，第三句很直接，远行的故人，今晚你能回来吗？你还记得我们的约定吗？“教人立尽梧桐影”，你看到我了吗？我就在去年说定的梧桐树下等你。梧桐是一种高大的大叶乔木，月光在梧桐叶间泻下，移动的月光代表时间的推移。我为你彻夜守候，我相信你会来的，我看到了月升月落，我看到了月影在梧桐叶间起舞挪移，我还在等待，相信你的承诺。

宋元人遇到高道异人有不识或无名者，皆喜用吕洞宾现身来解释。这首短诗寥寥二十字，写尽友谊、等待、坚守和希望，能说不是好诗吗？至于是谁作的，关系倒不大了。

杨昇《蓬莱飞雪图页》

李思训《江帆楼阁图》

李昭道（传）《明皇幸蜀图》

韩幹《牧马图》

周昉（传）《内人双陆图》（局部）

莫高窟第八五窟壁画《禅修僧》

莫高窟第一一二窟壁画《观无量寿经变》（局部）

莫高窟第九窟壁画《童子竹马》

杜甫的盛世危言

——重读《自京赴奉先县咏怀五百字》

杜甫一生经历几次大的变故，他都有作品详尽地加以记录，从社会观感到平日所见，从时代忧患到人生坎懔，无不存于笔底，见诸文字。世称诗史，良有以也。若仅选一篇来分析他对时政的观察与思考，我以为绝对以这篇《自京赴奉先县咏怀五百字》最为重要。前人对此诗已有许多分析研究，我仍愿意在此写下近年阅读的感受。

一

宋本《杜工部集》卷一收《自京赴奉先县咏怀五百

字》一诗，题下有注：“天宝十四载十一月初作。”此注应为杜甫本人的手笔，而且应该是他晚年自编文集时所加。对此的详细考证可见拙文《杜诗早期流传考》(收入拙著《唐诗求是》，上海古籍出版社 2018 年版)。这是很可玩味的。众所周知，安禄山叛乱开始那天是天宝十四载十一月九日（755 年 12 月 16 日），以奉密诏讨杨国忠为名，在范阳起兵。从范阳到长安路途遥远，当时消息传递最快也有几天时间，朝廷得报已经在十五日，杜甫知道当更晚。无论怎么说，杜甫得知叛乱肯定已经在月中了。这一时间正如“911”之于今日美国人一样，是刻骨铭心、无法忘怀的，杜甫在晚年对此一直没有忽忘。他虽然没有记录具体日期，但明确写于获知大乱爆发之前夕，也正要突出告诉世人，在盛世末日到来之前，自己已经感到剧变即将发生，他的担心，他的忧虞，很快就被不愿意看到的大乱所证实。

杜甫困居长安十年，经历了无数人间的酸楚，为进入仕途，也做了许多难堪的努力。应过诏举，这是不失体面凭本事可以晋身的途径，可惜并不顺利。也愿意放下身段，奔走权门，希望得到有力者的吹嘘。“朝扣富儿门，暮随肥马尘。残杯与冷炙，到处潜悲辛。”(《奉赠韦左丞丈二十二韵》）虽然很委屈，但舍此也别无办法。再就是献赋，为朝廷重大礼仪活动唱颂歌，虽稍违心，但还不算无耻。居然也走通了，十年辛苦总算有一结果。初授河西尉，不赴，再授右卫率府胄曹参军，是从八品下的微官，所好地点在长安，差可庆慰。这时已经是十四载的十月。官职确定，杜甫即起程到奉先接家小。奉先在今陕西蒲城县，唐属同州，在长安以东240里，沿京洛大道东行，一二日可到。旧历十一月初，按节气已经在大雪至冬至间，北方气候寒冷，杜甫此行并不轻松。诗可能在路途构想，归家后写就，当时是否曾公开，则不得其详。

二

此诗为古体，押入声韵，将于路感怀与所见所闻逐次写出，很明显分为三大段，分段来说。

> 杜陵有布衣，老大意转拙。许身一何愚，窃比稷与契。居然成濩落，白首甘契阔。盖棺事则已，此志常觊豁。穷年忧黎元，叹息肠内热。取笑同学翁，浩歌弥激烈。非无江海志，潇洒送日月。生逢尧舜君，

不忍便永诀。当今廊庙具，构厦岂云缺。葵藿倾太阳，物性固莫夺。顾惟蝼蚁辈，但自求其穴。胡为慕大鲸，辄拟偃溟渤。以兹悟生理，独耻事干谒。兀兀遂至今，忍为尘埃没。终愧巢与由，未能易其节。沉饮聊自遣，放歌颇愁绝。

此段的中心主旨，是仕与隐之内心纠结，看到社会危机之潜伏所在，说与不说之矛盾交战。杜陵在长安南郊，今西安高阳原一带，从西汉起就是杜氏家居之地，杜甫也曾说到当时有“城南韦杜，去天尺五”的俚语（见《赠韦七赞善》自注）。出身世家，对于国家，对于家族，当然有不可推卸之责任。这年杜甫四十四岁，此前大多时候都未入仕，刚沾官边，不妨仍称布衣，“穷则独善其身”可也，天下事与你何干？然而他始终不是这样，随着年事增加，对此愈加执着痴迷。一句“老大意转拙”，写出他的痴心不改，坚定不悔。稷、契分别是周与殷之始祖，曾辅尧、舜，为治理天下之名臣。自期为稷、契，即愿辅佐尧舜之君以治理天下，自负间也寓含颂圣之意。玄宗在位已经四十四年，天下太平隆盛已久，表面仍然繁荣，举世都认为即便尧舜之世也不过如此。“濩落”用《庄子》语，大而无当之意。“契阔”为勤苦貌。杜甫说自己为国担忧，久费心力，无所应用，乃至于未老头白。虽似可笑，但他更进一言，只要一息仍存，我是不会有所改变的，这辈子也就这样了。如有一些机会，当然仍会努力，不轻言弃。“穷年”两句，宋蔡梦弼解释：“甫虽不遇，其志犹在君民，大丈夫负经纶志，常觊望豁达，死而掩棺，此志方已，是以穷年忧黎元，叹息至于中热。”大体妥当。他的同学，或者说同时代人，对此并不理解，不免常加嘲笑，杜甫不为所动，此志愈挫而弥坚。

以下申述仕与隐之交战。“江海志”，《庄子·刻意》云：“就薮泽，处闲旷，钓鱼闲处，无为而已矣。此江海之士避世之人，闲暇者之所好也。”杜甫本是布衣，退居休闲是其本分，他也知道这样的生活足够轻松潇洒。“巢”是巢父，“由”是许由，都是上古的隐士，品德高尚。据说尧欲让位于许由，许由告巢父，巢父认为你不能隐形藏光，不再是我的朋友。许由领悟，至颍水以水洗耳，以为尧之所托玷污了自己的高节。杜甫说我对这一切都理解，但我绝对做不到如此，我无法轻弃这个社会与时代。

杜甫申说的另一个理由是，当今皇上圣明，是尧舜般的君主，我怎么可以轻易出世，作避世之想呢？对朝廷，对君主，我始终抱持忠诚，如同葵花向太阳，这是天性使然，绝不作他想，即不抱有任何卑污自私的想法。关键是“当今廊庙具，构厦岂云缺”两句，国家制度完备，朝章足具，朝廷得人，皇上英明，这些都无可指责，但宏伟大厦，难道就一点小的瑕疵都没有吗？蚁穴虽小，千里大堤可能因此而崩塌。朝廷礼仪庄严，运转良好，难道就没有一些可以改进的空间了吗？

这里，我读出杜甫的心声，他在后半讲的所经所感的问题，已经极其严重，他也知道如此严厉地批评时政，必然要招致许多无端的指控，乃至于怀疑他到底有何居心，或被谁指使，他必须首先为自己表明进言的立场，即对朝廷，对皇上，抱持绝对忠诚的态度，绝不含任何怀疑制度、蓄谋不端的用心。我要讲的，完全是为皇家着想，是为大唐的千年社稷而忧虑。尽管官职低卑，人轻言微，始终不愿如常人般，仅仅经营小家，过蝼蚁似的日子。“慕大鲸”，“偃溟渤”，也就是他在《戏为六绝句》中所说的“掣鲸鱼碧海中”，为当代“出群雄”。心存大志，指出盛世之危机及其应对之方，上报皇家之恩，自己也能名存青史。

这一切有人理解吗？杜甫很痛苦，他只能沉饮自遣，高歌述愁，不愿平庸，更不能不将感受和盘写出。

三

> 岁暮百草零，疾风高冈裂。天衢阴峥嵘，客子中夜发。霜严衣带断，指直不得结。凌晨过骊山，御榻在嵽嵲。蚩尤塞寒空，蹴踏崖谷滑。瑶池气郁律，羽林相摩戛。君臣留欢娱，乐动殷胶葛。赐浴皆长缨，与宴非短褐。彤庭所分帛，本自寒女出。鞭挞其夫家，聚敛贡城阙。圣人筐篚恩，实欲邦国活。臣如忽至理，君岂弃此物。多士盈朝廷，仁者宜战栗。况闻内金盘，尽在卫霍室。中堂舞神仙，烟雾蒙玉质。暖客貂鼠裘，悲管逐清瑟。劝客驼蹄羹，霜橙压香橘。朱门酒肉臭，路有冻死骨。荣枯咫尺异，惆怅难再述。

第二段开始，杜甫写自己的行程，前六句极力渲染天气之寒冷与行路之艰难。接近岁暮，百草凋零，寒风凄厉，似乎要撕裂山岗。在这种气氛中，诗人赶早出发了，天气阴冷，似乎一切都凝固了。说冷到衣带都快断了，手指僵硬到难以握成拳，都是夸张的说法，写自己的寒冷，与下文君臣之欢娱恰成对比。骊山距离长安六十里，中夜出发，步行凌晨是到不了的，杜甫应该是乘车或骑马，应有仆从跟随。凌晨的骊山，即便皇帝驻跸于此，应该总体是安静的，因此以下诸句，多是杜甫的联想，是假设，不是亲见。读过杜甫的《丽人行》，知他曾见过杨家姐妹游春之豪奢，《哀江头》中“霓旌下南苑”之盛况，他也是旁观者之一。这一天的凌晨，天地肃杀，骊山静谧，杜甫行色仓皇，大路距宫苑很远，他未必能看到什么，但胸中波澜起伏，激情澎湃，感到了地火潜藏，即将喷发，君臣耽溺盛世已久，享乐如故，对此全无体察。“蚩尤”两句，只是说雾气弥漫，行路艰难，未必有特别的寓意，但与瑶池之郁律，即豪宴间之水汽蒸腾，则是鲜明的比衬。君臣欢娱奢纵，杜甫用羽林军之兵器相摩，写离宫禁卫之森严。骊山著名的是温泉，这里以瑶池指代，玄宗的习惯是天寒则到温泉避寒，大臣与梨园弟子多也随行。“乐动殷胶葛”，是说乐声奏起，声势浩大。前些年骊山考古发掘，所见有数百梨园子弟的居所，仅奏乐一项，耗靡多少，可以想象。“长缨”指高官冠带庄重，陪坐预宴，赐浴温泉，都是皇帝犒赏勋臣的特殊礼遇。数句之间，玄宗君臣之耽溺享乐，不顾民生，都渲染出来了。

此下十句，语气急转，是全诗之关键所在。在朝堂，在温泉，玄宗君臣耽于享乐，动辄就赏赐群臣丝帛金银，然而有没有人想过，这些赏物是从哪里来的？——“本自寒女出。”杜甫的答案和后来白居易写《缭绫》时认识一样：“缭绫缭绫何所似，不似罗绡与纨绮。应似天台山上月明前，四十五尺瀑布泉。中有文章又奇绝，地铺白烟花簇雪。织者何人衣者谁？越溪寒女汉宫姬。”这些工艺讲究、制作精良的丝帛，无一不是民间寒女一寸一寸手自织成，其间包含多少辛苦和眼泪。国家以征赋的方式，强迫地方官员催缴，稍有迟延则杖击鞭挞。以天下齐民之辛苦，供一人之享乐，虽是那时的体制，杜甫则强烈指出，自古以来设君设臣，治理天下，根本的目标是什么？——“圣人筐篚恩，实欲邦国活。”这里“筐篚”，指皇家的赏赐，设君以赏有功，惩不靖，根本是为国家有效运转，万民安居乐业，这是治国的根本道理。“臣如忽至理，君岂弃此物。”全诗中以这二句最为严厉。臣有贤愚，偶有偏失，但皇上怎可轻忘于此？国家是李家的天下，皇帝更面对列祖列宗，亿兆苍生，责任重大，何能忽忘？五代后蜀后主孟昶《颁令箴》告诫所有官员：“尔俸尔禄，民脂民膏。”“下民易虐，上苍难欺。”其实就是杜甫这几句诗的正面阐发。被后人称为“每饭不忘君”的杜甫，这时露出金刚怒目的一面：皇上怎么连治理国家的基本原则都轻忘了？朝廷那么多官员，稍有良知者都应有临深履危之感吧。不会都昏惑无感，无动于衷吧？

此节最后十二句，再写豪富之家的挥霍无度。卫、霍指汉武帝时以外戚得到重用的卫青、霍去病，隐指玄宗因宠惑杨贵妃而重用杨家人。“驼蹄羹”，与《丽人行》所写“紫驼之峰出翠釜”为同一珍肴，是用骆驼之脚腱处一小块肉蒸制而成，其豪侈可知。其他几句各有所指，不一一罗列。此下四句剧烈收束，与前之铺排完全不同。虽然前人有“今君厨肉臭而不可食”之成句，但在极度渲染以皇家为代表的豪家奢华生活后，马上出以“朱门酒肉臭，路有冻死骨”两句，将社会两极分化的严重程度作了惊心动魄的揭示，语气之激烈，独掩前古。白居易《与元九书》称颂杜诗，独举此二句，原因在此。人间荣悴富贫，如此悬殊，对比如此强烈，在杜甫写下的当时，相信即已经呜咽动情，不能自已。千年后读此，仍能感到他内心之炽烈悲怆。

四

北辕就泾渭，官渡又改辙。群冰从西下，极目高崒兀。疑是崆峒来，恐触天柱折。河梁幸未拆，枝撑声窸窣。行旅相攀援，川广不可越。老妻既异县，十口隔风雪。谁能久不顾，庶往共饥渴。入门闻号咷，幼子饥已卒。吾宁舍一哀，里巷亦呜咽。所愧为人父，无食致夭折。岂知秋禾登，贫窭有仓卒。生常免租税，名不隶征伐。抚迹犹酸辛，平人固骚屑。默思失业徒，因念远戍卒。忧端齐终南，澒洞不可掇。

全诗第三段，杜甫再回到自己的行程。仇兆鳌解此节，认为杜甫赴奉先，是从万年渡浐水，东行至昭应（今西安临潼区），骊山在昭应东南二里，而泾、渭二水，交汇于昭应城北，因此杜甫在骊山不远处取道北行，渡过泾水，为往奉先之便道。这里的官渡仅指官方管理的津渡，与古战场无关。“群冰”四句，极力渲染气氛之酷烈与行程之艰难，并将内心感受到的时代困境，用形象之渲染传达出来。关中公历十二月初，即便再冷，会有部分河道结冰，而泾、渭群冰浩荡西来，形成“恐触天柱”的壮景，自是夸张。这是写诗，不必完全坐实，传达的是杜甫内心的悲兀苍凉。过渡再过桥，桥已多年失修，偶然原因而未作拆除，行走其上，不免有摇动不安全的感觉。这里，也包含对此一时代风雨飘摇的感受。

一路辛苦，终于到家，见到家人，生活状况也很悲凉。杜妻杨氏，是司农少卿杨怡的女儿，尽管至今关于杨氏家族还很少有可信记载，杜甫夫妇之结婚时间，杨氏之年寿，都还难以确认，但可相信她出身世族，比杜甫年轻一些，这时年龄也就三十多岁吧，生活艰难，容易见老。十口应包括共同生活的家人与仆侍。闻一多《少陵先生年谱会笺》从杜甫《九日杨奉先会白水崔明府》一诗中读出，杜甫在前一年秋寄家奉先，主要是他夫人家的亲属杨某为奉先令，家人托他照顾。居官是变化无常的，杜甫在京城选官稍有头绪后，立即到奉先探视，当有许多不得已又无法明说的缘由。

述家事的一节，语意极其明白，但又沉痛至极。家人寄住奉先，虽说有杨令照顾，毕竟相隔年余，一直难以忘怀。杜甫留京，是谋出身，这是杨氏能够理解的关系家庭发展的大事。对杜甫来说，则于家人有深深的歉疚，忍饥受渴，也应该与家人在一起。匆忙到家，情况比想象中的更加凄凉。幼子因为饥饿，刚刚死亡，听着家人的哭声，杜甫感到身为人父，居然让孩子因为没有食物而不得存活，以至夭亡，实在是自己的失责。时值仲冬，秋天的谷米已经完成收获，因为贫穷，仓促间造成孩子的不幸，这是谁的罪过？

以上一段杜甫述自家的遭际，是在叙述贫富尖锐对立、“路有冻死骨”的一个具体案例。如果仅叙述到此，杜甫的不幸和感伤都还是一己的感受，是他自家的迷失，但他绝不是一个如此狭隘孤独的人，接下来的几句将他的思想推到一个空前的高度。“生常免租税，名不隶征伐。”这两句要特别体会。杜甫要说的是，我的家族是襄阳杜氏，在这个士庶分明的社会中，我出生在享有许多特权的家庭。在租庸调制的社会管理中，庶民对国家有缴纳田租、庸物以及服役公门、为国从军的责任，稍有迟缓或延滞，将受到严厉惩罚。国家有战事，更有征戍的义务。这些杜甫都不必承担，他当然是幸运的，但他更感到，以自己的特殊地位，家人生活犹且如此艰难，幼子居然贫饿而死，那些地位远不如自己的贱民，他们又该如何生活？由此推己及人，想到那些丧失产业的人们，想到那些为国远戍边关的战士，他们的待遇远远不如自己，在这个寒冷的冬天，他们又如何生存？继续说，国家将大量的财富消耗在权贵之家的享乐中，盛世的假象无法掩藏千家万户妻离子散的悲剧。这里，杜甫是有明确的阶级意识的，即自己是统治阶级的一分子，但他又自觉地超越了自己的阶级立场，将视线投向更广大的庶民阶层：他们比我还要更为艰难！

最后两句："忧端齐终南，澒洞不可掇。"说自己的愁绪如终南山一样绵亘无边，"澒洞"说水势浩淼无际，漫无头绪，不可拾掇。忧国忧民，横贯全篇，至此戛然而止，余音震动天地，经久不息。

五

《自京赴奉先县咏怀五百字》在杜甫一生诗歌写作中具有重要地位，在整个中国诗歌史上也具有重大的开拓意义。可以说，在杜甫以前，议政的诗有，咏怀的诗也有，但却从来没有一篇作品涉及如此重大的时政叙述。全篇酣畅淋漓，章法谨严，从一次平常的回家旅行，述及对一个时代的殷忧，表达在盛世外表下，各种社会矛盾之积累已经达到总爆发的临界点。对此，不能不佩服杜甫敏锐的社会观察和政治感觉。更特别的是，这首诗写成不足十天，他殷忧困扰的一切表象，马上就被无情的现实所打破。当然，安禄山叛乱的发生，应该在他的预想以外，社会矛盾积累如此，四十多年国家繁盛带来的经济富裕，并没有兑现在民众的日常生活中，中下层人民没有得到盛世的幸福，他们活得很艰难，这是杜甫明确感受到的。推己及人，杜甫理解这是社会普遍的感受，他感觉到了，他不能不说，但他也明白这样说话是犯大忌的，因此他必须说明自己的这一切想法完全是出于对王朝，对社会，特别是对君主的无限忠诚。可以说，这是一篇空前宏大而激烈的时代抗议书，所感所见，直指乘舆，好恶分明，无所掩饰，即便是在唐代相对开明的时代，玄宗是否有容忍这一批评的雅量，还真不好说。

但我总有一感觉，此篇长诗虽然写成于安史之乱爆发的前夕，但因为可以理解的原因，在杜甫生前可能未必发表，当然更不可能献于朝廷。世乱改变了一切，杜甫的写作因乱而改变，从玄宗以下朝廷君臣，忙的是平叛，是逃亡，是生存，乱前的一切都已可以不必再提起。如果是这样，此诗在当时可能没有起到振聋发聩的作用，仅存于杜甫的私箧，晚年方整理入集，或许也是这首伟大作品的幸运。时过境迁，到玄宗孙子的年代，对此可以不必太忌讳了，白居易读到时，已经是半个世纪以后，《新乐府》所涉及的方方面面，其实正是这种精神的敷衍。而这首长诗的生命力，则日久弥新，杜甫的警告，应为任何时代的统治者所记取。说它辉烛千年，照耀古今，应不为过。

《客堂》：杜甫生命至暗时刻的心声

今年初，社科院文学所王学泰先生去世，微信上读到王先生 2012 年应某刊邀请所拟给杜甫的一封信。信末，王先生特别请求杜甫，就晚年为何离开成都草堂，可否提供一个明确的说法。如果不能起老杜于地下，这点似乎已经成为不解之谜。但如果仔细研读杜甫诗歌，不难发现杜甫对此早有交待。我对此研读的新说，1979 年曾写成文字，初稿直到 2011 年复旦大学出版社出版拙著三十年集《敬畏传统》时方刊出。这是我平生写的第一篇学术文字，当然很不成熟。修改增补后，分为《杜甫为郎离蜀考》（刊《复旦学报》1984 年第 1 期）和《杜甫离蜀后的行止原因新探》（刊《草堂》1985 年第 1 期）发表，中外学者对此看法不一。文章流传不广，大约王先生并未看到。其中关键证据，则为杜甫永泰元年（765）秋，客居云安之初所作《客堂》一诗。本文拟结合前述拙文，对该诗给以剖析解读。

先录《客堂》全诗如下：

忆昨离少城，而今异楚蜀。舍舟复深山，窅窕一林麓。栖泊云安县，消中内相毒。旧疾廿载来，衰年得无足。死为殊方鬼，头白免短促。老马终望云，南雁意在北。别家长儿女，欲起惭筋力。客堂叙节改，具物对羁束。石暄蕨芽紫，渚秀芦笋绿。巴莺纷未稀，徼麦早向熟。悠悠日动江，漠漠春辞木。台郎选才俊，自顾亦已极。前辈声名人，埋没何所得。居然绾章绂，受性本幽独。平生憩息地，必种数竿竹。事业只浊醪，营葺但草屋。上公有记者，累奏资薄禄。主忧岂济时，身远弥旷职。循文庙算正，献可天衢直。尚想趋朝廷，毫发裨社稷。形骸今若是，进退委行色。

各本校勘有不少细节的出入，重要的是第七句“旧疾廿载来”，廿，《续古逸丛书》影宋本《杜工部集》卷六作“甘”，“甘载”不词，据九家本、百家本、蔡本、分门本、黄本、赵本改。从诗中所叙物候来说，如“徽麦早向熟”“漠漠春辞木”等句，应在春末夏初，肯定未入秋。地点则因有“栖泊云安县，消中内相毒”二句，肯定在居云安以后，是因病而栖泊于此。云安为夔州属县，去夔州仅百里。杜甫在云安住到次年初春方移居夔州，居云安逾半年，其地可以肯定不是他出行的目的地，属于临时泊居，此点历来讨论已多，早作定论，在此不展开。王嗣奭《杜臆》以为居夔后作，仇兆鳌以后多从之，也属可能，在此也不讨论。

按照宋以来的主流说法，杜甫是以检校工部员外郎的身份，在严武再次为剑南西川节度使期间，入参幕府，任节度参谋。次年严武卒于任，杜甫在蜀无所依靠，又见蜀乱在即，乃匆忙买舟东下。其间有许多无法解释得通的地方。其一，严武卒于四月末，已近仲夏，可以肯定杜甫在春间已准备离蜀，四月末已在江行途中。杜甫与严武交谊密切，然其集中绝无临丧吊哭之辞，仅有《哭严仆射归榇》，末云“一哀三峡暮，遗后见君情”，时已寄居峡中。

其二，杜甫初离成都的目的地何在？论者多以为《去蜀》是初离蜀时所作。诗云："五载客蜀郡，一年居梓州。如何关塞阻，转作潇湘游。"难道他离开成都之初就准备入湖南吗？研读杜甫居峡及出峡入湘诸诗，显然不是。直到入湘之初的《登岳阳楼》，他所表达的还是"亲朋无一字，老病有孤舟"的无奈，也就是说，如果江东亲朋有一信送达，他更愿意东下就食。"如何关塞阻，转作潇湘游。"应是入湘后作。其三，杜甫三峡诗多次说到离蜀与为郎之关系，如"两京犹薄产，四海绝随肩。幕府初交辟，郎官幸备员。瓜时犹旅寓，萍泛苦夤缘"，瓜时指职务交接之时，此职务必不指幕府，而指郎官，即因入京为郎时间已过，自己还困居旅途，只能漂泊为生。再如《夜雨》"通籍恨多病，为郎忝薄游"、《寄岑嘉州》"伏枕青枫限玉除"、《秋兴八首》"画省香炉违伏枕"，所述都是同样意思。难道杜甫不明当时官制，以为给你个虚衔就真可以入京为郎了？他陷入了幻觉，不断在做个人的迷梦吗？他会将个人与全家的生命和前途都交给这一幻想吗？显然不能作如此判断。也就是说，宋以来占据主流说法的解释根本无法成立。

前引拙文作了以下几点考释。一，入幕与为郎不是一回事情。杜甫再入严幕在广德二年（764）秋冬间，诗中所述着衣以戎服为主，不涉绯袍银鱼之类与郎官有关的服饰。严武奏为检校工部员外郎，朝廷恩准并颁下服饰，在永泰元年春初，有《春日江村五首》纪其事。如云：“赤管随王命，银章付老翁。岂知牙齿落，名玷荐贤中。”“扶病垂朱绂，归休步紫苔。郊扉存晚计，幕府愧群材。”是说自己已经准备在草堂度过余生，身体也一直不好，然而朝命下达，荐贤得准，且先于幕府群材，心情是荣幸、惭愧、感激。更直接的表达是这一首：“群盗哀王粲，中年召贾生。登楼初有作，前席竟为荣。宅入《先贤传》，才高处士名。异时怀二子，春日复含情。”以王粲、贾谊自比，王是遇乱漂泊他乡，贾是中年被召，文帝前席叩问，自己得兼二人命运，当然更以被召为荣。二，唐代检校官制，前后期有很大不同。玄宗时期主要指未实授的官职，中唐后都是虚衔，没有实际的意义。这一转变的时间，可能在代、德之间。从《文苑英华》所存贾至、常衮所撰除官制词看，代宗初期应该还维持着未实授的本意，但在仆射、尚书一级高层检校官中，所指已经有所变化，中层文官则未变。因此，杜甫在蜀中接受的是检校郎官，必须在限定时间到京就职后，方能真除郎官。三，从蜀中入京有北出剑阁、褒斜道一途，但路途艰难，不合适老年人。沿江东下经江陵北上，路途虽远，舟车皆较方便。《闻官军收河南河北》“即从巴峡穿巫峡，便下襄阳向洛阳”，所选择的就是这一道路。

杜甫离蜀，初行经戎州、泸州，心情颇好。到渝州，有《渝州候严六侍御不到先下峡》：“闻道乘骢发，沙边待至今。不知云雨散，虚费短长吟。山带乌蛮阔，江连白帝深。船经一柱观，留眼共登临。”是说我已等你很久，你还不到，是观景吟诗耽搁了吗？峡中气候恶劣，江行艰难，对不起，我先走了，但会在江陵一柱观等你。渝州即今重庆，距离云安、夔州已经不远，杜甫至此仍无在峡中滞留居住的考虑。他在忠州有几首诗，从《题忠州龙兴寺所居院壁》“淹泊仍愁虎，深居赖独园”看，大约已经发病。勉强到云安，再无法坚持，只能住下养病。

经过以上铺叙与解释，再来读《客堂》，就能完全理解他的生存状态与真实心声。

《客堂》是一首古体诗，押入声韵，凡四十二句，在杜诗中，属于中篇。开始四句写离开成都以后的经历。少城，即小城，是成都西南的一处地名，草堂亦在成都西南浣花溪畔，故借指草堂。“忆昨离少城，而今异楚蜀”二句，写出行近一年来的经历。夔州、云安其地在巴蜀、荆鄂之间，非楚非蜀，隐约说明自己处身之地的尴尬。“舍舟复深山，窅窕一林麓”二句，写弃舟暂居峡中，其地多山，林莽森密，暂居山麓，周遭环境与成都大异其趣，也是“异楚蜀”之具体描述。其后六句，交代居泊峡中的原因。消，即指消渴，今称糖尿病，其症状多体现为口渴、尿频、视力衰退、浑身乏力，甚者会导致器官病变而死亡。杜甫深于医学，有此病已逾二十年，深知危害与处置之方。兴冲冲地准备出峡赴京，但病情危殆之时，果断选择留峡休养将息，希望稍得好转后再成行。与《客堂》同时所作《客居》一诗中，写到“我在路中央，生理不得论。卧愁病脚废，徐步视小园”，病脚也是消渴疾所引起。杜诗中还多次提到风痹，即今所谓风湿性关节炎，颇严重。

“旧疾廿载来，衰年得无足。死为殊方鬼，头白免短促。老马终望云，南雁意在北。别家长儿女，欲起惭筋力。”这一段写病重后的心情，既有衰惫之感，也有强自宽慰，最体现杜诗的情怀。“旧疾”句较易理解，杜甫早年得病，绵历二十年而得保全，自己当然一直深自惕厉，凡事小心，一旦复发，也深明事态之严重。“衰年”句，前人评说较多。张溍说："二句言抱病更历多年，似乎年数已足，不敢奢望寿考也。"李植云："衰年只得旧疾，此亦足矣。"汪灏曰："久而未危，此心亦足。"虽有差别，大旨近似。"死为"二句，后句如卢元昌解为"头白而死不为夭年"，杨伦云"言年已衰，非为不寿"，仍为老杜之宽解与自慰，然提出"死为殊方鬼"句，足见他已有客死异地的巨大不安感笼罩心头，感到了生命的威胁，乃至于为了生存放弃入京为官的机会。这是现实，这是杜甫在人生至暗时刻的理性选择，也是困顿中的无奈安排。接下两句，赵次公认为是对古诗"胡马嘶北风，越鸟巢南枝"的改写，伪王洙注认为二句"以所居非故国，皆自喻也"，都很精当，我还愿意指出前句更见杜之壮心未已。"别家"二句，延续上句思归情思。杜甫最后一次省家是在乾元二年（759）初，至此已近八年，孩子们渐渐成长，当然可喜，也借说自己别无成就。"欲起惭筋力"句，最见消渴病人浑身乏力、精神不振之状态。

此后八句，方回到诗题，写居处周围的景致与物候变化，这些对栖泊客居中的诗人有些许的安慰，但时光之流逝，更让作者感到人生机缘之稍纵即逝，然久困病中，又有什么办法呢？由此引起对自己命运之关切。

“台郎选才俊，自顾亦已极。前辈声名人，埋没何所得。居然绾章绂，受性本幽独。平生憩息地，必种数竿竹。事业只浊醪，营葺但草屋。”此节叙述自己被选郎官之幸运。唐尚书省是朝廷政令之执行部门，分吏、礼、兵、刑、户、工六部，每部下设四司，工部员外郎是此司之副职，从六品上，职守为辅助郎中“掌经营兴造之众务”。唐人重郎官，以其为清要官，但在六部中，又有具体区别。如《南部新书》卷丁云：“省中司门、都官、屯田、虞部、主客，皆闲简无事。时谚曰：‘屯田水部，入省不数。’”大约工部也差不多。但杜甫对此则看得很重，即凡膺选为郎官者，例皆为才俊之士，所以他自我省视，已感荣庆至极。所谓“前辈声名人”，若指诗名曾声震一时者，如王绩、骆宾王、卢照邻、王勃、杨炯、孟浩然、李白等，皆曾名重天下，都未能得及此位。“居然”六句，重复了他在初授郎官时所作《春日江村五首》中的意思，自己本性还是喜欢幽静孤独，已经有独守草堂、终老浣花溪头的考虑。离开草堂前数月，他有《营屋》《除草》《长吟》诸诗，所述恰是种竹除草、营葺草屋的情景。这时他五十四岁，在唐人确已近暮年，再要追求大的事功，机会已经很渺茫。杜甫是很理性的诗人，他对人生处境始终看得很清楚。然而严武奏授郎官，银章、朱绂之颁下，完全改变了他的初衷。这毕竟是他回归中原、回归朝廷的难得机缘，他似乎毫不犹豫地选择了离开成都，离开草堂。这一选择，改变了他晚年的命运。

在表述久怀退隐之志后，杜甫笔锋急转，强烈表达仍愿意归朝为朝廷出力的愿望："上公有记者，累奏资薄禄。主忧岂济时，身远弥旷职。循文庙算正，献可天衢直。尚想趋朝廷，毫发裨社稷。"这里的上公，应该包含严武，但亦不止严武一人，即严武以剑南西川节度使的身份为杜甫请官，如果是幕职，多只要节帅奏请即可，而朝廷郎官，则要有朝中显官出力。很怀疑其人是贾至，广德二年任礼部侍郎，且长期与杜甫有诗书联系。所谓"累奏"，是说多次努力而有结果，并非一奏即有郎官之授。薄禄，是诗人的谦辞。唐代京官薪俸不及州郡官，杜牧文集中有记录。但对于杜甫来说，家园在他乾元二年（759）初从华州东归故土时，那里已历战事，不复旧貌。他在西南漂泊多年，并无经济来源，多靠友人接济。入京为官，至少可有一份体面的收入，维持全家的温饱，对他还是重要的。当然更多地来说，在世乱未靖、朝野多事之际，为君王分忧，为国家出力，杜甫更感觉是身为人臣必须承担的责任。然而自己远在峡中，距朝廷如隔霄壤。朝廷给了职位，自己则因染病而久旷职守，确实是不愿意看到的。“循文”二句，既称赞朝政举措得宜，大政有节，也设想自己有幸入朝，可以对朝事之得失表达所见。“尚想趋朝廷，毫发裨社稷”，以此两句作一结，强烈表达入朝的愿望，虽然个人力量是如此轻微，对朝政的匡补可能毫不足道，然而他早年不就说过吗：“生逢尧舜君，不忍便永诀。当今廊庙具，构厦岂云缺。葵藿倾太阳，物性固莫夺。”（《自京赴奉先县咏怀五百字》）为国家为社稷出力，是自己的天职所在，一息尚存，自当奔竞裨补，何计得失？何况自己有官职在身，更有不可推卸的使命。

“形骸今若是，进退委行色。”最后两句，总括全诗，应该作单独的解读。形骸，指病后的躯体。消渴病人因为消化代谢功能的衰减，浑身乏力，食欲退减，急速消瘦，容颜憔悴，往往形于外表。杜甫至此居峡中已逾半年，体力不济，身形剧变，这是他时时可以感觉到的。下一步怎么办？让他很为难。进，当然是立即出峡，赶赴朝廷，但衰弱如此，再加道途艰辛，他深知病体无法受此劳顿，强求北上，很可能身殁中道；退，当然是归蜀，然而成都还回得去吗？从杜甫云安、夔州诗中，可以见他时时与蜀中朋友保持联系，更关心蜀中的治乱。事实是，他出行不久，蜀中严武旧部就发生内讧，战事频起，浣花草堂其后也被崔宁妾任氏所占。也就是说，退路早已不存在。唯一的办法，只有在夔州继续静养。

《客堂》之写成，距离杜甫获得郎官之任命，大约一年时间，诗中反复叙述的去留不决的犹豫困惑，应该是就职时限已到的缘故。重病而有生命之虞时，他对放弃一生追求的为国效力的机会深感可惜，但人生有时真无法做出别的选择。我们可以理解杜甫的痛苦，这一段至暗时刻，他的胸中激荡着高亢的家国情怀，也不能不面对艰窘的眼前困难。选择很痛苦，最后理智战胜了激情，他选择在峡中继续居住。

杜甫在夔州居留两年，存留四百多首诗歌，达到一生诗歌艺术的巅峰。如果我们能够体会这些作品是他在身患重病、生计艰困的情况下写出的，对这位伟大诗人必然更增敬意。前人曾有质疑，峡中景物瑰玮如此，杜甫为何时时咒骂，心生愁苦？如果理解他的处境，自不难作出合理解释。

杜甫在大历三年（768）春放舟出峡，暂住江陵，一是有弟弟援接，二是旧友李之芳时任荆南司马，可以接待。入秋李之芳病故，他在江陵幕中也频遭歧视冷遇，《秋日荆南述怀三十韵》一首有一节云：“苦摇求食尾，常曝报恩鳃。结舌防谗柄，深肠有祸胎。苍茫步兵哭，展转仲宣哀。饥藉家家米，愁征处处杯。休为贫士叹，任受众人咍。得丧初难识，荣枯划易该。”最见他处境之艰难。从公安到岳阳，他已走投无路，“亲朋无一字”，哪里有消息他就愿意往哪里去。因为旧友韦之晋出任湖南观察使，他选择了溯湘南下。后来的这些经历是他写《客堂》一诗时所无法逆料的，但也是当时的选择所带来的必然结果。

回到本文的开头，本文就杜诗原文，代杜甫所作离蜀原因的解答，不知能否解释王先生当年的困惑，烦请读者诸君给以裁断。

诗人韩翃的传奇人生

说来韩翃也是好出身。他的祖父就是被李白称为“生不用封万户侯，但愿一识韩荆州”的荆州刺史韩朝宗，那是韩翃出生前后的事。后来韩朝宗官至京兆尹，首都市长呵。父亲韩质，也做过京兆少尹、中书舍人。以这样的家庭，本来可以靠门荫进入仕途，依靠父祖的深厚人脉，必有不错的前途。可是韩翃硬是相信自己有才，要参加科举，争取人人羡慕的进士登第的光荣，不顾家人反对，在京城住下来。可是每年参加礼部考试者多达千余人，录取仅二三十人，就难一蹴而就了。

这年是天宝十二年（753），前一年老丞相李林甫去世，继任的杨国忠夤缘外戚的关系，任意弄权，谁都能看出危机四伏。韩翃客居贫甚，也不好意思频频向家人伸手，毕竟是自己的选择。虽然“荜门圭窦，室唯四壁”，但成名或未成名的朋友，如钱起等仍常来走动，谈谈诗歌与人生。与韩翃居处相邻的，是在大内当值的李将军为爱妾柳氏所置宅院。李将军别有豪宅，但常来看柳氏，每来，就约韩翃饮酒谈论。李将军真是个豪爽人，韩翃也喜欢他的性格，觉得真是“豁落大丈夫”，一来二往就熟了。这样与柳氏来往渐多，眉目之间，忽然都有心会之感。李将军不在之时，柳氏常隔着窗户，观察韩翃的进出，更注意他所交往的朋友，爱慕之心，油然而起。偶然与李将军款密之际，觉得可以谈些内心感受，她对李将军说：“韩秀才穷甚矣，然所与游必闻名人，是必不久贫贱，宜假借之。”她的意思，韩现在虽穷困，但以他的才华、他的交往，必然有出头的时候，以李将军之豪迈富有，可以更多给以帮助。李将军是何等聪明之人，从这女子不露声色的说辞中，听出了她之心有所属。大丈夫做事就是不同凡响，何况这时最是王朝鼎盛浪漫的时候。过了几天，李将军让仆役准备了家宴，邀韩翃畅饮。韩翃全无预备，心情好，不一会儿就都酒酣耳热。这时，李将军发话了：“秀才当今名士，柳氏当今名色，以名色配名士，不亦可乎！”这下子真把韩翃给震醒了，他无法确认李将军此话的真假。虽然与李相知已深，但又有多少朋友曾为女人而翻脸。他与柳氏彼此倾慕，也就在眉目之间，决无肌肤之亲，朋友妻不可欺的道理，自己还是懂的。酒醒了大半，韩翃马上说明如此厚赠，决不敢当。李将军也感到韩翃还是对自己不够信任，乃正色曰：“大丈夫相遇杯酒间，一言道合，尚相许以死，况一妇人，何足辞也！”人生得一朋友足矣，道义相契，生死都不计较，为朋友牺牲生命都值得，何况是一妇人。他让柳氏坐到韩翃边上，让韩翃绝不要推却，再进一步说：“夫子居贫，无以自振，柳资数百万，可以取济。柳淑人也，宜事夫子，能尽其操。”你的贫困虽然是暂时的，但要自己摆脱困境又谈何容易。自己眷爱柳氏多年，有家资数百万，你可以随意取用。柳氏是一位贤淑的女子，相信她能善事夫子，尽其职守。说完，长揖一躬，道别而去，不带走一片云彩。韩翃还想追出去推让，柳氏拉住他：“此豪达者，昨已备言之矣，勿复致讶。”李将军是真的豪放豁达者，我知道他会这样，就不要再惊诧困惑了。

这就是唐朝，全社会充满壮盛的气息，不像宋以后把道德和贞洁看得比什么都重要。当然，唐朝是士族社会，婚姻更重要的是门当户对。柳氏出身寒微，她无论服侍李将军还是追随韩翃，爱情当然有，婚姻就不太合适。李将军走了，现在要看韩翃如何回答人生的考卷了。

"时来天地同得力"，运气来时，挡也挡不住。与柳氏同居后，韩翃次年就考取进士。再过一年，天下大乱，安禄山叛乱，韩翃虽还未授官，也愿意为国效力。《寄哥舒仆射》一首，作于天宝十五年春，哥舒翰受命守潼关，抵御叛军。韩翃称颂哥舒翰是"万里长城家，一生唯报国"，他的"帐下亲兵皆少年""杀将破军白日余"，表示自己愿意从军效力："群公楯鼻好磨墨，走马为君飞羽书。"他与柳氏是何时分别的，记载有些分歧，一说他登第后省家离京，柳氏留京"鬻妆具以自给"，甚至"剪发毁形"，寄迹佛寺；一说乱后不方便携眷远行。无论如何，安史之乱八年，他们天各一方。

至大乱初平，韩翃进入淄青节度使侯希逸幕府任掌书记，方有机会派人到京城打听柳氏的消息，这一年可能是宝应元年（762）。他以"练囊盛麸金"，就是用锦囊装了些金块，题诗曰："章台柳，章台柳，昔日青青今在否。纵使长条似旧垂，亦应攀折他人手。"章台是东汉妓馆云集的地方，以“章台柳”比喻柳氏之出污泥而不染，但毕竟分别太久了，他无法了解柳氏是否依然健在，更不知柳氏如何度过漫漫战乱，即使风貌依旧，也可能为他人所夺。柳氏得金得信感伤呜咽，也回诗一首：“杨柳枝，芳菲节，所恨年年赠离别。一叶随风忽报秋，纵使君来岂堪折。”自从你远去以后，每年春光妩媚之际，我都会折柳伤怀，感叹离别。我已是秋后的落叶，随风飘零，憔悴不堪，即使你真来了，还能再眷顾我吗？这两首诗，所用是当时民间俗歌的三三七七七句式，彼此动情也含蓄地试问对方，曾经的情意还在吗？后人以二诗为词，也未尝不可以。

虽然了解到对方的现状与情愫，但一在京城，一在淄青（今山东青州），相隔遥远，难以相见。此后不久，京城再次发生叛乱，代宗借助回纥的军力，平定叛军，但也允许子女玉帛任取，也就是为偿付回纥相助的功绩，京城的美女财帛，随意取用吧。这真是荒唐年代的荒唐事。柳氏深藏八年，这回没有逃过劫难。蕃将沙吒利自恃立功，“窃知柳氏之色，劫以归第，宠之专房”。这时柳氏年已三十了吧，仍遭此劫难。

韩翃连续三年派人到京城接柳氏，都已踪迹全无。直到永泰元年（765），淄青军乱，侯希逸被逐，朝廷念他当年参与平叛有功，授他检校右仆射的虚职，允许他带领亲从军校入京，韩翃方回到分别十来年的长安，有机会亲自询问柳氏的下落。

也不知过了多久，在偶然的机缘两人再度相见，一说在子城东南角，一说在龙首冈，是柳氏在外出途中偶然认出韩翃，遂停车问候，并自告“失身沙吒利，无从自脱。明日尚此路还，愿更一来取别”。到次日，柳氏复乘车至，“车中投一红巾，包小合子，实以香膏”，所赠为女子近身的物事，给韩翃留作纪念，又呜咽言曰：“终身永诀。”“车如电逝，韩不胜情，为之雪涕。”已准备生人作死别了。

侯希逸在安史乱间任平卢军使，属地在今河北、辽宁之间，处安史乱军之身后。安史既叛，他在敌后攻击叛军，其属下又多契丹、奚族的猛将。朝廷命他为平卢节度使，后内迁淄青，仍带平卢军号。永泰至大历初他虽被逐而客居京城，但亲随中仍多武侠善战之人。韩翃与柳氏分别后，与淄青军将们聚于酒楼，心情坏极，哀形于色。军将中有少年豪杰者许俊，大约平时也多得韩翃关照，乃加询问，韩翃方将过程说出。许俊恰喝了不少酒，说这不难啊，兄弟平时“以义烈自许”，只要你写个便条，我立马给你把人弄出来。韩翃也别无办法，照办。许俊找到沙吒利住处，沙已出，即恇曰：“将军坠马，且不救，遣取柳夫人。”柳惊出，许即以韩札示之，挟上马，绝驰而去。那边酒席尚未散，一座惊叹。这是唐代刚萌芽的武侠小说中精彩的一幕，相信或怀疑者都有，据说柳氏就这样回到了韩翃身边。抢人容易，善后却难。沙吒利告到代宗那儿，好在韩翃、许俊后面也有侯希逸这位大帅。侯说，我年轻时也喜欢干这么有激情的事，许俊所做就是我想做的，事情由我来摆平吧。相持的结果，皇上出来做和事佬：“沙吒利宜赐绢二千匹，柳氏却归韩翃。”如果说韩翃初识柳氏时，柳氏是二十岁，这时至少已经相隔十五年，韩翃仍用情如此，真是难得的传奇，也足对得起李将军之慷慨相托了。

大历初，韩翃在京城居住较长时间，参加了许多文学活动。《唐国史补》卷上载，大历间文士雅集，最重要的有三次，驸马郭暧第盛集，李端擅场，“送王相公之镇幽朔，韩翃擅场，送刘相之巡江淮，钱起擅场”。王相公指王缙，诗人王维之弟。大历三年（768）闰六月，因幽州兵变，以宰相出为河南副元帅兼幽州节度使，军政繁冗，王缙处置妥当，连远在三峡的杜甫也有“稍喜临边王相国，肯销金甲事春农”的赞美。韩翃诗题作《奉送王相公赴幽州》：“黄阁开帷幄，丹墀侍冕旒。位高汤左相，权总汉诸侯。不改周南化，仍分赵北忧。双旌过易水，千骑入幽州。塞草连天暮，边风动地秋。无因随远道，结束佩吴钩。”另皇甫冉、皇甫曾兄弟之同题诗也保存下来。韩诗赞颂王缙在朝的政绩与功德，写得好的是“双旌过易水，千骑入幽州。塞草连天暮，边风动地秋”几句，王缙在危难之际率兵入幽州，“过易水”既合秋景，又有临危受命之悲壮感。“塞草”一联，不仅有气势，且写景如画，引人遐想。最后说自己不能佩吴钩而相随，也是送别诗之变格。大历四年冷朝阳进士及第，韩翃有七律诗送他还上元（今江苏南京）省亲，中间两联云：“落日澄江乌榜外，秋风疏柳白门前。桥通小市家林近，山带平湖野寺连。”写江南风物尤工整清丽，也知他此时仍在京师。

此后韩翃似乎离开京城，长期在汴宋节度使幕府（在今河南开封）任职。先事田神功，有《寄上田仆射》，赞其“仆射临戎谢安石，大夫持宪杜延年”，以古名臣为比。大历九年田神功卒，其弟田神玉继任，韩翃存文有《为田神玉谢茶表》《为田神玉谢赐钱供兄葬事表》《为田神玉谢不许赴上都护丧表》《为田神玉谢诏葬兄神功毕表》等。他时为幕府掌书记，但更似田氏家臣。十一年（776），田神玉卒，宗室名臣李勉继任，实际未到，为汴州军将李灵曜、李忠臣、李希烈先后割据。韩翃其间仍在幕府。有《为李希烈谢留后表》，极力为李之驱逐前帅、为臣跋扈而掩饰。直到十四年（779），李勉方到任，韩翃仍留幕。至此韩翃登第已经二十五年，一直在幕府中厮混，发展并不理想。虽然曾有辉煌之诗名，年已迟暮。李勉带来许多新进少年，对韩翃那些还保留天宝遗风的诗作，甚为不屑，至目为恶诗。韩翃心中不快，也懒得计较，经常称病在家。只有身居幕府末职的韦巡官，还算和他谈得来。朝中无有力者汲引，幕中多新少年鄙夷，韩翃不敢再奢望未来。

某日深夜，韦巡官到韩府叩门声急，韩翃仓皇披衣出见。韦贺曰："员外除驾部郎中、知制诰。"这是为皇帝、宰相起草文告的工作，是所有文士终身以求的职位。韩翃大感愕然，觉得自己在朝全无人事倚靠，如何得此美职，立即回答："必无此事，定误矣。"韦拿出邸报说："制诰阙人，中书两进名，御笔不点出。又请之，且求圣旨所与。御笔批曰：'与韩翃。'时有与翃同姓名者，为江淮刺史。又具二人同进，御笔复批曰：'春城无处不飞花，寒食东风御柳斜。日暮汉宫传蜡烛，轻烟散入五侯家。’又批曰：‘与此韩翃。’”居然知己是皇帝，韩翃真是吃惊不小。到天亮，节度使李勉与僚属皆到韩宅祝贺，谁能想到幕府老书记还有入朝高就的机会呢。这时是建中初，也即德宗即位后不久。至于另一位韩翃是谁，以前总怀疑是韩汯，玄宗宰相韩休之子，代宗使相韩滉兄弟，但韩汯墓志已出，仅曾任资阳太守，与江淮间刺史不合，或另有其人。

这首诗，《文苑英华》卷一五七题作《寒食日即事》，后世大多题作《寒食》，很可能是韩翃早年，即天宝间居京时的即兴之作。寒食为清明前一天，冬至后一百零五天，据说起于太原旧俗，因纪念介子推而在此日不举火。到天宝十载（751），更认为这一天是“燮理寒燠，节宣气候”的转折点，要求禁火三日（见《唐会要》卷二九），比以前更隆重。三日结束前，即从清明前一日黄昏开始，宫中取榆柳之火，由宦者由近及远、由尊渐降地赐火于王公、近臣。这首二十八字的短诗，要写出京城、春景、寒食等内容，不易驾驭。韩翃抓住春暮最重要的标识——柳絮飞扬来写，以春城称呼长安，到处都是迷蒙杨花，再写东南薰风来，御沟边无数柳树在风中婀娜起舞。后两句贴题写寒食，抓住的是赐火的细节。黄昏日暮，寒食即将结束，宫中取火，由近及远地将皇家恩德洒向千家万户，最尊贵的五侯之家最先感受到这一恩惠。两句细节如画，写出寒食的标志风候，也不动声色地歌颂皇家恩德的温存柔和，浸润人心。后人解诗，或以为其中语含讥讽，大约是想多了。今人刘学锴《唐诗选注评鉴》认为："作为京城寒食特征景象的素描，这首诗写得既华美清丽，又潇洒清扬，生动地展现出繁华贵盛的帝京气象，自有其美学价值。人为地拔高其思想价值，或斥之为粉饰升平，似乎都不尽符合实际。"

韩翃最后官至中书舍人，钱起有《同王錥起居程浩郎中韩翃舍人题安国寺用上人院》一诗，记录当时的同游。韩翃卒年不详，大约在建中、贞元间，即西元784年前后。建中四年泾原兵变，德宗西幸，归京后游诸苑，念及西幸时有二骏马随行，又吟了一首韩翃的诗："鸳鸯赭白齿新齐，晚日花间落碧蹄。玉勒乍回初喷沫，金鞭欲下不成嘶。"（见《杜阳杂编》卷上）是因赏马而想到韩翃对名马的描摹。可惜这已是韩翃身后事了。

韩翃与柳氏历经悲欢离合，终得团聚，是古代戏剧小说最经典的桥段。而晚年获知德宗，更是想都不敢想的机遇。他居然都碰到了。他在唐代虽然算不上一流大家，但人生之跌宕起伏，则非任何名家所曾经历，故宜表彰之。

韩翃身后二三十年，有许尧佐得韩翃、柳氏始末，撰《柳氏传》，体近小说。开成三年（838），孟启随父居梧州，遇汴梁旧将赵唯为岭外刺史，年将九十，耳目不衰，言大梁往事，历历可听，可能有韩翃自述之内容。五十年后，孟启以少年所闻书于《本事诗》，与许尧佐所述梗概近似，但细节多不同，似更接近真相。1980 年 1 月，傅璇琮撰《关于〈柳氏传〉与〈本事诗〉所载韩翃事迹考实》收入《唐代诗人丛考》发表，考证韩、柳故事看似曲折离奇，但与韩翃存诗及史书所载大多契合，信非虚构。2017 年 6 月，本文据以上诸家所述所考，敷衍成篇，偶有虚饰，读者明鉴。

大梅法常二偈之流传轨迹

大梅法常是中唐的一位禅宗僧人，平生存世仅二禅偈。《全唐诗》收入二偈，但都不在他本人名下，再仔细斟酌，其偈居然为僧、道二家皆乐于引申发挥。幸亏日本尚存其语录，可以据而恢复真相。在唐诗流布史上，是很特殊的案例。请述其始末。

一

释法常（752—839），俗姓郑，襄阳（今属湖北）人。幼出家于荆州玉泉寺。年二十，于龙兴寺受具足戒。后师马祖道一，得嗣禅法。德宗贞元十二年（796），自天台移居明州余姚南七十里之大梅山，其地即汉梅子真旧隐处。世称大梅和尚，习称大梅法常。文宗开成初建成寺院，四方僧侣请学者达六七百人。开成四年（839）九月卒，年八十八。事迹见《祖堂集》卷一五、《宋高僧传》卷一一、《景德传灯录》卷七本传。

法常谈禅语录，门下辑为《明州大梅山常禅师语录》，中国不传，日本金泽文库藏有旧抄本，今存称名寺，日本学者日置孝彦撰《明州大梅山常禅师语录之相关考察》有校录本，刊《金泽文库研究纪要》第十号（临川书店1989年）；贾晋华《传世洪州禅文献考辨》(《文史》2010年2辑）也有考及。

《明州大梅山常禅师语录》存法常偈二首。其一有写作始末之叙述：

> 唐贞元中，盐官会下有僧因采拄杖迷路，至庵所，遂问云："和尚住此山多少时？"师云："只见四山青又黄。"僧云："出山路向什么处去？"师云："随流去。"僧归，举似盐官。官云："我在江西时，曾见一僧，自后不知消息，莫是此僧不？"遂令僧去招之，

师答以偈云：“摧残枯木倚寒林，几度逢春不变心。樵客遇之犹不顾，郢人那得苦追寻。”

盐官和尚姓李，法名齐安，也是马祖弟子，与法常算是前后同学，他振锡传法之地在杭州盐官镇海昌院。他的门下有僧人迷路，偶然涉足法常所在之地，于是询问：“和尚住此山多少时？”法常不作正面回答，仅云四季循环，四山春则见青，秋则转黄，周而复始。也就是说自己已经记不得经过了多少岁月，同时也包含远离世俗，不记岁月多少之态度，因为计算年月仍是不忘俗世之事。僧进而问具体之问题，即从你所住寺院，如何出得山去。这是迷路者希望给以指点道途。法常答曰“随流去”，也就是随着溪流下山，自然可以找到下山的道路，同时也包含随顺自然，不作刻意矫行的态度。僧人回到盐官，将此段经历说给齐安禅师，齐安马上认准这位高僧应该就是他在江西马祖席上的同学法常，于是再令僧到大梅山礼请法常，法常作此偈为答。

偈是一种僧人所作的韵文，早期翻译佛经中也多有之，但多不押韵，文采也不甚讲究。唐代僧人则以说偈来传达佛理，所作也多采取古今体诗歌的格式，法常此偈就属于这类作品，已经是很成熟，且严格讲究押韵和平仄协调的一首七言绝句了。前二句说自己在山间看到四季的变化，但始终没有放弃远离尘俗的信念。冬天来了，北风峭冷，摧残群芳，万树凋零，自己独倚寒林，坚守寂寞。春暖花开，万物昭始，自己的内心也没有任何变化。偶然遇到山间打柴的樵夫，自己仍旧修法，从来没有受外物的影响。“郢人”是用《庄子》里舞斤成风的郢客，来比喻关心自己的齐安法师，是说齐安当然是比樵夫更具才能的高人，但是你坐你的庙，我修我的禅，我不麻烦你，可否请你也不要苦苦相逼。言下之意，我坚持自己的修道，请你不必影响与我。

第二首，《明州大梅山常禅师语录》殿于卷末，仅题《迁居颂》，其文云：

> 一池荷叶衣无尽，数树松花食有余。刚被世人知住处，更移茅舍入深居。

仅就文意说，与前偈似有连续性，即前偈说坚持自己的选择，不愿意随人左右，此偈则说既然已经被世人找到了自己的居处，只能将茅舍迁入更远的山间居住。偈仍然是很讲究平仄变化的七言绝句。前二句说虽然山居生活艰苦，但有满池荷花，即便以荷叶为衣，自己也一生穿用不匮，而数树松花，也足以饱啖为生。衣食无忧，自是修禅的好居处，又何必踏足红尘呢?《语录》没有叙述此偈的本事，但南宋人撰《宝庆四明志》卷一三则叙述甚详：

> 大寂闻师住山，乃令一僧到问云："和尚见马师得个什么，便住此山?"法常云："马师向我道即心是佛，我便向这里住。"僧云："马师近日佛法又别。"法常云："作么生别?"僧云："近日又道非心非佛。"法常云："这老汉惑乱人，未有了日。任汝非心非佛，我只管即心即佛。"其僧回，举似马祖，祖云："大众，梅子熟也。"法常又有诗云（诗略）。"

引偈此称诗，文字仅"更"作"又"，故此处从略。大寂即马祖道一，是法常的授法师，可能在齐安追问未果后，更将所知告马祖，马祖乃更遣僧去询问，这回法常不能不见了。马祖所问是，你在我这里得到了什么禅法，以致远避尘世，住此山以修禅?法常的回答是，老师要我"即心是佛"，即通过自己的内省而修法，于是就到山间居住。来僧说，马师近日佛法已经大变，不讲即心是佛了，转而讲非心非佛了。这应该是一代宗师马祖禅法前后的重要变化，也可知法常应是马祖早期的弟子。法常闻僧说如此，情绪有些激动，大呼“这老汉惑乱人”，你怎么可以一会儿变一套禅法，简直是在糊弄人。我只相信以往所得到的即心是佛的禅法，你去说你的非心非佛，我还是相信当年听闻的那一套。马祖听闻后，不以为非，乃对僧众宣布：“梅子熟也。”即认为由于法常的坚持，他的修法已经获得了正果，给予高度礼赞。

法常虽仅存此二偈，但此二偈不同于一般僧人偈颂之喜谈佛理，过于抽象，而是用很具体生动的形象来表达自己执着的追求，决不随波逐流。二偈文辞讲究，声韵谐和，连二三句间的粘连也很规范，可以见到作者驾驭文辞的娴熟能力。如果他平日坚持写作，应该有许多作品。

二

以上二偈，《全唐诗》收了，却全部在他人名下。前一首，《全唐诗》卷八二三误收于耽章（即曹山本寂）名下。南唐静、筠二僧撰《祖堂集》卷八《曹山和尚》云：

钟陵大王向仰德高，再三降使迎请，师乃托疾而不从命。第三遣使去时，王曰："此度若不得曹山大师来，更不要相见。"使奉旨到山，泣而告曰："和尚大慈大悲，救度一切。和尚此度若也不赴王旨，弟子一门便见灰粉。"师云："专使保无忧虑。去时贫道附一首古人偈上大王，必保无事。"偈曰："摧残枯木倚青林，几度逢春不变心。樵客见之犹不顾，郢人那更苦追寻。"使回通偈，王遥望山顶礼曰："弟子今生决定不得见曹山大师也。"

曹山和尚本寂，是洞山良价的弟子，禅宗五宗之一曹洞宗的建立者。曹山之地在临川，即今抚州。钟陵大王指唐末割据江西的军阀钟传，其人礼敬文士，重视佛法，有许多轶事为人称道。他听闻曹山本寂之名，心向往之，因而有些霸王硬上弓般地再三派使者去邀请。曹山巧妙应对，引法常偈作为自己不受邀约的原因。在使节认为和尚若不赴请，可能会殃及自己生命时，曹山引此也说明不赴约完全是因为自己修禅的缘故。曹山法名本寂，俗姓黄，出生于法常去世之次年，但他似乎仅知此为僧界流传之古人偈，也不一定能确切了解作者及本事。所引偈有几字不同，这是正常的现象。

《祖堂集》既说曹山所引为古人偈，则显然非其本人作。但以后辗转流传的著作，如《禅林僧宝传》卷一即作曹山诗，忽略了引他人诗的事实。而《莆阳比事》卷七、《莲堂诗话》卷上、《八闽通志》卷八六、《唐音统签》卷九〇八则取曹山别名耽章以传。《全唐诗》编修于清康熙间，那时的学者多数对僧史很生疏，于是不加鉴别地收在耽章名下。《明州大梅山常禅师语录》当然是可靠的最早记载，其实在《祖堂集》卷八、《景德传灯录》卷八、《五灯会元》卷三、《苕溪渔隐丛话后集》卷三七引《传灯录》等记载中，皆作法常不误，可惜当时未作深究。

《迁居颂》的传误情况更复杂。《全唐诗》卷八六〇收于许宣平下，题作《见李白诗又吟》，诗云：

> 一池荷叶衣无尽，两亩黄精食有余。又被人来寻讨着，移庵不免更深居。

较早记录见《云笈七签》卷一一三：

> 天宝中，李白自翰林出，东游经传舍，览诗吟

之，叹曰：“此仙人诗也。”诘之于人，得宣平之实。白于是游及新安，涉溪登山，累访之，不得，乃题诗于庵壁曰：“我吟传舍诗，来访仙人居。烟岭迷高迹，云林隔太虚。窥庭但萧索，倚杖空踌蹰。应化辽天鹤，归当千载余。”宣平归庵，见壁诗，又吟曰：“一池荷叶衣无尽，两亩黄精食有余。又被人来寻讨着，移庵不免更深居。”其庵后为野火烧之，莫知宣平踪迹。

更早且较完整记载许宣平故事者为南唐沈汾《续仙传》卷中，记许为新安歙人，睿宗景云中，隐于城阳山南坞，结庵以居。时或负薪以卖，常挂一花瓢及曲竹杖，每醉则吟诗。历三十余年，或济人艰危，或救人疾苦，人访之则不见。李白曾见访不遇，乃于其庵壁题诗，许见而作此诗。从目前所知说，李白、许宣平诗事大体为唐末人附会成篇。现既知“一池荷叶”篇本为大梅法常所作，而被神仙家编派为许诗。本来，法常此偈即颇有道风，如荷蓧丈人本为古仙，以松花为食更近道家行为，因而稍加改动而成神仙事迹，也就不奇怪了。

到南宋初董棻编《严陵集》卷二，更收此篇为罗万象《白云亭》，诗云：

一池荷叶衣无尽，数树松花食有余。刚被世人知住处，不如依旧再移居。

前三句全同，末句文字几全异，但意思则同。沈汾《续仙传》卷中云：

罗万象，不知何所人。有文学，明天文，洞深于《易》，节操奇特。惟布衣游天下，居王屋山。久之，游罗浮山，遂结庵以居。

《舆地纪胜》卷八引晏殊《类要》云：

唐罗万象者，分水县人也。隐于紫逻山。节度使李德裕使人召之，闻之，更移入深山，依白云而居，终身不出。

看来至少在宋初，法常偈已经附会到罗身上去了。《全唐诗续补遗》卷六据以补为罗佚诗，看来也有问题。今人曹汛撰《全唐诗续补遗订补剩稿下编》（刊《文史》三十四辑）谓《五灯会元》卷三收大梅法常偈，与此多同。虽引书证稍晚，但结论是对的。

此外，清邓显鹤编《沅湘耆旧集》卷一〇引此颂作隐山和尚偈，亦误。据《祖堂集》卷二〇《隐山和尚》载“洞山行脚时，迷路入山，恰到师处”。估计因故事相近而传误。所出较晚，不详辨。

三

以上略述大梅法常禅师二偈之流传始末，足为唐代文学作品流传的特殊个案。若非日本金泽文库本《明州大梅山常禅师语录》的完整保存，可能二偈到底为谁所作，还会有许多的争议。清编《全唐诗》虽称皇家工程，且能接续明末清初多位学者的工作，但疏于考订，鉴别不精，又迫于皇命，仓促成编，虽流传甚广，其可信程度实在很值得怀疑。禅僧偈颂，再三被误传为道教神仙家的故事，也确属难得的个案。今人喜谈写本时代的文本形态，我仅能作部分的赞同。其实，从法常二偈的个案故事来说，我则认为写本、刊本以及谈论之类口耳相传的民间流播，都会造成作品的传误与变形，特别是后者，几乎每一时代都有许多变讹或再创作的例子。若不究根寻源，区分信值和主次，区分可靠文本与传说文本，去伪存真，还原真相，总难让读者充分信任。这项工作，正是负责任的唐诗研究者应该担负的责任。

刘禹锡之得妓与失妓

唐代礼教松弛，士人行为放荡，刘禹锡也如此，不必以现代眼光来严格要求古人。题目所言刘之得妓与失妓，皆属传闻，未必有其事，我仅借此题，说明文献与真相之间的距离，指明文史考据之复杂。绮题惑众，愿承罪责。

刘禹锡之得妓，诞生了一个家喻户晓的成语：司空见惯。关于此事，最早的记录有两处。一是孟启《本事诗》：

> 刘尚书禹锡罢和州，为主客郎中、集贤学士。李司空罢镇在京，慕刘名，尝邀至第中，厚设饮馔。酒酣，命妙妓歌以送之。刘于席赋诗曰："鬖鬌梳头宫

样妆，春风一曲《杜韦娘》。司空见惯浑闲事，断尽江南刺史肠。”李因以妓赠之。

《太平广记》卷一七七转引时，“李司空”作“李绅”。岑仲勉《唐史余沈》卷三认为“刘自和州追入，约大和元、二年，至六年复出，于时绅方贬降居外，曾未作镇，何云‘罢镇在京’”，“同时守司空者乃裴度，此涉于李绅之全误也”。卞孝萱作《李绅年谱》和《刘禹锡年谱》，逐年排比二人事迹，证定以李绅为李司空之不足凭据。然此属《太平广记》之误改李绅，并非《本事诗》原文。

二是范摅《云溪友议》卷中《中山诲》，颇多不同：

昔赴吴台，扬州大司马杜公鸿渐为余开宴。沉醉归驿亭，稍醒，见二女子在旁，惊非我有也。乃曰：“郎中席上与司空诗，特令二乐伎侍寝。”且醉中之作，都不记忆。明旦修状启陈谢，杜公亦优容之，何施面目也。余以郎署州牧，轻忤三司，岂不过哉！诗曰：“高髻云鬟宫样妆，春风一曲《杜韦娘》。司空见惯寻常事，断尽苏州刺史肠。”

所叙更曲折，但破绽更明显。杜鸿渐是肃、代间名臣，卒于大历四年（769），在刘禹锡出生前三年。宋人刻意加以弥缝，如詹玠《唐宋遗史》即径改作“韦应物赴大司马杜鸿渐宴”，其实韦任苏州于杜去世后近二十年。

那么这件事情的真相到底如何呢？我在九年前曾撰文《司空见惯真相之揣测》（刊《新民晚报》2009 年 2 月 15 日），认为《云溪友议》的叙述，很可能来自韦绚的《刘宾客嘉话录》。韦是永贞革新间宰相韦执谊子，长庆间到夔州从刘禹锡问学，刘因其是故人子而无话不谈。三十多年后，韦回忆当年谈话撰成该书。事隔多年，不免有失实处。范摅撰《云溪友议》，更不免添加民间传闻，离事实尤远。至于真相，我推测“扬州大司马”是曾长期担任淮南节度使的名臣杜佑，刘曾担任他的掌书记七年，两人关系昵密，因而发生这样赠妓的非常事件。杜佑曾先后为司空、司徒之职务，为司空见《旧唐书·德宗纪》记载，职衔为“检校司空、同中书门下平章事、太清宫使”，时在他从扬州入相之际，且为时较短即授司徒，其间刘禹锡一直随侍在他身边。当然其间也有难以解释的地方，即《云溪友议》称“昔赴吴台”，又称“以郎署州牧，轻忤三司”，刘诗也称“断尽苏州刺史肠”或“江南刺史肠”，刘任苏州刺史在大和五年（831），时杜佑去世已经十九年，显然难以契合。我认为在上举二书叙事中，包含了与刘禹锡生平有关的一系列细节，从招宴人来说，有扬州大司马杜公和李司空之别；从事发地点来说，有扬州与京师之不同；从刘禹锡的身份来说，有大和六年二月赴任苏州刺史和开成元年（836）自和州刺史授太子宾客、分司东都之不同。到底在哪个节点上传误，皆不可解，至今尚难以得到完美的解释。认为司空即杜佑，至少可以解释“扬州大司马杜公”曾任司空的身份，而“以郎署州牧，轻忤三司”，则可以刘贞元末至永贞间，以屯田员外郎助杜佑判度支盐铁，则郎及三司皆得落实。刘的出生，其实在当时属于苏州的嘉兴境内，颇怀疑此“昔赴吴台”不是指赴任苏州刺史，仅指他早年来往苏州、扬州间的一段经历。无论任苏州或和州刺史，都在韦绚从学刘禹锡以后，不可能见于二人间的谈话。拙解虽然还有一些疑问，但较前人自信得进一解。刘禹锡的谈话，经韦绚多年后回忆写出，再经范摅任意改写，几度变形，与事实不免出入，是可以理解的。

有得必有失。意外得妓与遇暴失妓，刘禹锡居然都碰到了。

《太平广记》卷二七三引《本事诗》载："李丞相逢吉性强愎而沉猜多忌，好危人，略无怍色。既为居守，刘禹锡有妓甚丽，为众所知。李恃风望，恣行威福，分务朝官，取容不暇，一旦阴以计夺之。约曰：'某日皇城中堂前致宴，应朝贤宠嬖，并请早赴境会。'稍可观瞩者，如期云集，敕阍吏。先放刘家妓从门入，倾都惊异，无敢言者。刘计无所出，惶惑吞声。又翌日，与相善数人谒之，但相见如常，从容久之，并不言境会之所以然者。座中默然，相目而已。既罢，一揖而退。刘叹咤而归，无可奈何，遂愤懑而作四章，以拟《四愁》云尔。"居然又是李逢吉。《本事诗》存留至今，无人疑其有伪，原文如下："大和初，有为御史分务洛京者，子孙官显，隐其姓名。有妓善歌，时称尤物。时太尉李逢吉留守，闻之，请一见，特说延之，不敢辞，盛妆而往。李见之，命与众姬相面。李妓且四十余人，皆处其下。既入，不复出。顷之，李以疾辞，遂罢坐，信宿绝不复知。怨叹不能已，为诗两篇投献。明日见李，但含笑曰：'大好诗。'遂绝。诗曰：'三山不见海沉沉，岂有仙踪尚可寻。青鸟去时云路断，嫦娥归处月宫深。纱窗暗想春相忆，书幌谁怜夜独吟。料得此时天上月，只应偏照两人心。'欠一首。"两相比对，可以发现《太平广记》所引根本不是《本事诗》。虽然夺妓者都是李逢吉，且都说在他任东都留守期间，但差异太大，即《太平广记》说是刘禹锡，《本事诗》说子孙官显隐其名，刘的儿子官位、名声都未见超过其父啊！《太平广记》说是在皇城中堂设宴的众目睽睽之下夺妓，《本事诗》则仅为邀到家中相见；《太平广记》说作诗四章，《本事诗》则云"为诗两篇投献"。可以认为，《太平广记》所引书名有误，根据后面要引到的宋敏求的记录，可以确认《太平广记》的根据是另一部书《南楚新闻》。

这一故事之另一文本记录，则作唐末商人刘损事，记载最早见《灯下闲谈》卷上《神仙雪冤》：

> 吕用之在维扬日，佐渤海王专权擅政，害物伤人，具载于《妖乱志》中，此不繁述。中和四年秋，有商人刘损，挈家乘巨船自江夏至扬州。用之凡遇公私往来，悉令侦觇行止。刘妻裴氏有国色，用之以阴事构置，取其裴氏。刘下狱，献金百两免罪。虽即脱于非横，然亦愤惋。因成诗三首曰（诗略）。诗成，吟咏不辍。

此书下还有较详记载，写刘损在绝望之际遇一虬须老叟，仗侠而为刘夺还妻室，文长不录。《灯下闲谈》二卷，无作者名，通行有《适园丛书》本与《宋人小说》本，今人多以为宋人著，但就全书内容看，叙事所涉到后唐明宗时止，没有入宋后的痕迹，即很可能成于五代后期。此节所述渤海王，指乾符六年（879）到光启三年（887）以诸道兵马都统任淮南节度使的高骈，吕用之为其属吏，因蛊惑高骈崇信神仙事而擅权，《灯下闲谈》说时在中和四年（884），大体准确。问题在于《本事诗》有孟启自序，作于光启二年（886），时僖宗幸褒中，孟启本人大约也在京畿一带，从当时情况来说，两年间很难从淮南的刘损故事，流传到关中，成为另一个故事。换句话说，刘损的故事只不过是此组诗敷衍出来的夺妻故事的一个衍生情节，其形成过程大约经历了从光启间高骈、吕用之败亡到五代中期的漫长过程。上引文提到《妖乱志》，今人一般认为作者为诗人罗隐，我则一直有所怀疑，《新唐书·艺文志》著录为“郭廷诲《广陵妖乱志》二卷”，郭廷诲为后唐权臣郭崇韬之子，是刘损故事之完成宜在《妖乱志》成书以后。

关键还是要看所拟《四愁》诗的文本。这组诗的保存文本，追根溯源，有几种记载。一，《本事诗》所载“三山不见海沉沉”一首，作者阙名，记录时间为光启二年（886）。二，《灯下闲谈》录“宝钗分股合无缘”“鸾飞远树栖何处”“旧尝行处遍寻看”三首，作者刘损，记录时间当在后唐（923—936）以后。三，韦縠《才调集》卷一录“折钗破镜两无缘”“鸾飞远树游何处”二首，即《灯下闲谈》所录之前二首，但文本有很大不同，作者阙名，记录时间大约在前后蜀之间（936前后）。四，《太平广记》卷二七三引《本事诗》所录四首，坐实为刘禹锡遭李逢吉夺妓而作，参下节则所引文字全出《南楚新闻》，《太平广记》成书时间在宋太宗太平兴国间（976—984）。五，《刘宾客外集》卷七收《怀妓四首》，该集今存两种宋本，集则为北宋文献学家宋敏求编。据该集宋敏求跋，可以复原该集前八卷存诗的文本来源，且知此四诗全部录自《南楚新闻》。《新唐书·艺文志》著录“尉迟枢《南楚新闻》三卷”，载作者为“唐末人”，不言作者生平。《通志·艺文略》云“记宝历至天祐时事”，所记当源出今佚之《崇文总目》解题，是翻检原书后的记录。《太平广记》卷四九九引该书佚文有“是时唐季，朝政多邪”语，陶敏主编《全唐五代笔记》认为“为五代人口吻，书当成于五代初”，我则认为更晚，因五代前期人还很少称唐末为“唐季”，至少应在后晋以后。也就是说，这一夺妓或夺妻故事，经过半个世纪以上的流传，终于完全坐实为刘禹锡故事了。六，北宋时还另有传衍，一是《古今诗话》转录《本事诗》故事，二是刘斧《摭遗》引“青鸟去时云路断”句（《群英草堂诗余前集》卷下李景《浣溪沙》注引），皆晚出不必申述。

将以上记载分析一下，可以认为此组诗很可能原本为两组，即《本事诗》所录一首为一个单元，《灯下闲谈》所录三首为另一个单元，因诗风接近，到《南楚新闻》即捏合为一个故事。四首诗的作者，很可能如《才调集》所载，在唐末至五代前期即已不知作者。四首诗写得深情绵邈，伤怀欲绝，置于刘集自是俗调，民间读来却是难得的佳作，佳作就必须与名人联系，于是刘禹锡出现了。

至于刘禹锡与李逢吉之关系，我更愿意相信瞿蜕园先生《刘禹锡集笺证》附《刘禹锡交游录》之分析，李之登科较刘晚一年，到他元和十一年（816）为相以前，“与刘禹锡同游之日似不多，少有款曲，然亦当无怨隙”。元和后期，李与裴度、李德裕等为敌，刘禹锡于长庆、宝历间之政局，“身无所预”。到大和以后，“逢吉之势已衰”，刘与其来往，仅“虚与委蛇而已”。大和五年（831），李任东都留守，刘赴任苏州，李为其设宴款待，刘有诗《将赴苏州途出洛阳留守李相公累申宴饯宠行话旧形于篇章谨抒下情以申仰谢》，瞿认为“观诗题措语之谦谨，知其交情不深也”。对《怀妓四首》，瞿认为四诗“迥不似刘平日风格。‘怀妓’二字亦不合集中制题之例”，而刘损名下诸诗，“所改尤卑俗”。且分析，“禹锡若有家妓，其与白居易唱和诸诗中不应从未涉及，逢吉虽凶暴，亦恐不至举动如此无礼”，更认为附会者当因“知禹锡与逢吉素不相洽，假此以甚言逢吉之恶耳”。分析得体而可为结论。

最后，还是看一下《刘宾客外集》所录《怀妓四首》之原文吧：

玉钗重合两无缘，鱼在深潭鹤在天。得意紫鸾休舞镜，能言青鸟罢衔笺。金盆已覆难收水，玉轸长抛不续弦。若向蘼芜山下过，遥将红泪洒穷泉。

鸾飞远树栖何处，凤得新巢已去心。红壁尚留香漠漠，碧云初断信沉沉。情知点污投泥玉，犹自经营买笑金。从此山头似人石，丈夫形状泪痕深。

但曾行处遍寻看，虽是生离死一般。买笑树边花已老，画眉窗下月犹残。云藏巫峡音容断，路隔星桥过往难。莫怪诗成无泪滴，尽倾东海也须干。

三山不见海沉沉，岂有仙踪更可寻。青鸟去时云路断，姮娥归处月宫深。纱窗遥想春相忆，书幌谁怜夜独吟。料得夜来天上镜，只应偏照两人心。

诗中“玉钗重合”“蘼芜山下”“山头似人石”“画眉窗下”等语，皆古人言夫妻分合之常用语，与“怀妓”之题不合。今人高志忠《刘禹锡集编年校注》认为“是诗迥异刘诗，亦不类司空见惯、刺史断肠”，“无足可取，断非禹锡之诗”。陶敏、陶红雨《刘禹锡全集编年校注》认为“词意浅薄，体格卑弱，亦不类禹锡诗”。所言皆是。

韩湘子成仙始末

八仙之一的韩湘子，是唐代著名文学家韩愈的侄孙，在可以考知的其生平记录中，完全没有他信道修仙的记录，他的成仙完全是因为韩愈一首诗的附会讹传，过程有些不可思议，但这也恰是中国古代民间文化的一道独特的风景线。

一、韩愈与韩湘的家世渊源

关于韩湘，一般文学史上都是因为韩愈《左迁至蓝关示侄孙湘》一诗而被提到。就韩愈的家族情况来说，他的父亲韩仲卿，李白曾为作《武昌宰韩君去思颂碑》，称其肃宗时在武昌令任上有善政。仲卿生四子，会、介、□、愈。今知韩会年龄长于韩愈三十岁，可以推知兄弟并非一母所生。韩愈生始数岁而父卒，完全靠兄嫂抚养成人。韩会在安史乱后在宣城置办庄园，在大历间因依附权相元载而官显，至大历十二年（777）复因元载败而贬官韶州。韩愈随从韩会，早年曾在江南生活，大历间得以广接文士，并随兄至南宗禅发源地韶州，对其一生影响很大。他与韩会虽为兄弟，但年龄则与韩会之子相仿。韩愈《祭十二郎文》云：

> 吾少孤，及长，不省所怙，惟兄嫂是依。中年兄没南方，吾与汝俱幼，从嫂归葬河阳，既又与汝就食江南，零丁孤苦，未尝一日相离也。吾上有三兄，皆不幸早世，承先人后者，在孙惟汝，在子惟吾，两世一身，形单影只。嫂常抚汝，指吾而言曰："韩氏两世，惟此而已。"汝时尤小，当不复记忆，吾时虽能记忆，亦未知其言之悲也。

十二郎即韩老成，为韩会嗣子，年龄大约略小于韩愈。韩愈生于大历三年（768），韩老成大约生于其后两三年。老成卒于贞元十九年（803），得年约三十稍过。与韩愈虽为叔侄，其实情似兄弟，故韩愈哭之甚痛。《祭十二郎文》云："汝之子始十岁，吾之子始五岁。"宋人注云："老成二子，曰湘曰滂，滂以季子出继，则湘固宜十岁也。"是韩湘应生于贞元十年（794）。宋人或以为韩湘出继，则可能稍长几岁。韩湘早年大约都随侍韩愈，故韩愈贬潮州途中一路相随，韩愈有《左迁至蓝关示侄孙湘》《宿曾江口示侄孙湘二首》等诗相赠。韩湘在长庆三年（823）登进士第，其后官职不显。今知其可靠事迹，主要依靠韩愈文集保存记录。

二、韩愈反对佛道及谏迎佛骨之始末

《旧唐书》卷一五《宪宗纪》载：元和十四年（819）正月丁亥，"迎凤翔法门寺佛骨至京师，留禁中三日，乃送诣寺，王公士庶奔走舍施如不及。刑部侍郎韩愈上疏极陈其弊。癸巳，贬愈为潮州刺史"。此法门寺佛骨即今凤翔法门寺地宫所出佛指骨，唐代曾两度迎谒，元和年间的记载不详，咸通年间则有苏鹗《杜阳杂编》详细记录，略摘如下：

（咸通十四年）四月八日，佛骨入长安，自开远门安福楼，夹道佛声振地，士女瞻礼，僧徒道从。上御安福寺亲自顶礼，泣下沾臆。即召两街供奉僧，赐金帛各有差，仍京师耆老元和迎真体者，悉赐银碗锦彩。长安豪家竞饰车服，驾肩弥路，四方挈老扶幼来观者，莫不蔬素以待恩福。时有军卒断左臂于佛前，以手执之，一步一礼，血流洒地，至于肘行膝步，啮指截发，不可算数。又有僧以艾覆顶上，谓之炼顶。火发痛作，即掉其首呼叫，坊市少年擒之，不令动摇，而痛不可忍，乃号哭卧于道上。头顶焦烂，举止苍迫，凡见者无不大哂焉。

韩愈平生以倡导儒学为己任，排抵佛老，不遗余力，见此情景，不能自抑，乃上《论佛骨表》以谏：

臣某言：伏以佛者，夷狄之一法耳。自后汉时流入中国，上古未尝有也。昔者黄帝在位百年，年百一十岁；少昊在位八十年，年百岁；颛顼在位七十九年，年九十八岁；帝喾在位七十年，年百五岁；帝尧在位九十八年，年百一十八岁；帝舜及禹年皆百岁。此时天下太平，百姓安乐寿考，然而中国未有佛也。其后殷汤亦年百岁，汤孙太戊在位七十五年，武丁在位五十九年，书史不言其年寿所极，推其年数，盖亦俱不减百岁。周文王年九十七岁，武王年九十三岁，穆王在位百年，此时佛法亦未至中国，非因事佛而致然也。

汉明帝时，始有佛法，明帝在位才十八年耳。其后乱亡相继，运祚不长，宋、齐、梁、陈、元魏已下，事佛渐谨，年代尤促。惟梁武帝在位四十八年，前后三度舍身施佛，宗庙之祭，不用牲牢，尽日一食，止于菜果，其后竟为侯景所逼，饿死台城，国亦寻灭。事佛求福，反更得祸。由此观之，佛不足信，事亦可知矣。

高祖始受隋禅，则议除之。当时群臣材识不远，不能深知先王之道，古今之宜，推阐明圣，以救斯弊，其事遂止。臣常恨焉。伏惟睿圣文武皇帝陛下神圣英武，数千百年已来，未有伦比。即位之初，不许度人为僧尼道士，又不许创立寺观。臣常以为高祖之志必行于陛下之手。今纵未能即行，岂可恣之转令盛也？今闻陛下令群僧迎佛骨于凤翔，御楼以观，舁入大内，又令诸寺递迎供养。臣虽至愚，必知陛下不惑于佛，作此崇奉，以祈福祥也。直以年丰人乐，徇人之心，为京都士庶设诡异之观、戏玩之具耳。安有圣明若此，而肯信此等事哉！然百姓愚冥，易惑难晓，苟见陛下如此，将谓真心事佛，皆云天子大圣犹一心敬信，百姓何人，于佛岂合更惜身命？所以焚顶烧指，百十为群，解衣散钱，自朝至暮，转相仿效，惟恐后时，老少奔波，弃其业次。若不即加禁遏，更历诸寺，必有断臂脔身以为供养者。伤风败俗，传笑四方，非细事也。

夫佛本夷狄之人，与中国言语不通，衣服殊制，口不言先王之法言，身不服先王之法服，不知君臣之义、父子之情。假如其身至今尚在，奉其国命，来朝京师，陛下容而接之，不过宣政一见，礼宾一设，赐衣一袭，卫而出之于境，不令惑众也。况其身死已久，枯朽之骨，凶秽之余，岂宜令入宫禁？

孔子曰："敬鬼神而远之。"古之诸侯行吊于其国，尚令巫祝先以桃茢祓除不祥，然后进吊。今无故取朽秽之物，亲临观之，巫祝不先，桃茢不用，群臣不言其非，御史不举其失，臣实耻之。乞以此骨出付有司，投诸水火，永绝根本，断天下之疑，绝后代之惑。使天下之人知大圣人之所作为，出于寻常万万也，岂不盛哉！岂不快哉！佛如有灵，能作祸福，凡有殃咎，宜加臣身，上天鉴临，臣不怨悔。无任感激恳悃之至。谨奉表以闻。臣某诚惶诚恐。

联系韩愈在《原道》一文中对佛道之批判，则此篇就事直谏，语气急切，无所忌惮，诚难得之宏文。后之批评者，多就文中历数未有佛时古帝之遐寿，信佛诸代则享国短促，认为韩愈所言，甚不妥当，故遭宪宗之严厉叱责。盖宪宗初即位时，年轻有为，勇于任事，然在位日久，精力衰减，故思借佛道以祈福延龄。韩愈所言，正揭其最忌讳者，故宪宗勃然大怒，初欲诛杀，后改贬逐。韩愈虽一腔忠怀，遭此远窜，心情大受挫折。沿路给韩湘作诗，表达自己的孤愤之感：

《左迁至蓝关示侄孙湘》："一封朝奏九重天，夕贬潮州路八千。欲为圣明除弊事，岂将衰朽计残年。云横秦岭家何在，雪拥蓝关马不前。知汝远来应有意，好收吾骨瘴江边。”

《宿曾江口示侄孙湘二首》：“云昏水奔流，天水漭相围。三江灭无口，其谁识涯圻。暮宿投民村，高处水半扉。犬鸡俱上屋，不复走与飞。篙舟入其家，暝闻屋中唏。问知岁常然，哀此为生微。海风吹寒晴，波扬众星辉。仰视北斗高，不知路所归。”“舟行亡故道，屈曲高林间。林间无所有，奔流但潺潺。嗟我亦拙谋，致身落南蛮。茫然失所诣，无路何能还。”

蓝关即蓝田关，为长安南行之要道。唐廷于贬窜官员，常追诏命赐死蓝田。韩愈以道统自任，于生死顾忌颇多，此为“云横”二句之潜在意思。时在正月，关中尚寒，“雪拥”应为写实。曾江口其地不详，魏仲举《五百家注韩》以为在韶州，虽乏确证，但大致可以相信韩湘系一路随侍南行。

宪宗一年后崩，或云死于服食，或云死于宦官。韩愈则贬潮半年后迁袁州，寻归京。韩湘则在四年后登进士第。次年，韩愈卒。

韩湘可靠的生平记载不多。今存贾岛有《送韩湘》：“挂席从古路，长风起广津。楚城花未发，上苑蝶来新。半没湖波月，初生岛草春。孤霞临石镜，极浦映村神。细响吟干苇，余馨动远蘋。欲凭将一札，寄与沃洲人。”沃洲在越中。知韩湘曾往游，时间和目的不太明确。另《寄韩湘》：“过岭行多少，潮州瘴满川。花开南去后，水冻北归前。望鹭吟登阁，听猿泪滴船。相思堪面话，不著尺书传。”则为韩湘随行到潮州后，贾岛相思而作。另姚合《送韩湘赴江西从事》：“年少登科客，从军诏命新。行装有兵器，祖席尽诗人。细雨湘城暮，微风楚水春。浔阳应足雁，梦泽岂无尘。猿叫来山顶，潮痕在树身。从容多暇日，佳句寄须频。”则为韩湘登第后，为江西幕府从事，姚合作诗相送。此后韩湘生平无考，至今也没有发现他崇信道教的记录。

三、韩湘仙事之形成过程

现在可以见到韩湘仙事最早萌芽的记录，见于段成式《酉阳杂俎》卷一九：

> 韩愈侍郎有疏从子侄，自江淮来，年甚少。韩令学院中伴子弟，子弟悉为凌辱。韩知之，遂为街西假僧院，令读书。经旬，寺主纲复诉其狂率。韩遽令

归，且责曰："市肆贱类营衣食，尚有一事长处。汝所为如此，竟作何物？"侄拜谢，徐曰："某有一艺，恨叔不知。"因指阶前牡丹曰："叔要此花青紫黄赤，唯命也。"韩大奇之，遂给所须试之。乃竖箔曲尺遮牡丹丛，不令人窥，掘窠四面，深及其根，宽容人座，唯赍紫矿轻粉朱红，旦暮治其根。凡七日，乃填坑。白其叔曰："恨较迟一月。"时冬初也。牡丹本紫，及花发，色白红历绿，每朵有一联诗，字色紫分明，乃是韩出官时诗一韵，曰"云横秦岭家何在，雪拥蓝关马不前"十四字。韩大惊异。侄且辞归江淮，竟不愿仕。

段成式（？—863），是穆宗时宰相段文昌子，为晚唐博学之学者。所著《酉阳杂俎》一书，今人研究为其汇聚早时所作各类笔记而成，其中颇涉唐代流传的神异志怪故事，但主体部分则属于博物琐谈类的记录，为杂俎类笔记之名著。上引一段故事，最后写成的时间大约不晚于大中末（859），距离韩愈去世不到半个世纪。所称"疏从子侄"，与侄孙之事实不同，但相去还不远。其技艺为冬初能催开一般春天开花之牡丹，且花具各种色彩，每朵花有一联诗。称为“韩出官时诗”，则诗已前作，且为世所知。其事若有，则在韩愈贬官归京后。然称侄归江淮后不出仕，也与韩湘生平不合。此仅述此人异术，还没有牵涉到其先知韩愈贬官潮州，以及与道教仙事有所牵扯，可以见因韩愈此诗衍生故事之最初形态。

还要关注的是《太平广记》卷五四引杜光庭《仙传拾遗》：

唐吏部侍郎韩愈外甥，忘其名姓。幼而落拓，不读书，好饮酒。弱冠往洛下省骨肉，乃慕云水不归。仅二十年，杳绝音信。元和中，忽归长安，知识阘茸，衣服滓敝，行止乖角。吏部以久不相见，容而恕之，一见之后，令于学院中与诸表话论。不近诗书，殊若土偶，唯与小臧赌博，或厩中醉卧三日五日，或出宿于外。吏部惧其犯禁陷法，时或勖之。暇日偶见，问其所长，云：“善卓钱锅子。”试令为之。植一铁条尺余，百步内卓三百六十钱，一一穿之，无差失者，书亦旋有词句，以资笑乐。又于五十步内，双钩草“天下太平”字，点画极工。又能于炉中累三十斤炭，支三日火，火势常炽，日满乃消。吏部甚奇之，问其修道，则玄机清话，该博真理，神仙中事，无不详究。因说小伎云：“能染花，红者可使碧，或一朵具五色，皆可致之。”是年秋，与吏部后堂前染白牡丹一丛，云：“来春必作含棱碧色，内合有金含棱红间晕者，四面各合有一朵五色者。”自劚其根下置药，而后栽培之，俟春为验。无何潜去，不知所之。是岁，上迎佛骨于凤翔，御楼观之，一城之人，忘业废食。吏部上表直谏，忤旨，出为潮州刺史。至商山，泥滑雪深，颇怀郁郁。忽见是甥迎马首而立，拜起劳问，扶镫接辔，意甚殷勤。至翌日雪霁，送至邓州，乃白吏部曰：“某师在此山，不得远去，将入玄扈倚帝峰矣。”吏部惊异其言，问其师，即洪崖先生也。东园公方使柔金水玉，作九华丹，火候精微，难于暂舍。吏部加敬曰：“神仙可致乎？至道可求乎？”曰：“得之在心，失之亦心。校功铨善，黜陟之严，仿王禁也。某他日复当起居，请从此逝。”吏部为五十六字诗以别之曰：“一封朝奏九重天，夕贬潮阳路八千。本为圣朝除弊事，岂将衰朽惜残年。云横秦岭家何在，雪拥蓝关马不前。知汝远来应有意，好收吾骨瘴江边。”与诗讫，挥涕而别，行入林谷，其速如飞。

明年春，牡丹花开数朵，花色一如其说，但每一萼花中有楷书十四字曰：“云横秦岭家何处，雪拥蓝关马不前。”书势精能，人工所不及，非神仙得道，立见先知，何以及于此也！或云，其后吏部复见之，亦得其月华度世之道，而迹未显尔。

与前引《酉阳杂俎》故事比较，一是有异术之人物身份，从疏从子侄变成了外甥，即子侄是亦韩姓，而外甥为韩愈姊妹之子，是必不韩姓。二是故事之时间，从韩愈贬官以后，改成了元和间韩愈贬潮州前后，即在韩愈贬官前已经以异术相告，并预告来春会有异迹出现；待韩愈贬官潮州，甥则冒雪相送，韩作诗相赠，至来春牡丹花上均书此诗中两句。三是其中加入了大量神仙道教的内容，先说外甥“神仙中事，无不该究”，次述其师即洪崖先生，韩愈向其问道，且颇有向道之心，末称韩愈最后亦得其“月华度世之道”。其实只要比较韩愈贬官过程及与韩湘之从叔侄关系，就不难发现《仙传拾遗》之凭空虚构：除前述外甥不是韩姓外，韩愈贬官潮州在正月，而此叙事则在秋后之是岁，至明年春韩愈尚在潮州，何以得见牡丹花开之异迹？盖此本属小说家与神仙家附会之故事。《仙传拾遗》

编者杜光庭，为唐末至前蜀间著名道士，平生以整理道藏为志，著述极多，尤喜编录各类神仙故事小说，今存者或可辑佚者有十多种。《仙传拾遗》就《太平广记》《三洞群仙录》等书所引，尚可得数十则之多，不尽为杜光庭本人所创作，多据前代小说或神仙故事编录或改写。此韩愈外甥一则，不知所自，但确是韩湘仙事记录中极其重要的文字，显示韩愈此诗已经与神仙异术相联系，且引入韩愈向道的内容，只是此时还没有直接与韩湘挂上钩。《仙传拾遗》成书年代不详，大约在前蜀时期。

因为韩愈的诗是写给韩湘的，到北宋时期，此一故事终于落实到韩湘身上。现在可以见到最完整的记载是刘斧《青琐高议》所载，但原文太长，这里转录《诗话总龟》卷四五引《青琐集》的文本：

> 韩湘，字清夫，文公犹子也。落魄不羁，文公勉之学，湘曰："湘之所学，非公知之。"公令作诗，以观其志。诗曰："青山云水窟，此地是吾家。后夜流琼液，凌晨咀绛霞。琴弹碧玉调，炉炼白朱砂。宝鼎存金虎，玄田养白鸦。一瓢藏世界，三尺斩妖邪。解造逡巡酒，能开顷刻花。有人能学我，同共看仙葩。"

公览而戏之曰："子能夺造化耶？"湘曰："此事甚易。"公为开尊，湘聚土，以盆覆之。良久花开，乃牡丹碧花二朵，于花间拥出金字诗一联云："云横秦岭家何在，雪拥蓝关马不前。"公未晓其句意，湘曰："事久可验。"遂告去。未几，公以佛骨事谪官潮州。一日途中遇雪，俄有人冒雪而来，乃湘也。湘曰："忆花上之句乎？正今日事也。"公询其地，即蓝关，嗟叹久之，曰："吾为汝足此诗。"诗曰："一封朝奏九重天，夕贬潮阳路八千。本为圣明除弊政，岂于衰朽惜残年。云横秦岭家何在，雪拥蓝关马不前。知汝远来须有意，好收吾骨瘴江边。"公别湘诗曰："人才为世古来多，如子雄文世孰过。好待功名成就日，却抽身去上烟萝。"湘别公诗曰："举世都为名利醉，伊余独向道中醒。他时定是飞升去，冲破秋云一点青。"

这里增加了韩湘作诗及与韩愈之临别诗，牡丹花中的诗句明确是在韩愈贬官以前，具有先知的意味，韩愈赠韩湘的诗只是足成全篇。更特别的是临别诗，当然不见于韩愈文集，为小说家附会，但涉及韩湘度韩愈入籍飞升的内容，已经明显受到钟、吕传道故事影响。

南宋人已经对韩湘仙事提出疑问，如胡仔《苕溪渔隐丛话后集》卷十引严有翼《艺苑雌黄》曾引段、刘二说后云：

> 二说不同。如《杂俎》之言，则花上一联乃韩公旧句；如《青琐》之言，则花上一联本非韩公语，韩特续成之耳。《杂俎》言指阶前牡丹治其根，《青琐》言聚土覆盆种花。二说不知何者为是。窃意段成式当时盖有所受之，刘斧特互窜其说而已。东坡尝有《冬日牡丹》诗："使君要见蓝关咏，须倩韩郎为染根。"正用《酉阳杂俎》故事。又按《续仙传》，殷七七字文祥，尝醉歌云："琴弹碧玉轸，炉炼白丹砂。解造逡巡酒，能开顷刻花。"则此诗亦非韩湘作。

苏轼与刘斧同时，从其诗推测当时韩湘故事已经颇为流传，刘斧也仅是编录者之一耳。殷七七故事见《续仙传》卷下，叙其为唐僖宗时周宝据浙西时人，平日醉歌"琴弹碧玉调，药炼白玉砂。解酝逡巡酒，能开顷刻花"。但其所叙则为在鹤林寺于重九后催开杜鹃花，得司花女仙相助而使"九日烂熳如春"的故事。可惜严氏未能深究下去。

韩湘加入八仙行列，从永乐宫壁画“八仙过海”和元杂剧来看，大约是金元间事，具体原因不详。更后出的《韩仙传》附会更为繁复，大约为明以后人之习作。

韩愈一生以反对佛老为志，贬官潮州更因反对迎佛骨而致。但如同《祖堂集》《传灯录》等书发挥其与大颠交往故事一样，道教徒因此而附会小说，最初带有嘲弄韩愈之意味，至后世迭经变化，居然将一个与神仙道教没有任何渊源的韩湘，变成了大牌神仙韩湘子，实在是匪夷所思得很了。

诗人王鲁复的进取与落寞

王鲁复是唐后期一位不起眼的小诗人。《全唐诗》卷四七〇收其诗四首，小传云："王鲁复，字梦周，连江人。从事邕府。"四诗追溯来源，均见《万首唐人绝句》，其中《故白岩禅师院》一首，原署王梦周，《全唐诗》卷七七〇又收世次无考作者内，属于重收。另日本选句集《千载佳句》存他的一诗又二句，《全唐诗逸》卷上已补出。《隋唐五代墓志汇编》陕西卷第二册收他撰文的《唐故吉州司法参军黄府君墓志铭并序》，署"将仕郎前守河南府新安县尉王鲁复撰"。仅此而已。其事迹，今知最早见明陈道《弘治八闽通志》卷六二："王鲁复，字梦周，连江人。文史足用，尤长于诗词，多讽刺。贞元、大历间，尝献所为诗于朝，得从事邕府。鲁复意气高迈，尝谒郎中皇甫湜，久未获见，移书责之曰：‘韩文公接贤乐善，孳孳不倦，公师文公之文，安可后文公之道？自此当携酒吊公之墓，不及门矣。’湜大惭，复书谢之。又尝草衣骑牛，相国王涯、李固言俱赏识焉。在京师，闻台省有疑狱，久不决，白时相，请鞫之，不数日得其情。”所叙偶有疏失，如大历在贞元前，王最早生于贞元后期，那时不可能已经献诗，但大多应属可信，如名字、从事邕府、谒皇甫湜等，详后。在这段纪事里，看到他的傲兀不平，看到他的意气高迈，看到他的智决疑狱，不过，这些都是传闻。其人事迹较少，作品不多，显然不够作专题分析。

两三年前，中华书局徐俊兄在微信中，给我发了王鲁复自撰墓志拓本的照片，我当即作了录文，惊叹为唐代小诗人难得的自述传记，可惜忙于庶事，一直没有介绍。其间两度换手机，图片已经无从寻觅，问徐俊，他也没存底，甚至来源也记不清了。而近年刊布的几批墓志，都无此篇，目前著录唐墓志最完备的书——日本气贺泽保规教授所编《新编唐代墓志所在总合目录》（明治大学东亚石刻文物研究所出版，2017 年 3 月）也未著录。但王鲁复的自撰暮志的内容似乎仍有介绍的意义。墓志原题《大唐故亳州城父县令王府君墓志未终前一年自号知道先生撰遗志文》，全文云：

先生大中二年五月廿三日卒城父县官舍。名鲁复，字梦周。周灵王太子子晋卌六代孙，晋司徒导十九枝子。源始会稽，自右将军羲之十八叶，后详家谍。开元中，上祖九思衔命诛海夷不利，隐南越。时天下将泰，家丰稼穑，筑室退耕，耻言官禄。第三叔祖翁信，大历八年集艺京师，名震宦簿。其先讳华，娶下邳夫人，有二子，先生次也。三岁偏罚，九岁继忧，无学可入，无家可安，飘梗飞蓬，至十三自求衣食，游而兼学，味群籍，识兴亡道理；吟古诗，知风格轻重。数粒析薪，饭藜食蘖，殆不堪忧。骨肉无助，廿五有讳，阕服无衫，以短褐行焉。宝历中，由江西迁客尉迟司业汾、成庶子杭，皆赐器重，酬唱不一。尝推引于刘京兆，未行去世。及壮，勇于道义。大和四年，肩书夷门，访张权舆。由郑侯李翱，入洛诣皇甫湜，昭应问郑还古，挈文见靖安相，优游儒墨之苑。裴兵部潾也后三年，以外秘正寄名邕州，将见用焉。靖安出，舍邕，又转黔，不食，辞免，南谢所知。自潮阳毕，经封川，遇旧御史李甘，既宿且话及婚嫁事，云桂府陈监察越石女德具，因娶之。五年无子。授新安尉，又一年，夫人逝，尉失意，寻谷穷恸而请告。会昌三年冬，客许州，侯从事固说于卢留后简求，留滞一季，因□□□□陕太师孙，其先河南丞弘，早孤又贫，在出家姑所真与相尚□□□□□□春成礼。又明年，育一子，曰孙师，耀其宗□。其秋夫人又去世。天雨绝食，居不耻下，穷不言乞，倩奴而葬，抉菜而粥，吾无违天，天姑耗我。切闻男子衰俗不震爵位，地下必以直用，两梦阴间召我将任。有兄且病，弟异外氏，各专其善。所惜志业，所念孙师，吾之道必舒无闷。著诗二千七百首，文二百卅篇，后必有叹韩非者。临卒，告家人以吾尸尽所蓄，雇四夫一函，送陈夫人茔之东北旧卜地。以小男访良期，以某月日葬，具礼而已。坟高三尺，深七尺，置纸墨于玄堂。吾官于新安，有爱于民，必有祝我者云。百年孤梦，梦内若醉。尽化北邙，何贱何贵。一，文不尽志，志不尽意。天黯恨色，海封愁泪。大道茫茫，斯文若坠。二，以十月五日葬于新安县东界围阳村。

篇幅虽然不长，但内容极其丰富，容我逐节分说。

王鲁复字梦周，与传世文献一致，但全文没有说他是福州连江人，但从事邕府、谒皇甫湜二点，均见墓志，非方志所能虚构，方志载他占籍，应可相信。

唐时王姓称源出王子晋后，是习惯，不必深究。自称“晋司徒导十九枝子。源始会稽，自右将军羲之十八叶，后详家谍”，也大体不误，以王导祖王览为羲之曾祖，至于是否真有血缘关系，不好说。

其近代家事，则有“开元中，上祖九思衔命诛海夷不利，隐南越”。王九思事迹无考。唐之江南粮货转输，入关中者走运河入渭，入河北者或从浙东走海路至沧景，所谓“海夷”即劫掠漕船者。估计王九思兵败，遂潜遁南方。南越是广大地域，连江也可计入。当然，也可能是南人自夸家世之说辞。

墓志云：“第三叔祖翁信，大历八年集艺京师，名震宦簿。”王翁信确有其人。皇甫冉有《送王翁信还剡中旧居》：“海岸耕残雪，溪沙钓夕阳。家中何所有，春草渐看长。”皇甫冉卒于大历六年（771），因而可以相信此次归剡，即越中，是落第而归。戴叔伦《送王翁信及第后归江东旧隐》：“南行无俗侣，秋雁与寒云。野趣自多惬，名香人共闻。吴山中路断，浙水半江分。此地登临惯，含情一送君。”应即大历八年（773）所作。及第后归乡，稍后再赴吏部铨选求官，这是唐人的习惯。这是王鲁复最值得夸耀的家族盛事，尽管王翁信之仕履全无可称，也已足够。

王鲁复的父亲王华，应该没有做过官。他三岁和九岁时，父母先后去世，遂成了孤儿。据墓志，他逝世于大中二年（848），生年不详。仅知他宝历前已逾25岁。如果是实指，宝历前一年为长庆四年（824），这一年韩愈去世，他存世诗有《吊韩侍郎》：“星落少微宫，高人入古风。几多才子泪，并写五言中。”似乎是临哭凭吊之作，似乎还没能叩见求谒，韩即逝去。若此年他25岁，当生于贞元十六年（800），享年得49岁。这一推测，可以得到以下“及壮”一语之旁证。

王鲁复自述早年经历，因父母早亡，“无学可入，无家可安”，艰难备尝。到十三岁，必须自求衣食，在游历中进学，居然“味群籍，识兴亡道理；吟古诗，知风格轻重”，阅读群书知古今兴亡，读古诗得区分诗歌作法和流派。此时生计仍然艰困，又没有骨肉至亲之扶掖，一切只能靠自己去叩求。二十五岁以后，当他有了自己的名号，也开始四处晋谒。

王鲁复首先找到从国子司业贬官至江西的尉迟汾。尉迟汾贞元间应进士试时，承韩愈作《答尉迟生书》告以为文之道，又致书祠部员外陆傪，荐其有“出群之才”，乃登第。此后二十多年，骨鲠敢言事，仕途并不顺畅，行事与韩愈相近。此时方贬官，自难相助，此宝历元年（825）事。王鲁复再找成杭。成杭事迹仅见《册府元龟》卷九八载，宝历元年十月，以岳王傅为右庶子，充入吐蕃答贺正使。可能此后即贬官江西，王鲁复与他交往恰在此时。二人对他“皆赐器重，酬唱不一”，即略有夸奖，且和了他的投诗，当然令他高兴。从刘禹锡南贬时与众多僧人的赠行送别诗来看，得名家赠诗，也可自增时誉。

“尝推引于刘京兆，未行去世。”刘京兆指刘栖楚，墓志见《芒洛冢墓遗文》，旧相李逢吉撰文，称他宝历间为敬宗特命授京兆尹，在任勇于有为，到大和元年（827）授桂管节度使，到任不久就亡故了。估计王鲁复是欲往桂林求见，未见而刘死，此文宗初年事。

墓志续云：“及壮，勇于道义。大和四年，肩书夷门，访张权舆。”《礼记·曲礼》云“三十曰壮”，即大和四年（830）或稍早，王鲁复已年满三十，与前考合。这一年，他到汴州拜访张权舆。张是权相李逢吉的门生，所谓八关十六子的核心成员，敬宗时本欲用裴度再相，权舆秉李逢吉之旨，编造“非衣小儿坦其腹，天上有口被驱逐”的童谣，诬陷裴度，为清流不齿。王鲁复肩书往访，似乎访非其人。

墓志再云：“由郑侯李翱，入洛诣皇甫湜，昭应问郑还古，挈文见靖安相，优游儒墨之苑。”文字不甚清晰，不知是先后见了四人，还是因李翱之荐而往见后三人，但这一行，他确实见到了代表当时文坛成就的几位大家。李翱与韩愈关系在师友间，韩愈卒后，文章最负时名。李翱大和四年坐谬举，出为郑州刺史，称郑侯指此时。王鲁复自汴赴郑，道途不远。翱与皇甫湜，今人以为得韩文之真传，但皇甫性忭急，数忤同僚，为文切直，宦途艰阻，到大和前期先后随李逢吉为山南和宣武从事，此时随李返洛阳。墓志没有说到细节，《八闽通志》说到他移书责皇甫事，似乎有些狂悖，与墓志津津乐道于叙述平生交往，态度很不一样，可以存疑。其次则到“昭应问郑还古”，昭应与临潼相近，已近长安。郑还古是小说集《博异记》作者，多记神怪之事，叙事雅赡，多引诡异诗事，以逞其诗才。其间他自河中从事，遭同院诽谤，贬吉州掾。居昭应始末不详。“挈文见靖安相”，靖安相指李宗闵，牛党之魁首，大和三年（829）至七年（833）在相位，王鲁复向他献文，可能得到前此所见某人的推荐。他的此行，是沿着今陇海线位置之大道，从汴、郑、华诸州一路西行，最后到京见到当朝宰相，欣喜之情，溢于言表。

《八闽通志》说王鲁复曾“草衣骑牛”，得到相国王涯、李固言的赏识，并代为理狱，墓志未述及。按王涯自大和七年（833）入相，两年后在甘露事变中被杀，被诬以大逆罪名，到昭宗时方平反。王鲁复自撰墓志写于宣宗初，不写王涯很正常。李固言立朝清节，与两党均保持距离，不言似难解释。鲁复存诗有《诣李侍郎》：“文字元无底，功夫转到难。苦心三百首，暂请侍郎看。”很可能即投谒李固言的。

墓志继云：“裴兵部潾也后三年，以外秘正寄名邕州，将见用焉。靖安出，舍邕，又转黔，不食，辞免，南谢所知。”裴潾是李德裕之好友，于开成元年（836）为兵部侍郎，次年出为河南尹，未几复还旧官，逾年卒。此处似指因裴之推荐而赴邕管幕府。李宗闵从大和九年（835）贬居潮州，其间王鲁复似乎先在邕幕，其地在今南宁，又转入黔南幕府，不久复辞去，终到潮州随李宗闵，所谓“南谢所知”者指此。

墓志继云："自潮阳毕，经封川，遇旧御史李甘，既宿且话及婚嫁事，云桂府陈监察越石女德具，因娶之。"李宗闵于开成元年量移衢州，王鲁复则仍在岭南，在封州遇到李甘。李甘大和九年（835）为侍御史，因激烈反对郑注为相而贬封州司马，杜牧于四年后为御史，作《李甘诗》咏其事，感叹其"如何干斗气，竟作炎荒土"，即死于贬所，未获昭雪。王鲁复的记载，保存李甘在贬所的情况。鲁复寄宿，与李甘说到婚嫁事，李甘介绍桂府幕下监察御史陈越石之女可为德配。陈越石，事迹见《太平广记》卷三五七引《宣室志》，初名黄石，居王屋山下。元和间遇赤发夜叉作怪，乃改名迁居以避。登元和十五年（820）进士第，会昌二年（842）卒于蓝田令。《唐文粹》卷三六收陈越石撰《太甲论》，知亦才学之士。此时王鲁复已年近四十，方娶妻。

此后王鲁复命运仍然不济。他与陈氏成婚若在开成元年，其后"五年无子"，就已经到武宗会昌初了，他虽获"授新安尉"，品阶虽不高，但地近洛阳，尚属善处。但仅一年，妻亡，他也觉失意无聊，遂请告去职。到"会昌三年（843）冬，客许州，侯从事固说于卢留后简求，留滞一季"。侯固，《淳熙三山志》卷二六有传，载他字子重，闽县人，大和九年（835）登进士第，历官鄜坊、灵武、易定节度使，那都是后来的事。估计因皆为闽人，侯固那时为许州从事，于是介绍给许州留后卢简求，在许幕暂居。简求是诗人卢纶的幼子，对落魄诗人们稍给关照，自可理解。

墓志此后文字稍有残缺，但大体可读知王鲁复得机缘又曾有一段婚姻，且得一子，取名孙师，希望能光耀其宗，但不久，续配夫人又去世。这时，他也更觉凄凉落寞。大中元年（847）三月，他为吉州司法参军黄弘远撰墓志，署官为前新安尉，说“生死齐梦，有始有终”，“与能与善，或分或通，庚午丁卯，数极道穷”，是悼黄，也自悲。在此同时，他为自己写了墓志，虽然感到自己一生很失败，但他仍寄望“地下必以直用，两梦阴间召我将任”。他自述一生“著诗二千七百首，文二百卅篇，后必有叹韩非者”，可传后世，也有读而为之感叹者。他曾在新安任官，爱妻卒后即葬新安域内，遗嘱与妻同葬，也相信自己为官有遗爱，其民必有能为己祷祝者。

最后一年，他得授亳州城父令，赴职不久就死在任上，得年不及五十岁。

王鲁复的一生，他自己说得津津有味，我写来却觉得琐碎零乱，甚至有些感到卑微落魄。但若以同情的立场来看他：生在南方，家境本来就不好，加上父母早亡，宗无强援，自学有才，自谋前途，除了辛苦奔竞，他又能做什么？去世前一年，为自己写墓志，他想到的还是他曾请谒或曾给他一些帮助的名人。这些人物如前所考，半数正史有传，多数史籍有载，层级还不低。但这些人物显然属于各种不同的政治派别或文人圈，他与他们的关系似乎也始终在若即若离之间，并没有得到太多的奥援。就文人圈来说，存世唐诗中，目下仍未见与他酬唱赠答的作品；他似乎也没有卷入任何政治风潮，既无建树，也无风险。他自述曾写下 2700 多首诗，已经接近白居易了，但存留至今的仅五首又二句，以及两篇他执笔的墓志，一篇为他人，一篇为自己。就文章来说，是沿韩愈、皇甫湜这一派的风格，大体清通，有意造句，涩体的味道也很明显。他的诗都是近体，较好的是《故白岩禅师院》一首："能师还世名还在，空闭禅堂满院苔。花树不随人寂寞，数枝犹自出墙来。"以六祖慧能喻白岩禅师，寻其故院，有人亡神存的感悟。他看到了禅堂之寂寞，但也看到新的生机。后二句尤可讽读，其实就是南宋叶绍翁名句"满园春色关不住，一枝红杏出墙来"的先声。如果仔细比读，则王作更佳，因叶写访人不遇，仅在园外见红杏出墙，王则寻访旧禅院，诗中包含禅机，说禅师虽远行，花树仍旧灿烂，生命依旧常新。《吊灵均》：“万古汨罗深，骚人道不沉。明明唐日月，应见楚臣心。”凭吊屈原，伤古怀今，也感慨自己之不遇。由此他更感喟如韩愈主持风雅，不遗余力为寒素拔擢提携之可贵，那首诗已见前引。十世纪中叶的日本诗选家大江维时编选《千载佳句》二卷，在卷下《赠僧门》录王鲁复《赠僧惟绩》二句：“清泉绕屋澄心远，曙月衔山出定迟。”观察细致，对偶也很亲切。同卷《水楼门》录《水楼》：“山衔落日溪光动，岸转回风槛影浮。座内数声来远鹤，烟中一派辨孤舟。”很可能是七律中的中间两联，写景如画，对仗稳妥，末句衍谢朓诗意而自有风味。据此可知，他的诗集在唐末即已东渡扶桑，留下印记。在晚唐诸家中，他还算是合格的作者，只是所存太少，辜负了他的一生心血。

今人好谈文学史，文学史所谈的都是大家。而历史之真实场景，则有无数之大小作者，共同在挣扎奋进。他们的成就有大有小，他们的命运有幸有不幸，他们的作品有存有不存，但不能否认的是每一个人都以他的方式，写下一生的轨迹。王鲁复在唐诗史上，大约连三流作者还达不到，但他的自作墓志，则让我们看到他的不幸与奋斗，他的进取与奔竞，他的交往和落寞，他的无奈与痛苦。今人谈晚唐诗之得失，其实晚唐诗就是像王鲁复这样无数的基层诗人在衰世动荡中写出，我们是不是可以寄以更多一些的同情和理解呢？

皮陆唱和所见唐代苏州的文化景观

苏州建城超过2500年，确定称苏州，则为唐初之事。代宗大历十三年（778），苏州升为雄州，辖七县，即吴、长洲、嘉兴、海盐、常熟、昆山、华亭，辖有今上海与浙北之地。随着经济的繁荣，文化也高度发展。唐代三位第一流诗人韦应物、白居易、刘禹锡先后任苏州刺史，留下“苏州刺史例能诗”的嘉话。唐末更有皮日休、陆龟蒙两位，汇聚全部的才学与热情，一年半左右，为苏州写下近七百首诗歌，全景式地将江南文人生活的丰富面貌、江南士绅之庄园规模、江南各业生活方式，以及苏州山水名胜和地方风物，做了详尽记录和立体描述。更难能可贵的是，两人为主的唱和诗集《松陵集》十卷，以当年结集时的原始面貌保存到现在。这是苏州文化的宝贵财富，该集对唐末苏州文化景观的立体呈现，值得给以特殊的关注。

一、皮陆的逢遇与松陵唱和始末

皮陆二人生平，前人已做许多探讨，今人李福标撰《皮陆年谱》(中山大学出版社 2011 年版)可称集大成之著。涉及二人之细节，有些已经清楚，有些仍然有疑问。比如二人谁更年长一些，前人多认为皮年长于陆几岁，李谱认为陆长于皮几岁，都没有确凿的证据。大约可以说，两人开始唱和时，年纪都在四十岁之内，相差不太多，正是一生文学创作精力最旺盛的时间。

在苏州唱和前，皮陆二人并不认识，皮在此前也没有到过苏州。二人家世、经历也差别很大。

一般认为皮日休是襄阳人。所撰《皮子世录》，历举先秦以降皮姓名人，未必与他有关，涉及唐代之先人，仅有从祖翁皮遐叔曾为刺史，从翁皮行修为项城令，仍离得很远。“自有唐以来，或农竟陵，或隐鹿门，皆不拘冠冕，以至皮子。”这句倒是实话，占籍是襄阳，多时在竟陵务农，前引《皮陆年谱》的结论也大抵如此。不过就皮日休早年的读书及科场经历来说，他并非一般所说之农家之子，应该也是家境殷实、生计无虞，得以充分读书著述。他常说的出身贫贱，是就社会地位而言。

在到苏州以前，皮日休的主要经历如下：早年在竟陵耕读，曾入襄阳鹿门山隐居。二十四岁参加科举，并不顺利，其间曾入襄阳、洪州幕府，也曾上书请以《孟子》为学科，又请以韩愈配享太学，论著有强烈的以儒学复古以改良政治、完善道德的主张。咸通七年（866），将列年论著结集为《皮子文薮》十卷，后世所称他的讥世、干时诗文，主要见于该书。次年，他以榜末及第，寻应吏部宏词落第，只能离京东游。十年（869）六月，谏议大夫崔璞任苏州刺史，聘皮日休为苏州军事院判官。皮日休于中途相随到苏州。在此以前，他没有到过苏州，甚至在离京时仍没有到苏州的规划，一切纯因偶然。

陆龟蒙出身于江南最著名的文化世家，先世可以追溯到东吴名将陆逊，西晋才士陆机、陆云。其六世祖陆元方曾相武后，五世祖陆象先曾相玄宗，其父陆宾虞虽名宦不显，但在苏州多有产业。从他的诗文中，可以知道他之所居有多处。一在临顿里，地接虎丘，“不出郛郭，旷若郊墅”（皮日休诗题语）。二在吴宫乡甫里，其地在松江，大约即今与昆山邻近的角直一带。三为震泽别业，其中采樵处曰小鸡山，在光福西五里。四在吴兴顾渚山有茶园。陆虽称隐士，家境雄富如此。他有用世之心，心气很高，大中末参加科举遭遇挫折，遂不复应举，以此保持自己的孤傲。陆龟蒙《甫里先生传》云：“先生之居有地数亩，有屋三十楹，有田畸十万步，有牛不减四十蹄，有耕夫百余指。而田污下，暑雨一昼夜，则与江通，无别己田他田也。先生由是苦饥，囷仓无升斗蓄积，乃躬负畚锸，率耕夫以为具，由是岁波虽狂，不能跳吾防、溺吾稼也。”这里写到他的困蹙与躬自参与筑江堤，防水溢，也是实情。

陆龟蒙与皮日休前期生平虽无交集，但两人都饱读诗书，怀有正统儒家民胞物与之情怀，对时政颇多不满，议论见于诗文。

皮日休是随崔璞到苏州的，崔璞到任的时间，史籍记载较纷歧，《皮陆年谱》考定在咸通十年（869）六月起，到十二年（871）三月去职，前后凡历二十二个月，这也是《松陵集》唱和的起讫时间。皮日休《松陵集序》云：“居一月，有进士陆龟蒙字鲁望者，以其业见造，凡数编。”“余遂以词诱之，果复之不移刻。由是风雨晦冥，蓬蒿翳荟，未尝不以其应而为事。苟其词之来，食则辍之而自饫，寝则闻之而必惊。”这段叙述中，生动记录两人无论日夜晴雨，食寝兴歇，一切优先唱和，绝无片刻之迟缓。二十一二个月间之所作，《松陵集序》所述，“为往体各九十三首，今体各一百九十三首，杂体各三十八首，联句、问答十有八篇在其外，合之凡六百五十八首”。此外有序十九首，参会者崔璞、张贲等十人诗三十首，共六百八十五首。今人王锡九《松陵集校注》对全书逐篇统计，共得六百九十八首，较准确，不知是结集时统计有出入，还是结集后续有补入。

就唐一代言，颜真卿、皎然在湖州曾邀集大规模唱和，严维、吕渭在越州也约集数十人唱和，白居易前期与元稹，后期与刘禹锡，唱和皆极其频繁，但就存诗之完整丰富，以及保持当年唱和之原貌来说，皮陆及其友人之唱和都是空前的。

二、唯思逢阵敌，与彼争后先：皮陆唱和的文学对垒

皮日休长诗《鲁望昨以五百言见贻，过有褒美，内揣庸陋，弥增愧悚，因成一千言，上述吾唐文物之盛，次

叙相得之欢，亦迭和之微旨也》，可以当一部唐诗史来读，也可看作松陵唱和的宣言。他从上古讲起，说到本朝“吾唐革其弊，取士将科悬”，文学取士是文学繁荣的保证。历评陈子昂、李白、杜甫等诗作后，认为“所以吾唐风，直将三代甄。被此文物盛，由乎声诗宣”，有唐文明之盛，足以超越三代，最重要标志即为诗歌成就。接着叙述自己的经历与抱负：“粤予何为者，生自江海壖。骙骙自总角，不甘耕一廛。诸昆指仓库，谓我死道边。”出身农家而不甘务农，被兄弟们嘲笑可能饿死路边。历经艰难，稍得一些成就，总希望遇到真正的对手与朋友：“唯思逢阵敌，与彼争后先。”这时陆龟蒙出现了：“平原陆夫子，投刺来蹁跹。开卷读数行，为之加敬虔。忽穷一两首，反顾唯曲拳。始来遗巾帼，乃敢排戈铤。”是初读而加敬，最初反复数次，开始还礼貌有加，继之以高难挑战，得以有更深理解。最后说：“我未九品位，君无一囊钱。相逢得何事，两笼酬戏笺。无颜解偷合，底事居冗员。方知万钟禄，不博五湖船。夷险但明月，死生应白莲。吟余凭几饮，钓罢偎蓑眠。终抛岘山业，相共此留连。”彼此都很不得志，相知唯在彼此唱和。做官只是苟且冗废，不如抛弃一切，与陆长此留连。

《松陵集》中诗不以时序，我们无法还原孰早孰晚，好在每次往复都有原篇在，根据彼此称谓从庄重、礼敬到熟悉随意的表达，可以知道大约过程。有些唱和，似乎彼此挑战底线。如陆龟蒙作《读〈襄阳耆旧传〉因作诗五百言寄皮袭美》，从习凿齿名著《襄阳耆旧传》说起，认为皮夫子“并包数公才，用以殿厥后”，是说对方的乡事掌故。皮日休回应，则说李唐以来襄阳杰出者张柬之与孟浩然的人品与事业，彼此各胜一场。皮日休作《吴中苦雨因书一百韵寄鲁望》，用难度最大的百韵长诗，写在对方居处苦于淫雨的感受。陆龟蒙立即回应，且说：“古来愁霖赋，不是不清越。非君顿挫才，沴气难摧折。”因为你的卓荦诗才，我在这沴气困扰中得到一切享受。

在唐诗史上，皮陆唱和的意义不在思想、艺术的创造，而在诗歌题材范围之开拓和各种杂体诗的试作。大凡日常生活中的所有细节，都可以在诗中加以表现，他们比前辈韩愈、白居易走得更远。此外，他们对唐代流行的各体诗，特别是各种杂体游戏诗，如吴体、齐梁体、回文诗、四声诗、叠韵诗、双声诗、离合诗、药名诗、县名诗、风人诗、联句、问答体，皆有尝试。是否成功，另当别论，但这种勇气是很难得的。

三、皮陆笔下的虎丘景观

皮陆唱和述及苏州古迹有泰伯庙、馆娃宫，私人林园有颜家林园、褚家林亭等，寺庙有报恩寺、楞伽精舍、北禅院、开元寺、重玄寺、木兰院等，道观有开元观等，游览地有女坟湖、初阳楼、胥门、皋桥等，不能一一介绍，暂以虎丘为代表。

虎丘，距离陆龟蒙住处临顿里不远，皮陆唱和多次写到。虎丘建塔在皮陆唱和后近一百年，那时最著名的景点是真娘墓，“行客感其华丽，竞为诗题于墓树，栉比鳞臻”（《云溪友议》卷中）。大约厌其俗艳，皮陆绝不涉及。他们咏及的有虎丘寺西小溪闲泛，有虎丘寺前之古杉，其中最著名的是有关清远道士及虎丘山石壁鬼的传说。古杉据说是西晋所植，到皮陆时已经过六百年，皮日休说其“形状丑怪”，“死抱奇节，髐然闯然”，已经衰颓至甚，故后人很少再提到。清远道士不知为何时人，大历间颜真卿游虎丘，所见景色最著者为“剑池穿万仞，盘石坐千人”（《刻清远道士诗因而继作》），与今天殆同。道士诗题作《同沈恭子游虎丘寺有作》，自称生长殷周，爱此处山色。末云：“嘉兹好松石，一言常累叹。勿谓余鬼神，欣君共幽赞。”托名鬼神而乐此山水。颜真卿和其诗，并亲书刻石，遂成名迹。此后李德裕亦曾和此诗。皮日休撰《追和虎丘寺清远道士诗》，又撰长序，述其始末，信其说而以为已逾二千年，称其诗“格之以清健，饰之以俊丽，一句一字，若奋若搏，彼建安词人傥在，不得居其右矣”，诗格高古不逊色于建安诸人，难怪得到颜、李的激赏。皮陆皆和其诗，成就此一神迹之赓续。宋龚明之《中吴纪闻》卷三谓“清远道士，竟不知其为何人”。王锡九《松陵集校注》卷二谓沈恭子为陈沈炯，卒谥恭子。其人和沈诗，不知为同时或后世，大约可断定为陈至唐玄宗时人，因颜真卿赏读而盛传一时。此外，还有虎丘石壁鬼的三首诗。据说在大历十三年（778），有称幽独君、处幽子者，在石壁留下三首诗，其一为幽独君题：“幽明虽异路，平昔忝工文。欲知潜昧处，山北有孤坟。”另二首作处幽子答和，一曰“虽知生者乐，魂魄安能回”，再曰“寄言世上人，莫厌临芳尊”。托名鬼神，其实是参透生死者之通达之言。其事另见陈劭《通幽记》，近小说家言，再见于《松陵集》，则知其时确有此石言。

四、太湖、西山的风景胜迹

咸通十一年（870）夏六月，吴中久雨成灾，刺史崔璞命皮日休代为祭祷于太湖。日休乃从胥门西南行五十里，到今洞庭西山营祭事。祭毕适天气放晴，得便畅游太湖与西山诸景，留下《太湖诗》二十首。陆龟蒙是否同行难以确认，但对此处很熟悉，不难写出。这些诗涉及之景点有神景宫、林屋洞、包山精舍、毛公坛、缥缈峰、桃花坞、明月湾、练渎、投龙潭、孤园寺、上真观、销夏湾、包山祠、圣姑庙、崦里、石板等。因二十首中有《初入太湖》之写太湖印象，《晓次神景宫》《三宿神景宫》之重复书写，及《以毛公泉一瓶献上谏议因寄》之叙事，《太湖石》叙山石瑰奇而非写景，故述景不到二十处。两人四十首诗，可以当唐末之洞庭西山游记来读。其所记可以分为自然景观与人文景观两部分。从自然景观来说，首先是进入太湖的感受，皮诗云："三万六千顷，顷顷颇黎色。连空淡无颣，照野平绝隙。"颇黎即玻璃，唐时是稀罕物，形容湖面最为贴切。颣是玉上的斑点，水天一色，淡雅而无瑕颣。又云："云轻似可染，霞烂如堪摘。"写雨后之云霞触手可及，色彩丰富。陆诗云："东南具区雄，天水合为一。高帆大弓满，羿射争箭疾。”具区即指太湖，后两句写太湖在暴雨中之壮观。又写雨后：“斯须风妥帖，若受命平秩。微茫识端倪，远峤疑格笔。”风平浪静，如百官接受官爵。远山清晰可见，格笔指笔架。此外缥缈峰为西山最高峰；明月湾为太湖最幽处，因形如新月而得名；销夏湾为太湖最清澈处，传吴王曾在此避暑；崦里、石板皆山中平坦处。以上自然景物，古今变中有不变，皮陆之感受，今人不难体会。人文景观所叙极其丰富，特别值得注意者，大多是道教宫观，涉及佛教者仅包山精舍、孤园寺二处，与苏州城中三教各备有很大不同，可以看到江南道教在这一时期的盛行。神景宫是皮日休在太湖祭祷的住宿处，也是行祭的场所。《吴地记》说宫置在乾符二年（875），即皮日休到访后五年，显然有误。林屋洞为道教十大洞天之第九洞天，皮陆诗叙述游洞过程，充满灵异与仙迹，称其为神仙窟，谓百灵守护，内藏真经，虽然未见真君，但大得神佑。包山祠实际是保护包山的地方祠庙，皮日休云：“我愿作一疏，奏之于穹苍。留神千万祀，求福吴封疆。”因求晴有应，视作地方神祇之福德，希望朝廷封册，永德吴疆。桃花坞后世著名于苏州城中，而在早期则是西山之一处村坞。皮日休造访时，村中已无桃花。

另如练渎，为吴时开水道以训练水军处，近似于运河，作用也已变化。

五、苏州藏书文化片断

有关苏州藏书，有不少重要记录。一是《二游诗序》讲到恩王府参军徐修矩“守世书万卷，优游自适”，皮日休未及一年，向其借书数千卷，“酣饫经史，或日晏忘饮食”。诗中更说“唯写坟籍多，必云清俸绝。宣毫利若风，剡纸光于月”，曾入书室：“引之看秘宝，任得穷披阅。轴闲翠钿剥，签古红牙折。帙解带芸香，卷开和桂屑”，陆诗更云“插架几万轴，森森若戈铤。风吹签牌声，满室铿锵然”。这是唐代私家藏书很珍贵的记录，足以与韩愈写邺侯藏书的一段叙述媲美。日僧圆载归国时，陆龟蒙作《闻圆载上人挟儒家书洎释典以行，更作一绝以送》：“九流三藏一时倾，万轴光凌渤澥声。从此遗编东去后，却应荒外有诸生。”学涉九流，佛总三藏，这位日僧携万卷书归，虽然未必都得自苏州，但也属一时佳话。可怜其人归途遇难，万轴好书皆送了东海龙王，实在可惜。陆龟蒙本人藏书亦富，大多是其先人历代承传。《幽居赋序》云

“朱轮十乘，紫诰千篇，炳若星辰，焕乎竹帛”，《奉酬袭美先辈吴中苦雨一百韵》更云“犹残赐书在，编简苦断绝。其间忠孝字，万古光不灭”。他之学涉多方，闳博雅丽，正得自家学之传续。

六、文人雅兴与工匠技艺

皮陆唱和中，留下几组很特殊的作品，即陆龟蒙先作《渔具诗》十五首及序，皮日休和之；皮再作《添渔具诗》五首及序，陆和之；陆因世称渔樵，又作《樵人十咏》，皮和之；皮再作《酒中十咏》及序，陆和之；陆再作《添酒中六咏》及序，皮又和之；皮又作《茶中杂咏》十首及序，陆仍和之。六组诗一共一百一十二首，包括渔、樵、酒、茶四个主题。这些主题在前人诗作中曾经无数次出现，但皮陆所作之追求方向，与前人有很大不同。从楚辞中的《渔父》到张志和的《渔歌》，中心人物的形象都是远离喧嚣尘世，不受俗务困扰，从而可以随性所适，与世无争，与自然合契。与此类似，樵人之独守山林，酒客之迷恋糟床，茶人之清雅出俗，以各自的行为反抗现实，保持清高。皮陆所作，完全不同于此，他们这一百多首诗，中心是写与渔罟、樵采、饮酒、品茶有关的器物与技能，连带也涉及参与其事的行为与细节。如同陆龟蒙参与农事，因关心农具而作《耒耜经》一样，这些诗表达了二人对隐士行为细节的关心，从而涉及当时江南人民生产与生活中的行为细节与实际操持，具有渔、樵、酒、茶四方面谱录之价值。其中许多内容，在诗歌史上都是首次涉及。从诗学上是追求生新，在社会学上则具有文人生活史的价值。当然，就两人之关注方向来说，陆龟蒙对物事的关心更甚于皮日休，他所拟渔具，认为“大凡结绳持网者，总谓之网罟”，更细一层说，则“网罟之流曰罛、曰罾、曰罺，圆而纵舍曰罩”，“缗而竿者，总谓之筌。筌之流曰筒曰车，横川曰梁，承虚曰笱，编而沉之曰箄，矛而卓之曰矠，棘而中之曰叉，镞而纶之曰射，扣而骇之曰桹”，“列竹于海澨曰沪”，“所载之舟曰舴艋，所贮之器曰笭箵”，这些知识，非实际参加渔捕之事者不能知。陆龟蒙虽拥有庞大产业与庄园，但曾实际参与劳作，包括参加救灾与修筑，也属实情。其中如《种鱼》涉及渔业的再培植，《药鱼》涉及药物毒杀捕鱼，皆属特例。至于茶事，则是二人在熟读陆羽《茶经》和《顾渚山记》以后，对饮茶的关节点加以吟咏。如《茶焙》涉及茶之焙制工艺：“凿彼碧岩下，恰应深二尺。泥易带云根，烧难碍石脉。初能燥金饼，渐见干琼液。九里共杉林，相望在山侧。"《茶经》云："焙，凿地深二尺，阔二尺五寸，长一丈。上作短墙，高二尺，泥之。"皮诗部分源自陆书，但有更生动的叙述，即茶之烘焙当时主要还是依山凿洞，和泥、石蒸干，形成茶饼。原诗在第六句下有注"皆焙名"，当指九里、杉林，或为因地而得名，后已不知何在。再如《煮茶》："香泉一合乳，煎作连珠沸。时看蟹目溅，乍见鱼鳞起。声疑带松雨，饽恐生烟翠。倘把沥中山，必无千日醉。"这里讲煎茶要用如乳之泉水，要达到连珠般沸腾的热水，茶煮时应使水翻滚如蟹目（《茶经》作"鱼目"），如鱼鳞片片，其声如雨打青松，浮沫形成淡绿的水汽。最后两句，以酒事喻茶饮，稍有些不伦，以前六句的叙述，肇宋人咏茶诗之先河。

陆龟蒙其他诗，也有咏及手工技艺的。如南宋吴聿《观林诗话》存其佚诗《蓬伞》："吾江善编蓬，圆者柄为伞。所至以自随，清阴覆一埠。自吾为此计，蓑笠义若短。何须诣亭阴，风雨皆足缓。"这里所咏即一般所说之圆纸伞。江南因善编蓬，即手工竹篾技艺，有伞之发明，显然比蓑笠有更多的优势。自随而打开，可以得到一片阴凉，于路即便不见休憩的亭子，也足以躲避风雨，自成空间。

七、有关上海的一些早期碎片

与今日上海有关者，一是《吴中苦雨因书一百韵寄鲁望》开头一节："全吴临巨溟，百里到沪渎。海物竞骈罗，水怪争渗漉。狂蜃吐其气，千寻勃然蹙。一刷半天墨，架为敧危屋。怒鲸瞪相向，吹浪山毂毂。倏忽腥杳冥，须臾坼崖谷。"写包括今上海在内的吴地，大雨将降时候的情形。巨溟指东海，临海的是沪渎，百里即到全吴，这一带海产丰富，海里形成暴雨，顷刻之间即暴泻而下。二是在写渔具的总题目下，各写了一首《沪》，这是中国文学史上最早写此的作品。皮诗云："波中植甚固，磔磔如虾须。涛头倏尔过，数顷跳鯆鲟。不是细罗密，自为朝夕驱。空怜指鱼命，遣出海边租。"这种名沪的捕鱼具在水浪之中十分坚固；细罗、虾须都言所设挡水编罗之细密，得以捕获许多大小鱼类。陆龟蒙明确说："列竹于海澨曰沪，吴之沪渎是也。"又说："吴人今谓之簖。"诗云："万植御洪波，森然倒林薄。千颀咽云上，过半随潮落。其间风信背，更值雷声恶。天道亦哀多，吾将移海若。"更明确是在潮汐时在海口河湾捕鱼的大规模之设施。三是《开元寺佛钵诗》序中说本在西域月支国的佛钵，"晋建兴二年

（314），二圣像浮海而至沪渎，僧尼辈取之以归，今存于开元寺。后建兴八年（320），渔者于沪渎沙汭上获之，以为臼类”，后有佛像见于外而有祥异，乃建寺供奉，佛钵则当时还在开元寺。这是与吴赤乌建静安寺有关的另一个传说，保留了《法显传》所载法钵唐末尚在开元寺的记录。

八、角艺与干时之疏离，挚友别后的冷漠

读二人文集竟，获得不少新知，也有许多困惑存焉，试述一二。

皮陆二人皆秉持节义之孤傲之士，进求兼济既不得，退而求自善之意甚明。二人之杂文慷慨论世，于乱世中显耀眼之光芒。然于《松陵集》唱和中，并不回避现时之关心，然甚少激烈之议论，或二人有意为之欤？今检得皮氏佚诗《题包山》有云："一片烟村胜画图，四边波浪送清虚。此中人若无租税，直是蓬瀛也不如。"（见《分门纂类唐歌诗·天地山川类》）亦祭祀太湖期间所作，因美景而伤及租税太重，赞仙境而感慨有所不足。另一首缺题佚诗："七相三公尽白须，腰金印重不胜趋。问来总道扁舟

去，只见渔人在五湖。”（同前书）虽模拟灵澈“相逢尽道休官去，林下何曾见一人”稍露痕迹，对巨公贪名位之讽意也甚明。《元无锡县志》卷四上存陆龟蒙佚诗《题惠山泉二首》之一：“丞相长思煮泉时，郡侯催发只忧迟。吴关去国三千里，莫笑杨妃爱荔枝。”不知作于何时。因参访惠山泉，议及地方官居然将名泉之水上献丞相，这与当年杨贵妃让岭南急骑送荔枝有什么差别？《松陵集》中此类诗甚少，似乎因为皮日休之在官身份，且彼此都得到刺史崔璞之照拂，以至于如此乎？

咸通十二年（871）三月崔璞去职，苏幕解散，皮日休在苏州还曾有短暂停留，待《松陵集》结集完成，且为作序，阐述二人之诗学主张后，方始离别。分别之际，二人并无送别赠行，此后二人天各一涯，尚存活十多年，但再无一字道及彼此。在皮日休，固然因存世诗文之多数是在苏州两年前所作，或多佚失；在陆龟蒙，则存世诗文之多数皆作于识皮以后，其自编文集《笠泽丛书》且成于去世前一二年。难道真是因皮失身于黄巢军，不能谅其而尽删相关之作欤？通达世情如天随子，如此不能体谅老友之人生选择，无论是身不由己，还是择主而事，在他都不能接受乎？

花蕊夫人的迷宫

花蕊夫人有《宫词》百首流传至今，传播很广。百首宫词一体，写宫中日常生活，创体于唐代王建，他是据耳食风闻敷衍成篇。花蕊夫人身居后宫，地位尊显，由她来写宫中细事，意义就完全不同了。围绕花蕊夫人其人其诗，却有许多迷雾笼罩，有些早已解决，但不为一般读者所知，当然待决未定者也有。本文命题，希望讲清三点：一、谁是花蕊夫人，她留下了哪些作品——此点早已由浦江清先生解决。二、花蕊夫人《宫词》所见之后宫生活。三、花蕊夫人的人生迷失与悲剧结局。

一、谁是花蕊夫人？

花蕊夫人是谁？文献记载紊如乱丝，且多数认为是后蜀主孟昶妃费氏。1946年，浦江清先生发表《花蕊夫人宫词考证》（收入《开明书店二十周年纪念文集》，1946年开明书店出版，1985年中华书局重印时，据《浦江清文录》增加两个附录），以精密的考证和详尽的举证，确定其人为前蜀太祖王建贤妃徐氏，即后主王衍生母，并对其存世作品作了逐条梳理。浦文为民国文史考据的经典论文，流传不广，不为一般学人所知，仍有重新叙述介绍的必要。

浦文列举诸多花蕊夫人即孟昶妃费氏记载后，举《宫词》中一首提出疑问。此首云："法云寺里中元节，又是官家诞降辰。满殿香花争供养，内园先占得铺陈。"官家即皇帝，然孟昶生辰，史籍记载明确在天佑十六年（916）十一月十四日，并无异说，也无可怀疑。清俞正燮《癸巳类稿》卷一二《书旧五代史僭伪列传后》质疑，认为可能是前蜀先主王建时事。浦江清据宋张唐英《蜀梼杌》卷上记载，知中元节即七月十五日，恰为前蜀后主王衍的生辰，从而证明此组宫词为前蜀作品。又据史籍，知王衍时起宣华苑为宫内游衍之所，诗中所写“五云楼阁凤城间，花木长新日月闲。三十六宫连内苑，太平天子住昆山”，言蜀国都城气象，而“会真广殿约宫墙，楼阁相扶倚太阳”之会真殿，“殿名新立号重光，岛上亭台尽改张”之重光殿，皆宣华苑中建筑，另蓬莱阁、翔鸾阁，也可与史书相参，不见史籍的凌波殿、太虚阁，虽不见史载，推测也为前蜀所有。至于《宫词》中叙及之修仪、昭仪、婕妤等后宫人物，与史籍参证，也多见契合，从而证明《宫词》为宋崇文院传出，其作者为前蜀太祖王建妃徐氏。

王建妃有二徐姐妹，生王衍及作《宫词》者是姊是妹，记载也颇不一。南宋初蔡绦《铁围山丛谈》卷六载：“花蕊夫人，蜀王建妾也，后号小徐妃者。大徐妃生王衍，而小徐妃其女弟。”这是小徐妃亦称花蕊夫人的惟一记载。《新五代史·前蜀世家》与《蜀梼杌》记载，王建称帝后，纳徐耕二女为妃，姊为贤妃，妹为淑妃。贤妃生建幼子王衍，初封郑王，后因贤妃专宠，交结宦官与宰相，得立为太子。王衍嗣位后，尊其母为顺圣皇太后，淑妃为翊圣皇太妃。此外《资治通鉴》《十国春秋》皆以为大徐妃生王衍。浦江清续加考证，认为王衍母为小徐妃，其证据有五：一、《蜀梼杌》云“姊生彭王，妹生衍”。二、《鉴诫录》云："长曰翊圣太妃，生彭王；次曰顺圣太后，生后主。"三、《鉴诫录》录顺圣皇太后《题青城夫人观》："早与元妃慕至玄，同跻灵岳访真仙。"《题汉州三学山夜看圣灯》："虔祷游灵境，元妃夙志同。"称元妃当是长姊而非妹。四、宋初黄休复《益州名画记》云："王蜀少主命画师杜龀龟写先主太妃、太后真于青城山金华宫。"太妃居上，知为姊。五、《宫词》有"缘是太妃新进入，座前颁赐小罗箱"。知作者为太后而非太妃。可知《花蕊夫人宫词》作者是王建小徐妃，即王衍之母，后主时被封为顺圣太后，诗则皆咏宣华苑中景物情事。浦氏之考证坚实确凿，可为结论，故知《全唐诗》不同卷次所收之花蕊夫人与蜀太后徐氏，实为同一人。

宋以来流传《花蕊夫人宫词》，有三十二首、八九十首或百首之说，明刻《三家宫词》已有误收，《全唐诗》所收最多，集讹误之大成。《花蕊夫人宫词》传本，较早钞出者为宋神宗熙宁五年（1072）王安国于崇文院故书中发现，赏其文词，录出32首，有《续湘山野录》、《宾退录》卷一〇录《续成都集记》、《成都文类》卷一五等记载。后之传本则有林志尹《历代宫词》本、毛晋《三家宫词》本等。《全唐诗》卷七九八所录多达156首，最为芜乱。浦江清校核诸本，考定《全唐诗》所录自第28首“内家宣锡生辰宴”以下至第63首“东宫降诞挺佳辰”之间凡36首，为北宋王珪作；自“树叶初成鸟护窠”以下21首，为唐王建作；另“锦鳞跃水出浮萍，荇草牵风翠带横。恰似金梭撺碧沼，好题幽恨写闺情”一首，疑伪而未知谁作。此外，在明赵宧光订补《万首唐人绝句》中，有“后宫宫女无多少”“银烛秋光冷画屏”二首，亦伪，前首为王建作，后首则杜牧诗。毛晋《三家宫词》本有“鸳鸯瓦上瞥然声”和“雨洒瑶阶花尽开”二首，前者别作李舜弦或李玉箫诗，后者未详所出。

至于后蜀孟昶妃费氏，亦有二篇诗词之记载。传为诗人陈师道作《后山诗话》云：“费氏，蜀之青城人。以才色入蜀宫，后主嬖之，号花蕊夫人。效王建作《宫词》百首。国亡，入备后宫。太祖闻之召使，陈诗诵其《国亡诗》云：‘君王城上竖降旗，妾在深宫那得知。十四万人齐解甲，更无一个是男儿。’太祖悦，盖蜀兵十四万，而王师数万尔。”南宋初吴曾《能改斋漫录》卷八质疑，认为：“前蜀王衍降，后唐王承旨作诗云：‘蜀朝昏主出降时，衔璧牵羊倒系旗。二十万人齐拱手，更无一个是男儿。’”而“陈无己《诗话》载之，乃知沿袭前作”。王承旨，最早记载见后蜀何光远撰《鉴诫录》卷五《徐后事》，作“故兴圣太子随军王承旨”。《鉴诫录》大体作于后蜀中期，故传为花蕊的这首诗或许是略作改写以应对，甚至是北宋文人编造故实以备轶闻，皆未可知。王承旨，据我考证为五代著名诗人王仁裕，详拙文《更无一个是男儿考辨》(刊《东方早报》2013年8月25日)。另《能改斋漫录》卷一六载：“伪蜀主孟昶，徐匡璋纳女于昶，拜贵妃，别号花蕊夫人。意花不足拟其色，似花蕊翾轻也，又升号慧妃，以号如其性也。王师下蜀，太祖闻其名，命别护送。途中作词自解曰：‘初离蜀道心将碎，离恨绵绵，春日如年。马上时时闻杜鹃。　　三千宫女皆花貌，妾最婵娟，此去朝天。只恐君王宠爱偏。’陈无己以夫人姓费，误也。”词调为《采桑子》。明杨慎《词品》云：“夫人题词于葭萌驿，仅成半阕，即为车骑促行。‘三千宫女’云云，乃妄人所续，言辞鄙俚，真狗尾续貂矣。”《全唐诗》卷八九九收此词前半，即从杨说，以后半片为后人补作不取。浦江清前文云：“夫以亡国之臣妾，流丽道路，安忍有‘朝天’、‘宠爱’之语，且与他书所传夫人蓄志复仇之人格，益复不类。”故可断为依托。

二、花蕊夫人《宫词》所见之前蜀后宫生活

百首《宫词》是中唐诗人王建的创举，据说他以同宗的名义得以结识大宦官王守澄，饱悉宫中日常生活之细节，敷写成篇，传诵一时。后继者较多，存者不多，今知敦煌遗书斯六一七一有一组几十首，大约成于中晚唐之际；五代名相和凝有百首留存，稍晚于花蕊。花蕊夫人长期生活在前蜀宫苑中，且几乎是宫中之主，由她来写，自然不同于想象风闻之作。

花蕊《宫词》百首，我认为并非一时之作，其中有一些很可能作于太祖王建在位时期。如："水车踏水上宫城，寝殿檐头滴滴鸣。助得圣人高枕兴，夜凉长作远滩声。""半夜摇船载内家，水门红蜡一行斜。圣人正在宫中饮，宣使池头旋折花。""高烧红蜡点银灯，秋晚花池景色澄。今夜圣人新殿宿，后宫相竞觅祗承。"我比较倾向认为圣人是指王建，可以体会作者笔下对"圣人"怀有敬畏之情。稍微有些特殊的是这一首："管弦声急满龙池，宫女藏阄夜宴时。好是圣人亲捉得，便将浓墨扫双眉。"这里对宫人夜宴作弊，圣人亲自捉将，且有浓墨扫眉的恶作剧惩罚，似更近年轻的后主王衍之所为。

当然，诗中更多出现的君主就是作者溺爱的宝贝儿子后主王衍。读些诗吧！“苑东天子爱巡游，御岸花堤枕碧流。新教内人供射鸭，长将弓箭绕池头。”这是在苑内游玩，以弓箭射鸭，还传习宫人一起参与。“三月樱桃乍熟时，内人相引看红枝。回头索取黄金弹，绕树藏身打雀儿。”内人所引即皇帝，看花果之时突见隔树有雀，急索金弹以逞技。“苑中排比宴秋宵，弦管挣摐各自调。日晚阁门传圣旨，明朝尽放紫宸朝。”秋宵即中秋，宫中的乐舞准备很充分，到天黑方想起明日要早朝，那通宵欢乐怎么办，不如放朝。这里见其毫无章法规矩。“太虚高阁临波殿，背倚城墙面枕池。诸院各分娘子位，羊车到处不教知。”这里没有写到皇帝，写到诸院娘子有序的分院生活，借用晋武帝的故事，说天子可以任凭羊车所至地选择住宿的地点。母亲对儿子的君王生活，充满疼爱之情。“月头支给买花钱，满殿宫人近数千。遇着唱名多不语，含羞走过御床前。”这里写月初皇帝亲自颁赐月份钱，次句“近数千”若指人数，实在是巨大的数量，我更愿意按照《江行杂录》作“近十千”，指所发钱数。皇上承此辛苦活，似乎更大的兴趣是欣赏少女。母亲观察很细心，这些含苞待放的少女，遇到春心萌发的少主，只能含羞不语，匆匆走过。

《宫词》也写到其他女眷的生活。“修仪承宠住龙池，扫地焚香日午时。等候大家来院里，看教鹦鹉念新诗。”新诗是皇帝所作，修仪已获恩宠，但扫地焚香，静候君王，看她训练的鹦鹉念诗给君王听。“才人出入每相随，笔砚将行绕曲池。能向彩笺书大字，忽防御制写新诗。”这位辇前才人善写大字，陪侍君王时要随带全套笔砚，一旦君王有新诗，可以立即书写出来。“昭仪侍宴足精神，玉烛抽看记饮巡。倚赖识书为录事，灯前时复错瞒人。”昭仪的工作似乎是酒录事，即饮酒时记录时间，记录酒量，偶然故意错瞒，皇帝不察，作者则看在眼中。“宫娥小小艳红妆，唱得歌声绕画梁。缘是太妃新进入，座前颁赐小罗箱。”太妃是作者的姐姐，地位尊崇，她新选入的宫女善于歌唱，声绕画梁，特颁罗箱以为奖励。

母亲是才女，儿子又是风流皇帝，母子主使下的宣华苑，充满文艺氛围。读以下几首诗：“梨园子弟簇池头，小乐携来俟燕游。试炙银笙先按拍，海棠花下合《梁州》。”“御制新翻曲子成，六宫才唱未知名。尽将觱篥来抄谱，先按君王玉笛声。”“薄罗衫子透肌肤，夏日初长板阁虚。独自凭阑无一事，水风凉处读文书。”如果不是皇家宫苑，而是教坊翰苑，我们真惊叹他们对艺术与文学之挚爱与钻研。然而这里仅是乱世中的一隅，危机四伏，让人不能不为这对母子感到担心。

花蕊《宫词》中给人最特出的感觉，是全诗中浓厚的道教氛围。“会仙观内玉清坛，新点宫人作女冠。每度驾来羞不出，羽衣初着怕人看。”苑内有观，观中设坛，没事就度几个宫女作女冠，皇帝来时宫女就穿羽服接待。“老大初教学道人，鹿皮冠子淡黄裙。后宫歌舞全抛掷，每日焚香事老君。”时间长就习惯了，假女冠成为真道姑了。“金画香台出露盘，黄龙雕刻绕朱阑。焚修每遇三元节，天子亲簪白玉冠。”三元节是宫中最重大的法事，其方式是焚修祈请，连天子也穿道服参与。读这些诗，联系永陵地宫展示的浓郁的道教气氛，前蜀时代的皇家信仰与宗教氛围，应不难理解。

当然，《宫词》也展示了大量后宫习俗与生活状态。如讲服装，“明朝腊日官家出，随驾先须点内人。回鹘衣裳回鹘马，就中偏称小腰身”。此内人穿回鹘衣裳骑回鹘马出行，女配戎装，特别紧身，因有末句。“罗衫玉带最风流，斜插银篦漫裹头。闲向殿前骑御马，掉鞭横过小红楼。”这是宫人着男装出行。再如围棋，“日高房里学围棋，等候官家未出时。为赌金钱争路数，专忧女伴怪来迟。”既是女伴消遣小赌的手段，也可因此而得官家认可。还有投壶，“摴蒱冷淡学投壶，箭倚腰身约画图。尽对君王称妙手，一人来谢一人输。”不仅要善于投壶，且要注意身形。打球是唐宫的保留节目，入蜀仍如此。“自教宫娥学打球，玉鞍初跨柳腰柔。上棚知是官家认，遍遍长赢第一筹。”“自教”是说皇帝亲身传技，宫女上马驰骋更显身段婀娜。当然谁都知道皇帝所率在上棚，不必与他争，每次都让他赢，本来就是游戏么。

还可以举出许多。花蕊夫人以太后之尊，俯瞰着苑中发生的一切，慈爱地看儿子做着各种游戏，看着同为女眷的各种身份的贵妇平和地生活在其间，看着宫女们与太监们陪伴左右，相随起居，相随游乐，她的心情是愉悦而欣慰的。尽管诗中都表达得客观而冷静，但在这种客观冷静后面的从容满足，能读诗者都能体会。

宣华苑就是一个巨大的迷宫，花蕊夫人久居其间，欣乐无他求。当然，她也喜欢到各处寻访名胜宫观，留下诗篇，影响不及《宫词》。

三、花蕊夫人的人生迷失与悲剧结局

花蕊夫人卒于同光四年（926）三月间，其生年不详。就其子王衍死时年二十八，即生于光化三年（899），若此年花蕊夫人二十岁，即生于广明元年（880），得年四十七八岁。史籍皆言王建拥有全蜀后，求美女而得徐氏二女。花蕊夫人生幼子王衍，但前蜀开国后的太子是次子元膺。到永平三年（913），元膺谋乱死，郑王宗衍立为太子，花蕊夫人为贤妃，地位方显突出。照《新五代史》之记载，衍所以得立，是因为“母宠”。到王建晚年，“徐妃专宠，建老昏耄”，妃复结宦者、宰相，“教相者言衍相最贵”。光天元年（918），建卒，其正室周氏数日后亦卒。衍即位，尊母为太后。衍在位八年，花蕊夫人是事实上的六宫之主。

王建出身下层，早年有“贼王八”之目。在唐末大动乱中，他先后依附藩镇与大珰，在近二十年血战后统一全蜀，其创业之艰难，花蕊夫人虽未必亲见，但在宫中多年，当得饫闻。成都永陵墓穴后室有王建石坐像，坐一小几上，头戴幞头，身着常服，是他晚年的状态，也是王衍母子日常见到的身形。五代十国开创君主多出草莽，但培养后嗣多以士族为仪型，尤重视文艺才能之养成，王衍似乎最走极端。《新五代史》说他“方颐大口，垂手过膝，顾目见耳，颇知学问”，于治国理政并非所长。他那有文学才华的母亲，似乎也没有常将先皇创业之艰难传达给他，而是不断鼓励他游山涉水，纵乐声色。是不是他真全无感觉呢？也不是。从《蜀梼杌》卷上所载他听唱胡曾诗：“吴王恃霸弃雄才，贪向姑苏醉绿醅。不觉钱塘江上月，一宵西送越兵来。”王衍“闻之不乐，于是罢宴”，他对自己的责任与危机是有感受的。但既无力强国，又无法抗拒内心的诱惑，当然还有母亲的误导。生长于蜀中的何光远，后蜀时撰《鉴诫录》卷五《徐后事》云：“后主性多狂率，不守宗祧，频岁省方，政归国母，多行教令，淫戮重臣。顷者姊妹以巡游圣境为名，恣风月烟花之性，驾辎軿于绿野，拥金翠于青山，倍役生灵，颇销经费。凡经过之所，宴寝之宫，悉有篇章，刊于玉石。自秦、汉以来，妃后省巡，未有富贵如兹之盛者也。”他备载徐氏姐妹游览蜀中诸宫观诗后云：“今徐氏逞乎妖志，饰自幸臣，假以风骚，庇其游佚。”认为前蜀之亡，“良由子母盘游，君臣凌替之所致也”。批评堪称严厉。蔡绦《铁围山丛谈》卷六认为：“在王衍时，二徐坐游燕淫乱亡其国。”此为宋人之认识。

在说到花蕊夫人结局前，还应说到灭蜀的主谋唐庄宗。虽然也属于“皇二代”，庄宗比王衍年长十四岁，文学才能也堪称杰出，但他继任于血火腥风中，凭借卓越的军事才能和过人的战争豪赌，得以灭梁建唐，自开新朝。庄宗善于决战，不会理国，胜利后让他落寞无比，总想寻觅新的战机。他的伐蜀，起端是对蜀中财宝的窥探，而李严使蜀带回王衍治下之种种乱象，让他下决心举大兵伐蜀。战云笼罩，蜀人多已感到危机，而王衍游兴不减。一边是后唐举军出发，一边是王衍君臣远游秦州，行至利州，后唐军已经突破剑阁，君臣方仓皇而归，不战而亡。此次北行，随从的王仁裕有详尽记录，认为“蜀师不战，坐取亡灭”。花蕊夫人是否随行，不详。

更富戏剧性的是，蜀亡后不到半年，胜利者与败亡者同时覆亡。庄宗派遣伐蜀之主帅是魏王继岌，实权操于权相郭崇韬。蜀亡，王衍衔璧请降，庄宗允裂土以封，召其君臣数千人入洛。王衍母子迤逦而行，次年春行至长安，庄宗却在取胜后自己崩盘了，先后无端杀权相郭崇韬与名将朱友谦，使得属下人人自危，拥有重兵的河北李嗣源举兵向阙。在纷乱中，庄宗听信内使景进之言，下旨将王衍一行诛杀。枢密使张居翰发现，改“一行”为“一家”，挽救了数千人生命，而王衍一家十八人，终难逃一死。据说花蕊夫人临刑大呼：“吾以一国迎降，反以为戮，信义俱弃，吾知其祸不旋踵矣！”十多天后，庄宗亦死于兵乱，上举花蕊夫人的话居然成真。花蕊夫人死的地点，一说在秦川驿，一说在春明门。前蜀遗臣，以诗为吊者，一是曾上表力谏王衍幸蜀，差一点招致杀身之祸的蒲禹卿，其诗云：“我王衔璧远称臣，何事全家并杀身。汉舍子婴名尚在，魏封刘禅事犹新。非干大国浑无识，都是中原未有人。独向长安尽惆怅，力微何路报君亲。”另一位是从幸秦州的王仁裕，他多年后重过春明门，留诗云：“九天冥漠信沉沉，重过春明泪满襟。齐女叫时魂已断，杜鹃啼处血尤深。霸图倾覆人全去，寒骨飘零草乱侵。何事不如陈叔宝，朱门流水自相临。”两人都是从行赴洛者，王衍母子死时在现场，感受写来都极其沉痛。

前蜀之亡，花蕊夫人之死，虽然不幸，但一定程度上，拥据一国大权，不思作为，耽心游乐，终至败亡，也是有以自致者，不必因为是才女，就不分是非地同情惋惜。

花蕊夫人出身卑微，才华良好，如果没有“一朝选在君王侧”，她大约也就如她同时代的黄崇嘏、徐月英那样，留下几首小诗而已。她得到了机会，也善于施展权术，为儿子争到了前途，也为自己保留多年优裕而闲适的生活。她留下的诗歌多达 108 首，在存世唐五代女性作者中，存诗数排名第一。她以太后之尊而乐于写《宫词》，留下前蜀宣华苑日常生活的珍贵记录，自有其特殊价值，应该珍惜。在她以后，宋徽宗、杨皇后都写过类似作品。

后记

本书收入最近十年在《古典文学知识》刊发的文章。其中写得最早的是2012年所刊《韩湘子成仙始末》，其次则为2017年年初刊《大梅法常二偈之流传轨迹》。承该刊编辑李相东先生盛情邀请，从该年春间同意撰写专栏“唐诗偶得”，自第4期起，连续撰写，居然已经超过四年。因长期作文献考订，对需要才情与学养方能胜任的文史札记，并不觉得能够胜任。既经承允，只能勉力而为，每有江郎才尽之感，时得柳暗花明之喜。回首看来，能撑持至今，原因有三：一为多年积累文献，考订文本，近十年间更全力以赴作全部唐诗之考订与写定，能将新的发现与相关考订，以稍微通俗的方式先期介绍给读者，自属心情愉快。二为观念转变。文学史书写与作家作品论构成近七十多年来古典文学研究之主流，近年观念转变，有许多新的热点。虽不预流，但一直关心，且认为一切问题皆有正反两面，于唐一代文学亦不妨多维看待。三为文史融通，不限方隅。窃以为古代社会与文学本是浑沦一体，今人承西学精神，区分学科，各臻邃密，亦各显零碎。广泛阅读，融通理解，自能各得胜解。多年浸润学术，旧习难改，努力求轻松明白，不敢妄语半句，更不敢迎合读者而虚构故事，其间若拘泥少变通、艰涩难诵读、零碎无体系、议论失经纬，皆请读者鉴谅。

本稿结集于2020年夏，得文凡十九篇，前十篇为通摄一代者，后九篇则属个案评述。书名承四年前拙著《行走大唐》而略加变化，盖唐人以诗歌雄傲百代，其壮盛奋励，至今犹足为我民族之典型与骄傲。各文虽侧重不同，适可传达唐人之文化追求与自信。以另文《唐人文化自信的底气何在》为代序，也出于此一考虑。

凤凰出版社姜小青社长、倪培翔社长积极支持本书出版，李相东、张永堃先生担任编辑，谨此表示感谢！

陈尚君　辛丑五月初七，古稀初度后二日于沪寓

图书在版编目（CIP）数据

诗唱大唐 / 陈尚君著. -- 南京 : 凤凰出版社，2021.8
ISBN 978-7-5506-3477-0

Ⅰ. ①诗… Ⅱ. ①陈… Ⅲ. ①随笔－作品集－中国－当代 Ⅳ. ①I267.1

中国版本图书馆CIP数据核字(2021)第140016号

书　　名　诗唱大唐
著　　者　陈尚君
策划编辑　李相东
责任编辑　张永堃
装帧设计　陈贵子
特约编辑　黄如嘉
责任校对　蔡谷涛
出版发行　凤凰出版社(原江苏古籍出版社)
　　　　　发行部电话025-83223462
出版社地址　江苏省南京市中央路165号，邮编:210009
出版社网址　http://www.fhcbs.com
照　　排　南京凯建文化发展有限公司
印　　刷　苏州市越洋印刷有限公司
　　　　　江苏省苏州市吴中区南官渡路20号，邮编:215104
开　　本　787毫米×1092毫米　1/32
印　　张　9.75
字　　数　156千字
版　　次　2021年8月第1版
印　　次　2021年8月第1次印刷
标准书号　ISBN 978-7-5506-3477-0
定　　价　68.00元
　　　　　(本书凡印装错误可向承印厂调换，电话:0512-68180788)